I0542141

LUNA SIN MIEL

IDOIA AMO   EVA M. SOLER

© 2017 Eva M. Soler e Idoia Amo
Primera edición: Agosto 2017
Segunda edición: Diciembre 2017
Diseño portada: China Yanly
Maquetación: Idoia Amo

Depósito Legal: BI 472-17
ISBN: 978-84-697-5463-4

Reservados todos los derechos. El contenido de esta obra está protegido por la ley. Queda rigurosamente prohibida la reproducción total o parcial de esta obra por cualquier medio o procedimiento mecánico, electrónico, actual o futuro incluyendo las fotocopias o difusión a través de internet y la distribución de ejemplares de esta edición mediante alquiler o préstamo público sin la autorización por escrito de los titulares del copyright, bajo las sanciones establecidas por las leyes.

ÍNDICE

Capítulo 1

El órgano de la iglesia comenzó a sonar con los primeros acordes de la marcha nupcial de Mendelssohn.

Con el pulso poco firme por los nervios del momento, Alexandra Jones cogió el ramo de rosas blancas que había dejado apoyado sobre un mueble. Inspiró profundamente, se alisó una arruga invisible de su vestido y salió de la habitación.

Giró a la derecha, y sonrió antes de entrar al largo pasillo que llevaba hacia el altar. Todas las cabezas se giraron hacia ella, y su amiga Skye, que estaba trabajando como fotógrafa en la boda, sacó una instantánea que la dejó medio ciega con el flash, pero apenas fue consciente de ello. Solo tenía ojos para el hombre que amaba, que esperaba de pie junto al altar.

Ethan Lewis.

Sintió que sus ojos se humedecían al verlo girarse hacia ella. Tan alto, tan rubio, con esos ojos tan azules que le hacían estremecerse cada vez que la miraba. Estaba extrañamente serio, pero Alex supuso que estaría nervioso. Era el novio perfecto: senador por el estado de Massachussets y candidato a las primarias de su partido, todo el mundo estaba convencido de que algún día llegaría a presidente. Lo cual hacía que sus padres lo adoraran.

Él la observó unos segundos, pero apartó la vista dirigiendo su mirada hacia un punto situado tras ella.

Alex llegó al altar y ocupó su sitio junto al resto de damas de honor, todas vestidas de igual forma con sus vestidos rosa palo, sintiendo un nudo en la garganta. Concentró la mirada en las rosas mientras oía los murmullos de admiración de los invitados, sintiéndose incapaz de ver cómo Ethan reaccionaba ante la visión de la novia.

Peyton, la hermana pequeña de Alex, parecía una muñeca de porcelana. El vestido de seda blanco, con corte sirena, le sentaba como un guante. Llevaba el pelo negro recogido, y su perfecto y hermoso rostro apenas estaba cubierto por un velo.

Avanzó lentamente por el pasillo, como si fuera una modelo desfilando por una pasarela. Cuando llegó junto a su hermana, le entregó su ramo y se giró hacia Ethan con una sonrisa deslumbrante.

Alex levantó la vista, diciéndose que tenía que ser fuerte y acostumbrarse a aquello. Ethan siempre formaría parte de su vida, y tenía que hacer todo lo posible por olvidarse de lo que sentía por él.

Ethan levantó el velo de Peyton, pero su expresión no cambió, ni siquiera cuando ella sonrió mirándolo con adoración.

El sacerdote comenzó a oficiar la boda. En un principio, el padre de Alex y Peyton, pastor de su iglesia, iba a casarlos, pero Peyton había preferido que fuera alguien ajeno a la familia y sus padres nunca le negaban nada.

La ceremonia transcurría demasiado lenta para Alex, que solo quería que todo terminara de una vez.

Por fin el cura llegó a la parte final de la ceremonia. Miró a Peyton sonriendo.

—Peyton Elisabeth Jones, ¿aceptas a Ethan James Lewis como esposo, para amarlo y respetarlo, hasta que la muerte os separe?

—Sí, acepto.

El cura se dirigió entonces a Ethan.

—Ethan James Lewis, ¿aceptas a Peyton Elisabeth Jones como esposa, para amarla y respetarla, hasta que la muerte os separe?

—¿Puedo contestar dentro de un par de minutos?

Un silencio sepulcral se hizo en la iglesia. Peyton siguió sonriendo, aunque lo miraba con nerviosismo.

—Cariño, no es momento para bromas —susurró, sin perder su sonrisa perfecta—. Si quieres luego en el banquete…

—Antes quiero que veas una cosa. Tú y todo el mundo, en realidad.

Se metió una mano en un bolsillo del smoking. En lugar de los anillos, como todos esperaban, sacó su móvil. Se giró hacia los invitados, con una sonrisa tensa.

—Por favor, quienes tengan apagados sus móviles, que los enciendan ahora. —La gente se miró entre sí—. Es en serio, enseguida lo entenderán todo.

Esperó unos minutos, mientras todo el mundo encendía sus teléfonos o les activaban el sonido. Peyton se giró hacia Alex con expresión furiosa, pero teniendo cuidado de que nadie le viera la cara.

—¿Sabes tú de qué va esto? —susurró.

—Ni idea, te lo juro.

Peyton no parecía convencida, pero recompuso su sonrisa y miró a Ethan. Él la ignoraba totalmente.

—Ahora quiero que miren debajo de sus asientos —pidió él—. Encontrarán un CD, es de recuerdo.

Hizo un gesto hacia el fondo de la iglesia, donde estaba el encargado de la organización de la boda. El hombre sacó un mando y encendió un proyector que había en el techo. La pantalla blanca que había junto al cura se iluminó, y apareció una imagen en movimiento.

Todo el mundo estaba con la mirada fija en la pantalla, esperando algún video típico de los novios o con mensajes de amor por parte de Ethan, pero en cambio lo que vieron fue a Peyton desnuda.

Ella palideció, pero lo que más extrañó a Alex fue que Simon, el padrino de Ethan, perdiera también el color. Entonces se vio que Peyton no estaba sola, sino con él, se veía con claridad a su hermana totalmente desnuda sentada sobre Simon. Por la forma en que se movían y gemían, no cabía lugar a dudas de lo que estaban haciendo.

Mientras tanto, Ethan pulsó unas cuantas teclas de su móvil. La iglesia se llenó de pitidos, avisando de la llegada de un mensaje.

Todo el mundo estaba con sus teléfonos en la mano, abriendo el mensaje, y de pronto se oyó la voz de Peyton multiplicada por cien, gimiendo de placer.

Y entonces reinó el caos.

La madre de Alex se desmayó, mientras su padre tiraba su móvil al suelo y se giraba hacia los invitados sentados tras él para quitarles los suyos.

Peyton daba saltos torpes sobre sus tacones de nueve centímetros, intentado llegar a la pantalla como si así pudiera arrancarla.

El mejor amigo de Ethan, Owen, que también era su jefe de campaña, parecía a punto de sufrir una taquicardia.

El cura se estaba subiendo encima de una mesa, intentando ayudar a Peyton, porque aunque le estaban haciendo gestos al organizador, este se había quedado tan impactado que había soltado el mando a distancia y lo había roto, así que no podía parar el video.

La gente se pasaba los móviles o miraba a la pantalla, entre murmullos de asombro y risas.

Skye no paraba de sacar fotos aquí y allá, corriendo de un lado a otro para no perderse nada de lo que estaba ocurriendo. ¡Aquello valía oro!

Alex sabía que su hermana no era precisamente una santa, y que había estado acostándose con Simon, pero había supuesto que había dejado de hacerlo cuando se comprometió con Ethan. No podía creer que le hubiera hecho eso. Lo miró, sufriendo por él, pero Ethan parecía complacido por lo que estaba viendo, por las reacciones de la gente. Se guardó de nuevo el teléfono, y su mirada se cruzó con la de ella.

Alex se quedó sin aliento ante el desprecio y odio que transmitía aquella mirada.

—Pueden disfrutar del banquete si lo desean —dijo él, apartando la vista—. Después de todo, ya está pagado. Y, además del CD, también pueden encontrar esta… Película casera en internet. Gracias a todos por su atención.

Con esas palabras se marchó de la iglesia, dando largas zancadas, con Owen siguiéndolo a duras penas. Alex se incorporó para ir tras él, pero solo había dado un paso cuando se detuvo.

¿Qué podía decir? Su hermana lo había engañado de la peor forma posible, debía estar profundamente dolido, y odiaría a toda su familia.

Su madre gimió en aquel momento, y Alex corrió a su lado para ayudarla.

DOS HORAS ANTES

—… y recuerda que al salir estarán todos los medios, ¿has preparado lo que vas a decir? —preguntó Owen a Ethan, paseándose a su alrededor mientras revisaba una lista que tenía en sus manos.

—Sí, lo tengo todo pensado.

—Si no encargamos al que hace los discursos unas palabras.

—Seré capaz, tranquilo.

El fotógrafo le sacó una foto mientras se colocaba la corbata, y Ethan lo miró con el ceño fruncido.

—Sonríe —le dijo Owen al momento—. Que estas fotos son para la posteridad.

—No creo que hagan falta tantas.

—Por supuesto que sí. —Hizo un gesto al fotógrafo—. Enfoca los gemelos, son un regalo del presidente. Y otra a la corbata, se la dio el secretario de defensa.

Ethan suspiró fastidiado. Estaba ya harto de fotos, y eso que el día no había hecho más que empezar.

—¿Me bajo los pantalones? —replicó—. Porque la ropa interior me la regaló mi madre.

—No seas gracioso y concéntrate, no sé qué demonios te pasa hoy. ¿Estás nervioso por la boda? Está todo perfectamente organizado, no tienes que preocuparte por nada.

Ethan negó con la cabeza. Si Owen supiera lo que en realidad iba a ocurrir en la boda, le daría un ataque. Pero claro, él no sabía nada de los cuernos que Peyton le había puesto con su padrino y amigo, el fiscal general Simon Lee. Y que aquello había acabado con su paciencia y por una vez, había decidido tomar las riendas y no dejarlo todo en manos de sus asesores. Que siempre querían «lo mejor para él», pero que ya le tenían harto porque no le dejaban ni escoger los zapatos que se iba a poner. En mala hora se había enfrentado al entonces líder de su partido y se había presentado como su opositor para las primarias que tendrían lugar en unos meses. Sí, las encuestas de momento iban bien, sobre todo después de haber encontrado a la esposa perfecta para acompañarlo en su carrera hacia la Casa Blanca. Guapa, joven, de buena familia… vamos, si parecía de catálogo, porque no solo eran de Boston de toda la vida, sino que la madre incluso aseguraba que sus antepasados habían llegado en el Mayflower. Después de lo que había averiguado sobre Peyton, solo faltaba que no fueran de los Jones buenos, sino de los que se fueron al sur como esclavistas. La prensa se lo pasaría pipa, pero a Owen lo mismo le daba un síncope. Que a veces parecía que era su vida y su carrera, no la de él. Era su mejor amigo y le quería, pero se tomaba el trabajo demasiado en serio.

—¿Te parece bien? —escuchó que le decía.

Afirmó por inercia, aunque no tenía ni idea de qué demonios le había estado contando. Lo vio hacer una marca en su lista, así que supuso que había dado la contestación adecuada.

Llamaron a la puerta, y el organizador de la boda asomó su cabeza perfectamente peinada y engominada.

—Le toca salir, senador —informó.

Owen miró su reloj, como si no se fiara de que fuera la hora, y al comprobar que así era hizo un gesto afirmativo. El fotógrafo sacó un par de fotos más, mientras Ethan cogía su móvil y se lo guardaba en el bolsillo.

—¿Para qué llevas el teléfono? —preguntó Owen—. Ya tengo yo el mío por si necesitas algo.

—¿Qué más te da?

—Lo llevarás sin sonido, ¿no? Mira que si alguien te llama en medio de los votos…

—Tranquilo, nadie me va a impedir decir lo que quiero cuando el cura me pregunte.

—Así me gusta. —Le dio una palmada en la espalda—. Pues ya estamos listos, ¿vamos?

A Ethan le dio una punzada momentánea de remordimiento. El pobre estaba tan convencido de que todo iba a ir como la seda… pero no podía echarse atrás ya, había tomado una decisión y la llevaría hasta sus últimas consecuencias.

Salió de la suite presidencial del hotel Ritz—Carlton seguido por el fotógrafo, Owen, el organizador y no sabía ya ni cuánta gente más, entre el personal de seguridad y los asistentes de los asistentes. Estaba tan acostumbrado que ni se fijaba.

En la puerta le esperaban varios fotógrafos de la prensa, así que sacó su sonrisa política y saludó con amabilidad, mientras Owen se encargaba de indicar que hablaría con ellos después de la boda.

Subió a la limusina negra que le estaba esperando y comprobó de nuevo la batería de su móvil. Perfecto, ya estaba todo en marcha.

En la maravillosa habitación de hotel donde habían pasado la noche, Alex corría de un lado a otro sin soltar su teléfono móvil. Si se casara ella hubiera preferido arreglarse y que le tomaran las fotos en su hogar, pero

Peyton deseaba un lugar impecable y lujoso cercano a la iglesia, y su madre había decidido alquilar una suite para complacer a su hija favorita.

De todas formas, no había descansado demasiado. Estaba nerviosa por la ceremonia, por la organización, y por tener que ver a Ethan casarse. Lo de soportar a su madre y Peyton casi parecía una nadería si lo comparaba con la sensación de ver cómo alguien a quien amabas en secreto ponía un anillo a otra mujer.

—¡Alexandra Jones! —la voz de Jackie, la matriarca, la sacó de sus pensamientos de golpe—. ¡Ven aquí ahora mismo, señorita! Te necesitamos para ajustar el cinturón de pedrería.

Era estupenda para provocar una regresión a la infancia, sí señor. Jackie siempre la había tratado como una hija de segunda, mostrándose mandona y exigente, aunque de cualquier forma nunca se sentía satisfecha con nada de lo que Alex hacía.

En primaria, no había estado de acuerdo con sus actividades extraescolares. Alex pedía asignaturas como dibujo o baile, para terminar siendo apuntada en idiomas o matemáticas.

En secundaria, no había estado de acuerdo con sus amistades, por supuesto. Alex deseaba intimar con personas con las que tuviera algo en común, bien fuera por su manera de pensar o por sus aficiones. Jackie siempre se las arreglaba para dinamitar cualquier indicio de buena onda con gente que no cumpliera sus exigentes requisitos.

En la universidad, no había estado de acuerdo en que estudiara literatura. Según ella, con eso solo podías terminar siendo una aburrida profesora, carrera que ni tenía *glamour* ni te volvía rica. Jackie pensaba en ella como la típica empresaria de éxito, ya que al no tener excesivas habilidades sociales, le parecía que ese tiempo que no aprovechaba socializando podía usarlo pensando en otras maneras de ganar mucho dinero. Fue una de pocas veces que Alex consiguió imponerse a los deseos maternos y salirse con la suya. Y sí, Jackie tenía razón: terminó siendo profesora de literatura en un instituto.

Un trabajo monótono, rutinario, frustrante a veces, y tan absolutamente maravilloso que la llenaba por completo. Nunca se había arrepentido de su decisión, a pesar de que el humilde sueldo había horrorizado a su madre y hermana.

Después, continuó decepcionando a todos casándose con Daniel, con quien solo llevaba saliendo un par de años. En aquel momento pensaba en él como el amor de su vida, pero la convivencia no salió como había pensado, y tan solo cuatro años después firmaron los papeles del divorcio. Él había abandonado el piso voluntariamente, dejando un regusto amargo en aquel hogar, así que Alex cambió de domicilio. Por descontado, el que escogió no fue del agrado de su madre, pero como a esas alturas no tenía la menor esperanza de complacerla en nada, se lo quedó de todos modos.

—Vamos, vamos, un poco de rapidez —urgió Jackie, mirando de manera desaprobadora cómo se acercaba—. Tal vez deberías hacer un poco de dieta. Ya sabes que a partir de los treinta las mujeres retenemos grasa, y cada vez cuesta más deshacerse de ella.

Se palmeó las caderas, tan delgadas como siempre. El reflejo de Peyton asentía desde el espejo, con una mueca comprensiva, y Alex controló las ganas de resoplar. Como si alguna de ellas supiera lo que era un kilo de más, si para ellas la idea de una buena comida eran las aceitunas de los Martinis.

—Sí, mamá —aceptó, poniendo su mejor tono pacífico.

Al fin y al cabo tenía parte de razón, era más curvilínea que las dos juntas, pero tampoco le preocupaba en exceso. Solo cuando pensaba en Ethan y recordaba que para gustarle debía ser una Barbie tipo Peyton, el resto del tiempo olvidaba el tema con sorprendente facilidad. Y tampoco tenía treinta, sino treinta y tres.

Peyton se incorporó, y Alexandra admiró el vestido. Era ajustado y atrevido, pero Peyton podía permitirse aquello y mucho más: esbelta pero con curvas, parecía una chica de revista. A menudo Alex se preguntaba cómo podían ser hermanas, si no se parecían en nada.

Reprimió un suspiro. Era tan guapa, y hacía tan buena pareja con Ethan… No le extrañaba que se hubiera enamorado de ella nada más verla. A su lado, Alex siempre se había sentido como el patito feo de la familia. Era totalmente contraria a ella, con su pelo castaño y ojos verdes, así como esa figura que tanto molestaba a su madre.

Ya desde pequeña había aprendido que cualquier chico con un mínimo interés por ella lo perdía al instante al conocer a su hermana. Todos se enamoraban de su rostro angelical, los ojos claros y esa voz melodiosa. Y ella se preguntaba cuándo le tocaría la parte buena del cuento, porque cada vez estaba más convencida de que nunca se convertiría en un cisne.

—Ya está —murmuró, tragándose el malestar para observar cómo ajustaba el cinturón—. Está perfecto.

—Espera. —Jackie se acercó para darle un minúsculo tirón—. Ahora sí está perfecto.

Alex se cruzó de brazos, lanzando una mirada furibunda que su madre esquivó. Ambas estaban muy ocupadas en deshacerse en elogios para prestarle atención a ella, así que Alex fue derecha al mueble bar, donde reposaba una botella de champán cortesía de la casa.

—Hija, solo son las once —recriminó Jackie, al percatarse de sus intenciones.

—Estamos de celebración —replicó ella—. Hoy es un día maravilloso, el día de Peyton, ¿no crees que hay que celebrarlo como es debido? —exageró su tono entusiasta.

Jackie la observó con los ojos entrecerrados, como siempre hacía cuando no era capaz de discernir si su hija estaba siendo sincera o sarcástica.

—Recuerda que el alcohol son…

—… calorías vacías —acabó Alex por ella, haciendo fuerza para sacar el corcho.

El tapón salió volando con tanta fuerza que pasó rozando el cabello de Peyton.

—¡Cuidado! —protestó ella indignada—. ¡Podías haberme sacado un ojo, Alex! Es el día de mi boda, ¿recuerdas?

—Como si pudiera olvidarlo.

—¿Estás bien, querida? —Jackie consultó su reloj al mismo tiempo que intentaba consolar a su hija—. ¿Y dónde está el fotógrafo, por cierto? No nos queda mucho tiempo, y queremos que haga varias pruebas.

Alex se preguntaba lo mismo. Estaba deseando que su móvil sonara, indicativo de que Skye estaba ya en el hotel, y pareció que alguien en el cielo se apiadaba de ella, porque justo entonces sonó.

Su copa de champán casi salió volando, pero logró sujetarla a tiempo mientras contestaba.

—¿Hola?

—¿Alexandra Cuchipanda? —oyó gritar al otro lado.

—¡No! ¡Sí, pero no me llames así!

—Te noto estresada, ¿está tu madre? ¿En qué cuarto estáis?

—La siete dos seis.

—¡Subo para allá!

Alex suspiró. Por fin el mal rato llegaba a su fin, todo sería más fácil con Skye a su lado. Aunque primero tendría que batallar con su madre, que no sentía especial simpatía por ella, y…

—¿Era el fotógrafo? Porque me ha parecido que le hablabas con demasiada familiaridad.

—Será el champán. —Y alzó la copa, aún sin tocar, como si con ello pudiera excusarse.

—Espero que sea bueno, no sé por qué te empeñaste en contratarlo tú —se quejó Jackie.

Peyton se sentó otra vez frente al espejo, observando con detenimiento el maquillaje.

—Porque nos regala el viaje de novios, y fue la condición que puso —murmuró, aplicando un poco de brillo de labios por encima del que tenía.

Jackie alzó las manos mirando al techo, como si nadie comprendiera lo duro que era batallar con una hija tan díscola.

—En fin, mientras no sea esa amiga tuya que estuvo en la boda de Marsha…

—¿Y qué pasa con ella? No irás a decir que sus fotos no quedaron espectaculares.

—Sí, pero Alexandra, es tan poco seria… y mira que era una chica encantadora cuando vivía con sus padres, tan mona y educada. Ahora ni ellos la reconocen.

—Bah. —Alex se bebió la copa de un solo trago.

Por supuesto, como Skye ya no participaba en la parte social de la gente rica de Boston, había perdido cualquier posible valor para su madre. Qué harta estaba de ella, y qué ganas tenía de ver su cara cuando descubriera que efectivamente, la oveja negra número dos sería la fotógrafa.

No tuvo que esperar mucho, pues cinco minutos después oyó golpes en la puerta. Dejó la copa sobre el mueble bar y fue a abrir, encontrándose con su amiga. Entre que no era alta, y que iba cargada hasta las cejas con el equipo, apenas se la veía.

—¡Skye! —exclamó, sintiéndose feliz de verdad por primera vez en todo el día.

Skye apoyó la bolsa con la cámara con cuidado en el suelo, y después lanzó por el aire el resto de cosas que llevaba, incluyendo su bolso y una pequeña maleta.

—¡Hola, Cuchipanda! ¿Por qué puñetas os habéis alojado en la planta siete? ¡El ascensor no terminaba de venir y he tenido que subir con todo el equipo a cuestas!

Skye era pequeñita y delgada, pero dueña de un rostro angelical estilo californiano, con ojos azules chispeantes y melena rubísima. Pero lo mejor de ella no era su evidente belleza, sino la sonrisa deslumbrante que siempre llevaba puesta: era contagiosa, y actuaba sobre Alex como un bálsamo. Nunca se compadecía de sí misma cuando pasaba tiempo con Skye. Lo malo era que solo se veían una vez al año porque su amiga vivía en San Francisco, y aunque respetaban esas vacaciones juntas de forma religiosa, Alex sentía que no era suficiente.

Nunca se le hubiera ocurrido decir nada, Skye llevaba un ritmo de vida complicado si lo comparaba con el suyo, ya que ambas habían elegido caminos muy diferentes. Era lo que había y poco más podía hacer, excepto muchas llamadas vía skype y disfrutar todo lo posible cuando se iban de viaje, uno de sus momentos favoritos del año.

—Cosas de mi familia —se excusó Alex, ayudándola a meter las cosas en el cuarto después de que se abrazaran con efusividad—. ¡Cómo pesa esto! ¿Cómo puedes cargar con este trasto todo el tiempo?

—Porque estoy en forma, querida oveja negra número uno.

—No te pases, oveja negra número dos —se burló Alex.

—En realidad, yo debería ser la oveja negra número uno, ¿sabes? —replicó Skye, cerrando la puerta de golpe—. Porque les di el disgusto del siglo a mis padres a los veinte, y tú mucho más tarde al casarte con el insulso ese.

Alex frunció el ceño.

—No, ¡recuerda que yo llevo disgustando a mi madre desde niña!

—Es verdad. Eres como la tortura de la gota china, pequeña pero constante —Skye iba a añadir algo más cuando apareció Jackie ante sus ojos—. ¡Señora J! ¿Qué tal está usted? Es un placer volver a verla, parece que solo coincidimos en celebraciones, ¿no es genial?

Jackie cogió aire un par de veces, y tras lanzar una mirada asesina a su hija, forzó una sonrisa.

—Skye, querida, qué bien verte. —Se acercó a ella para darle dos besos de los que resbalaban en el aire sin hacer el menor contacto—. Estás preciosa, espero que hayas traído un vestido bonito y no eso.

Alex soltó un bufido. Típico de su madre, hacer un cumplido y rematarlo con un insulto. Por suerte, Skye no solía ofenderse ante ese tipo de comentarios, y su sonrisa se volvió aún más amplia.

—¡Gracias! Me he cortado el flequillo —dijo—. No estaba del todo convencida, pero a veces hay que arriesgarse, ¿no? Señora J, veo que sigue tan en forma como siempre. —Y le dio un cachete en el culo mientras se acercaba hasta Peyton, que trataba de incorporarse manteniendo el equilibrio.

Jackie le hizo una mueca a Alex, y esta se encogió de hombros. Sentía mucho que su elección no le gustara, pero como bien había matizado Peyton, era la única condición que había puesto para regalar el viaje de novios.

Viaje que casi le había costado un riñón, todo había que decirlo. Cuatro semanas en México en un hotelazo de cinco estrellas con todo incluido no era moco de pavo. Menos mal que tenía ahorros, porque con su sueldo no hubiera podido afrontar semejante gasto, y Peyton no era lo que se decía una chica de gustos sencillos. Y tampoco Ethan, ya puestos, que cada uno de los trajes que llevaba parecían costar más que su apartamento.

—Peyton, estás increíble —escuchó decir a Skye, y esperó la segunda parte del comentario—. ¡Pareces una Barbie Malibú de carne y hueso! ¿Ya puedes moverte o estás un poco como… ya sabes, Barbicop?

—Muy graciosa. ¿Puedes hacerme las fotos de la habitación ya? Quedan dos horas y no quiero andar con prisas, no vaya a ser que se me estropee el peinado.

—Voy a por la cámara y hacemos unas pruebas de luz.

Skye regresó hasta donde había dejado sus cosas, y empezó a sacar la cámara haciendo cálculos. Alex se apoyó contra el escritorio, bajando la voz.

—¿Te dará tiempo?

—Claro que sí. Tu hermana es pluscuamperfecta y saldría bien hasta haciendo el pino puente, así que no te preocupes. Os haré las fotos de habitación y me sobrará tiempo para darme una ducha y ponerme mona, que ya has oído a tu madre. No puedo ir por ahí con «esto». —Tiró de sus vaqueros y las dos se echaron a reír a la vez—. Vete reuniendo a esas dos y colocaos con el cuadro de fondo, no tardo.

Alex obedeció. Una vez Skye se ponía el chip de fotógrafa, era imposible tratar de hablar con ella de cualquier otro tema, así que fue hasta donde esperaba su familia. Se echó un último vistazo en el espejo, constatando que la maquilladora también había hecho un buen trabajo con ella. El vestido no era muy de su estilo, pero ninguno de boda lo era: tuvo que permitir que Jackie se saliera con la suya, y por eso aparecía disfrazada de merengue rosa.

En fin, daba igual. Pensaba cambiarse en cuanto acabara la ceremonia, y de cualquier forma ese día todos los ojos estarían puestos en la novia, no le preocupaba.

Skye hizo todas las cosas que irritaban a Jackie, algo de lo que Alex disfrutó en secreto: más pruebas de las deseables, mantenerlas durante minutos en una posición para después hacer que cambiaran, e interrumpir su trabajo para acercarse a quitar motas de polvo imaginarias. Cuando Jackie ya empezaba a ponerse roja por el esfuerzo de controlar su lengua, Skye empezó a hacer fotos y tuvo que tragarse el enfado. Las fotografió también en otro ángulo para aprovechar la luz natural que entraba por el ventanal, y después revisó su trabajo mientras la madre chasqueaba los dientes con impaciencia.

—¿Y bien?

—¿Y bien qué?

—¿Podemos ver las fotos? —preguntó la mujer, empezando a ponerse nerviosa.

—No se preocupe. Están perfectas. —Skye apagó su cámara con una sonrisa dulce—. Vaya avisando al señor J, yo aprovecho para ducharme si a nadie le importa.

Y si le importaba a alguien hubiera dado igual, porque no esperó respuesta. Se metió en el cuarto de baño echando el cerrojo, y un minuto después todas escucharon el agua correr.

Jackie empezó a coger y expulsar aire, tal y como hacía siempre que se enfadaba. Podía batallar con Alex si estaba sola, pero tener que aguantar encima a su amiga la sacaba de sus casillas. Miró la cámara, valorando si abrirla para echar un vistazo a las fotos, pero no tenía ni idea de cómo funcionaban aquellos chismes, y el miedo a romperlo la frenó.

Alex vio como cogía el móvil con exasperación para avisar a su marido de que podía reunirse con ellas, pues debían incorporarlo a la sesión de fotos, y sonrió. Le encantaba ver a su madre echando aire por la nariz como los toros, no podía negarlo.

Se acercó hasta la puerta para esperar a su padre, Mathew. Estaba a tan solo un par de habitaciones de la que ocupaban, así que pronto lo vio aproximarse por el pasillo. Alto y en buena forma, Alex sentía un amor infinito por la figura paterna, que por suerte no se parecía en nada a la materna. Quizá porque compartían rasgos y carácter, Mathew siempre se había portado bien con ella, incluso mientras tenía lugar su divorcio. A veces, incluso frenaba a su mujer con un comentario seco cuando esta se pasaba de la raya.

—¡Papá! —sonrió cuando el hombre llegó a su altura—. ¡Qué elegante!

—No me queda de otra, si tengo que llevar a mi hija pequeña al altar… —Le hizo un guiño divertido y meneó la cabeza en dirección a la puerta—. ¿Cómo está el ambiente por ahí dentro?

—Imagínate, mamá de los nervios, y Peyton es… Peyton.

—Ya lo creo —respondió él—. Por suerte, a partir de ahora otro hombre se hará cargo de ella.

—¡Papá! —Alex le pegó en el brazo con una risita.

—¿Qué? Es la verdad. No me la imagino trabajando en nada, estaría más preocupada por si se rompe una uña que por otra cosa. —Sonrió otra vez, observándola—. ¿Tú estás bien, Alex? Ya sé que ese vestido parece elegido por tu peor enemiga, pero quiero saber cómo lo llevas.

Ella se encogió de hombros sin saber qué cara poner, ya que no esperaba esa pregunta. Por norma general, el interés de la gente se desplazaba siempre hacia Peyton, y si por casualidad alguien se fijaba en su persona, su madre intervenía para desviar ese interés en la dirección correcta. A esas alturas, Alex se había vuelto tan experta en sonreír y asentir en los momentos adecuados sin abrir la boca, que cuando le hacían una pregunta directa solían pillarla desprevenida.

—Bien. ¿Por qué iba a llevarlo mal?

—Tu madre lleva torturándote desde ayer, así que nunca está de más preguntar.

—Nada nuevo bajo el sol. —hizo una mueca, y carraspeó—. ¿Has visto a Ethan?

—Unos segundos a lo lejos, pero ya sabes, lleva toda esa gente detrás y no he podido hablar con él. Se le nota un poco tenso, serán los nervios.

Alex imaginaba que sí. Aunque no recordaba haber visto a Ethan nervioso antes, era un hombre con mucho temple, serio, que siempre pensaba bien las cosas antes de decir nada.

—No te preocupes por él, está perfectamente.

—Ya. —La chica forzó una sonrisa antes de empujar la manilla—. Vamos dentro antes de que a mamá le dé un ataque o algo.

Cuando entraron de nuevo en la habitación, Skye ya había salido del lavabo y aparecía maquillada y vestida como por arte de magia.

—Pero qué tenemos por aquí, si es la pequeña de los Kaplan. —Mathew se acercó para saludar a la rubia, con una sonrisa agradable.

—Ya no tan pequeña, señor J —dijo ella, divertida.

—Pero te las apañas bien, ¿verdad? —El padre siguió sus indicaciones para colocarse en una foto de familia junto a su mujer e hijas—. Alex dice que viajas mucho.

Skye afirmó, mientras observaba el encuadre.

—Es muy interesante, la verdad.

—Pues espero que te asientes en algún lugar pronto, querida —intervino Jackie con voz agria—. Si sigues así no te casarás nunca. Aunque para tener un matrimonio fallido como el de Alexandra, casi mejor que no.

Alex tuvo que forzarse a sonreír para la foto. De buena gana le hubiera soltado cuatro gritos, pero no podía estropearlo todo con un berrinche; cogió aire y notó cómo su padre le apretaba la mano para transmitir ánimo.

Y entonces escuchó a Skye:

—Señora J, creo que es mejor que se coloque al otro lado. Desde este ángulo se le ven las caderas un poco... ya me entiende.

—¿Qué? ¿Qué insinúas? —empezó a farfullar ella—. ¿Gordas? ¿Grandes?

—Ay, mamá, por favor —suplicó Peyton—. No empecemos, que vamos retrasados. Solo haz caso de lo que te diga.

Jackie parecía indignada, y no era para menos: cuidaba y mimaba su cuerpo con cariño, pero cada minúsculo depósito de grasa que lograba alcanzar la meta se depositaba en la zona de las caderas sin piedad. Le costaba sudores y hambre mantenerse así, y Alex lo sabía. Y por extensión Skye, quien no tenía el menor reparo en devolver los tiros sazonados con sal y limón, para que escocieran.

—Pero si aquí se me ve gorda, será mejor que me mueva —empezó Jackie, horrorizada ante la idea de tener que sentarse a ver fotos donde no estuviera perfecta.

—Bueno, si no quédese ahí, siempre puedo recortarle un poco con *photoshop* —siguió Skye sin la menor compasión, manteniendo su sonrisa simpática.

Alex se mordió el labio para no reír ante la expresión en la cara de su madre. Al ver a Mathew, notó que él también hacía esfuerzos por controlarse, y eso la hizo sentir mejor.

Peyton empezó a bufar.

—¡Ya basta! ¡Ponte donde quieras, pero empecemos de una vez! ¡En media hora tengo que estar en la iglesia con papá del brazo!

Finalmente, con una Jackie muda de espanto que no dejaba de mirarse las caderas de reojo, por fin pudieron terminar la sesión de fotos familiar.

Después, tanto Mathew como Jackie sujetaron la cola del vestido de Peyton mientras salían del cuarto camino del ascensor. Alex agarró el ramo y se acercó a su amiga, que estaba colgándose la cámara de su cuello.

—Ya te vale. Ahora estará todo el tiempo mirándose en los espejos. —Se echó a reír.

—Ya veo qué pena te da, ya. —La rubia cogió su bolso—. En fin, vamos allá. Corrígeme si me equivoco, pero tiene pinta de ser la boda más aburrida del mundo.

—¿Por qué dices eso?

—¿Bromeas? Novio súper serio con novia Barbicop. Espero que al menos la barra libre sea buena, porque me da que el resto será un muermo.

Alex sacudió la cabeza.

—Es lo que tiene que sea la boda de un senador… no puede haber mucho desmadre.

—Es una pena.

Las dos sonrieron de manera cómplice, y salieron cerrando la habitación tras de sí.

Capítulo 2

Ethan caminaba tan rápido que a Owen le costó alcanzarlo y, en un último esfuerzo que le dejó sin aliento, el jefe de campaña consiguió lanzarse contra la puerta de salida de la iglesia e impedir que la abriera, abriendo brazos y piernas para acapararla.

—Aparta —ordenó Ethan, con gesto que indicaba a las claras que no estaba para bromas.

—Ni hablar. ¿Tú sabes cuánta prensa hay ahí fuera? ¡Esto va a ser un escándalo! Seguro que ya saben lo que has hecho y están…

—¿Lo que yo he hecho? Dirás lo que ella ha hecho.

—Eso ahora mismo es irrelevante. —Extendió más los brazos y piernas cual araña al ver que Ethan intentaba alcanzar la puerta—. Podías haber cancelado la boda, emitir un comunicado, ¡yo qué sé! ¿Contármelo, para que me encargara de ello? Cualquier cosa menos esto. ¿Te das cuenta de la gravedad de tus actos? ¡Esto va a ser incontrolable! Saldrá en todos los medios, serás el foco de atención, y no el buen sentido, durante semanas. Esto afectará las primarias.

—¿Crees que no lo sé? —Se aflojó la corbata, sintiendo que se ahogaba—. Déjame salir.

—¡Ni se te ocurra encima quitarte la corbata, loco! Lo único que nos faltaba es que encima te sacaran con aspecto desaliñado. —Sacó su móvil y empezó a teclear—. Escúchame, estoy avisando a Warren, vámonos por el lateral y en el hotel hacemos una evaluación de la situación.

Ethan se estaba arreglando la corbata con el ceño fruncido. El escándalo ya estaba en el aire, ¿qué más daba si le sacaban unas fotos saliendo de la iglesia? Pero tampoco quería ser el causante de que a su amigo le diera un síncope como parecía a punto de ocurrir, así que afirmó a regañadientes y lo siguió hasta una puerta lateral.

—Quieto aquí —ordenó Owen.

Abrió la puerta como si estuviera desactivando una bomba, y se asomó con el mismo cuidado.

—El coche está llegando… —informó—. Quieto… no te muevas… Unos segundos más… quieto… ¡ahora!

Abrió la puerta y prácticamente empujó a Ethan hacia el coche, se metió tras él y golpeó el cristal que los separaba del chófer con ansiedad.

—¡Vamos, Warren, rápido, al hotel!

El chófer obedeció y dio la vuelta en el callejón. Cuando giró hacia la carretera principal, Owen dio gracias al inventor de los cristales tintados. Las puertas de la iglesia estaban abiertas, pudo distinguir a alguno de los invitados hablando con la prensa y agitando el CD en la mano. Miró su móvil, y lo que más temía se había hecho realidad: Ethan era *trending topic* en twitter. Con la ilusión que le habría hecho conseguir eso, pero por otros motivos… lanzó un suspiro soñador mientras se lo imaginaba durante unos segundos, antes de que la cruda realidad en forma de flash cegador le golpeara de nuevo.

Vaya con los fotógrafos, ¡estaban en todas partes! Por suerte solo unos pocos habían visto el coche, y para cuando los enfocaron se estaban alejando calle abajo.

—Voy a convocar un comité de crisis —dijo, sacando su móvil—. Hay que hacer balance de daños, pensar la estrategia a seguir, preparar un comunicado…

—No —Ethan utilizó su tono más autoritario—. No quiero ver a nadie ahora.

—Cuanto antes atajemos esto, mejor.

—He dicho que no. Di a todos que se vayan a sus casas o me bajo en marcha ahora mismo.

Owen abrió sus ojos desmesuradamente, por un momento parecía que se iban a salir de las órbitas, porque Ethan acompañó su frase con el gesto de coger la manilla de la puerta. Agitó los brazos con desesperación.

—Quieto, por Dios, ya les escribo, tranquilo. —Tecleó en su móvil—. Mira, ¿ves? Ya está. Suelta esa puerta.

Suspiró aliviado al ver que Ethan le hacía caso, y se dejó caer en el asiento. Con lo bien que había comenzado la mañana, ¡si hasta había salido el sol después de una semana de lluvias! Todo el mundo había sido puntual, todos en sus sitios, la prensa controlada…y de pronto la bomba atómica. Se pellizcó un brazo por si acaso estaba todo siendo una pesadilla pero no, el dolor fue demasiado real. Menudo lío. Miró de reojo a su mejor amigo, o mejor pensado, «supuesto» mejor amigo, porque después de aquello no sabía qué pensar de él. Tantos años de amistad, de vida política juntos, para que le saliera con una reacción así. Jamás se lo habría imaginado. Su madre tenían que estar…

—¡Tu madre! —exclamó, incorporándose en el asiento y golpeando el cristal—. ¡Warren, da la vuelta, rápido!

El chófer dio un giro brusco en una calle, haciendo que ambos tuvieran que sujetarse para no caer el uno sobre el otro.

—Mi madre está perfectamente, gracias —replicó Ethan, dando un toque al cristal—. Warren, al hotel.

De nuevo otro giro que les hizo bambolearse de un lado al otro del asiento trasero.

—¿Qué quieres decir con eso? —preguntó Owen, suspicaz—. Tiene que estar medio muerta del disgusto. —Le señaló con el dedo acusadoramente—. ¡Ella te ha ayudado!

—¿Quieres por favor dejar de gritar? —Le apartó el dedo de un manotazo—. No metas a mi madre en esto.

—Deberías estar preocupado por si la prensa va tras ella, por lo que piense sobre Peyton y el disgusto de cancelar la boda pero no lo estás. Así que ella lo sabía, ¡seguro! Claro, tú has estado conmigo todo el día, no has podido poner los CDs ni cambiar el video de la iglesia. Ha tenido que ser ella. Y yo que pensaba que tu madre era una persona racional. Pero claro, también lo pensaba de ti.

—Sorpresas de la vida.

—Y dale con el sarcasmo. La cosa no está para ser graciosillo, por si no te has dado cuenta. —Se frotó la frente—. Tengo que pensar.

Cerró los ojos para concentrarse, y Ethan desvió la mirada a la ventanilla, aunque sin prestar realmente atención a las calles. Sabía que Owen tenía razón, y debería estar preocupado por su futuro político, pero en aquel momento solo se sentía liberado. Seguro que al día siguiente se arrepentiría de haber tirado su carrera por la borda, pero lo prefería a haberse atado a una persona como Peyton para siempre. Porque si se hubieran casado, el divorcio habría estado fuera de la cuestión, ¿un futuro presidente divorciado? Ningún asesor se lo habría permitido. Que por cierto, estaba a punto de despedirlos a todos. ¿Ninguno había sabido los cuernos que tenía o se lo habían ocultado? Miró de reojo a Owen, que seguía con los ojos cerrados, murmurando para sí mismo. Era su mejor amigo, la persona en quien más confiaba, por eso era su jefe de campaña. Solo esperaba que no le hubiera mentido con respecto a Peyton.

—¿Tú lo sabías? —le preguntó, de pronto.

Owen le miró confuso.

—¿Saber el qué?

—Que Peyton se acostaba con Simon. Quiero que me digas si lo sabías y no me lo dijiste para no arruinar la boda.

—Me ofende que pienses eso, por supuesto que te lo hubiera dicho.

—¿Aunque la hubiera anulado?

—Pues claro. —Le dio un golpe con el puño en un hombro, fuerte pero no lo suficiente como para arrugarle el traje—. Quiero que llegues a presidente, pero no a costa de arruinarte la vida. Que conste que me cabrea que dudes de mí, pero ahora mismo no tengo tiempo para enfadarme. ¿Cómo lo averiguaste tú?

—Me envió el video un anónimo a mi correo electrónico. Pensaba que era una broma, pero lo llevé a un experto y me dijo que no estaba montado. Fue hace un par de días, así que tampoco tenía mucho margen de maniobra.

—No, mejor liarla parda, está claro.

—¿Quién es ahora el sarcástico?

El coche se detuvo y el chófer bajó el cristal.

—Hemos llegado al hotel —informó.

Owen bajó la ventanilla y se asomó para mirar a ambos lados con cuidado.

—Vamos rápido, la prensa no tardará —le urgió.

Se bajaron del coche y entraron en el hotel con paso apresurado. Subieron directos a la suite, donde por suerte, todo el personal se había marchado como Owen había indicado.

Ethan fue al minibar y se sirvió una copa del whisky más caro que había para tomársela de un trago. Después se preparó otra, esta vez con un par de hielos, y se acomodó en uno de los sillones del salón. Lo cual consistió en desabrocharse la chaqueta y nada más.

—Bien, ¿qué has pensado? —preguntó.

—Mil cosas, pero ninguna me convence. —Se sentó frente a él—. Algo hay que decir, eso fijo.

—No me apetece hacer una rueda de prensa sobre este tema.

—No, no, de momento no, te avasallarían a preguntas. Enviaremos un comunicado a los medios explicando que necesitas tiempo, aunque ya estarán atrincherados en tu casa. —Lo miró, abriendo de nuevo mucho los ojos—. Ay, Dios.

—¿Qué pasa ahora? Y no me mires así, que pareces Igor de «El jovencito Frankenstein».

—«Aigor» —replicó por inercia, para sacudir la cabeza después—. Hay que hablar con el departamento legal, lo que has hecho seguro que va contra alguna ley, si ella te denuncia…

—Ah, por eso no te preocupes. Yo no lo he colgado en la red, ni he hecho los CDs, ni las copias.

—Dios mío. —Se dejó caer en un asiento, pasándose la mano por la cara—. Has hecho de tu madre una delincuente.

—Y bien contenta que está, nunca le gustó Peyton. Nadie se meterá con una viuda actuando en defensa de su pobre hijo engañado. Olvídate de eso, sabes lo bien que se le dan esas cosas.

—No quiero ni pensarlo, pero vale, una cosa menos. —Se pellizcó el puente de la nariz con los dedos, estrujándose el cerebro—. Tendrías que estar unos días desaparecido, mientras se calman las aguas. Tienes que parecer muy afectado por lo sucedido.

—¿No lo parezco?

—No especialmente. Se supone que era el amor de tu vida, no te veo yo con cara de corazón destrozado. Solo enfadado.

—No sé, si quieres me pongo a llorar por las esquinas.

—Ahórrame esa imagen, gracias. —Recorrió la habitación con la mirada, encontrándose con un sobre encima de la mesa de cristal—. ¿Qué es eso?

Ethan siguió la dirección de su mirada, y cogió el sobre, reconociendo la letra de la hermana de Peyton.

—Ah, es el regalo de Alexandra.

—¿La hermana de Peyton?

—¿Cuántas Alexandras conoces?

—Eso no te importa. ¿Y qué es? Porque ese es otro tema a tener en cuenta, los regalos. Habrá que devolverlos todos.

—Que lo haga ella, que es la que los ha recibido. —Le pasó el sobre—. Peyton me dijo que nos regalaba el viaje de novios.

Owen abrió el sobre y leyó el interior. Dos billetes de avión, una reserva de hotel en una suite nupcial en México… y entonces la luz se hizo en su cerebro. Comprobó las fechas y sacó su móvil.

—¿Tienes la maleta preparada? —preguntó.

—¿Para qué?

—Es un viaje de cuatro semanas en un resort de lujo en México. ¡Es perfecto! Allí nadie te buscará, me voy contigo y pasamos un mes camuflados entre el resto de turistas. Para cuando volvamos, las cosas se habrán calmado y podremos comenzar a trabajar en la campaña de las primarias. ¡Es perfecto!

—No hace falta que te repitas. Owen, no me apetece…

—Me importa un pepino lo que te apetezca. Has causado una hecatombe y me toca arreglarla, así que déjame hacer mi trabajo. Haz la maleta, voy a ver si me dejan cambiar el nombre al billete y si no, cogeré uno para mí.

—¿Y qué meto?

—¿Qué vas a meter? Pues lo de siempre. Trajes. Con eso se puede viajar a cualquier parte, yo no tengo otra cosa.

Ethan se dirigió con paso lento a su habitación. Algo le decía que también tendrían que meter algo más tipo bañador, ya que iban a un lugar caluroso, pero tampoco tenía a mano porque como no había pensado salir de viaje, solo había llevado lo indispensable para un par de días. Así que metió todo lo que había llevado, un par de trajes y camisas con sus corbatas.

—No me han permitido cambiar el billete —informó Owen, entrando en la habitación—. No sé qué porras de política de seguridad, que solo puede hacerlo quien ha pagado la reserva.

—Pues llama a Alexandra.

—Sí, claro, y ya pongo un puñetero cartel en Times Square diciendo dónde vamos. De verdad, a veces me pregunto de dónde sacas algunas ideas. Da igual, he comprado uno y nos apañaremos en el hotel. Voy a preparar mi maleta, el avión sale en cinco horas, estaba calculado para después de la fiesta, por lo que parece. Pero mejor salimos ahora, como los billetes son de primera nos podemos meter en la sala vip y pasar inadvertidos hasta que nos toque subir.

—Lo que tú digas, jefe.

Por el gesto de Owen supo que no le había hecho gracia su tono pacificador, pero no le preocupaba demasiado. Tenía tantas ganas de irse a México como de que le arrancaran las uñas de la mano sin anestesia, pero ya había hecho demasiadas cosas aquel día sin tener en cuenta su opinión, así que mejor empezaba a hacerle caso. Quizá no estaba todo perdido, después de todo Owen sabía lo que hacía.

* * *

—Necesito un médico, creo que voy a tener un ataque al corazón —pidió Jackie, caída en un sillón de la rectoría mientras el cura la abanicaba con una revista de misioneros—. ¡Alexandra!

—Estás bien, mamá, es solo un ataque de ansiedad, nada más —replicó ella, que estaba haciendo lo mismo que el cura pero con su hermana—. Tenéis que calmaros para que podamos salir de aquí.

El flash de la cámara de Skye iluminó la habitación, y todos dirigieron su mirada hacia ella, que carraspeó.

—Perdón, nunca se sabe qué recuerdos se quieren guardar... —comentó.

—Este no, que se me habrá corrido el maquillaje —protestó Peyton.

Alex dejó de abanicarla para examinar su rostro, que estaba inexplicablemente impecable. Debía ser de esos a prueba de bombas, porque cualquiera diría que acababan de dejarla plantada en el altar. O que todo el país la habría visto desnuda, a esas alturas.

—Estás bien —le dijo, apartando la revista y cruzándose de brazos para mirarla con seriedad—. ¿Por qué no nos explicas qué ha sido todo eso?

—¿Yo? —puso tono lacrimógeno—. Yo soy la víctima aquí.

—Sí, en el video se te veía pasándolo fatal —intervino Skye, llevándose de nuevo todas las miradas—. Ya veo que es un tema de familia... me quedaré aquí calladita en una esquina.

Se fue al otro extremo de la rectoría y se sentó en una silla, mirando las fotos que había sacado en la cámara, pero sin quitar ojo ni oído a lo que pasaba.

—Deja a tu hermana en paz —dijo Jackie, señalando a Alex—. Ya lo está pasando lo suficiente mal, la pobrecilla. ¡Plantada en el altar! ¿Es que no puedes imaginarte cómo debe sentirse? Y ese horrible video... No sé cómo se le ha podido ocurrir a Ethan ponerlo a la vista de todo el mundo.

—Probablemente es lo único que los cuernos que le oprimían el cerebro le han dejado pensar.

—¡Matthew! —gritó Jackie, con un tono agudo en su voz—. ¿Es que no vas a decirle nada a tu hija?

—Por supuesto. —El aludido avanzó hacia ellas, y se detuvo frente a Peyton con los brazos cruzados—. ¿Se puede saber en qué demonios estabas pensando?

—¡Esa hija no, la otra! —protestó Jackie.

—Dinos de cuándo es ese video —exigió Matthew, ignorando a su mujer—. ¿Estabas engañando a Ethan?

—Depende de tu definición de engañar... —empezó Peyton.

—No estoy para juegos, Peyton.

—Pues la prima Sarah lo hizo y bien que le salió,

—Bien, lo que se dice bien... —comentó Alex—. Hasta donde yo sé se quedó sin abogado ni surfista.

—Bueno, es igual. A ver, no estábamos casados todavía. Y solo era sexo, si no hay amor con el otro, no es engañar, ¿no?

—Claro que no, hija, tú no tienes la culpa de nada —afirmó Jackie—. Matthew, céntrate en lo importante. Habrá que ver cómo se elimina ese video…

—Una vez en la red, siempre en la red —comentó Skye—. Huy, pensaba que no lo había dicho en voz alta. Seguid con lo vuestro.

—Skye tiene razón —dijo Alex—. Eso no se va a poder hacer.

—Tú con tal de no ayudar a tu hermana eres capaz de cualquier cosa —siguió Jackie—. Simon es muy atractivo, seguro que encontró la forma de engañarla, ¿a que sí? —Peyton afirmó con cara de pena—. Seguro que si se lo explicamos a Ethan, se olvidará de todo y podréis arreglarlo.

—Sí, se le veía muy dispuesto a olvidar —dijo Skye—. Perdón, pensando en voz alta de nuevo. Qué manía más tonta que tengo.

—Será mejor que nos centremos en lo práctico —dijo Alex, buscando la manera de hacer algo útil—. Habrá que buscar la forma de salir de aquí sin que nos vea la prensa. Iremos al hotel, y después a casa. Tendrás que devolver los regalos, y…

—¿Qué? —saltó Peyton—. Eso ni hablar. Me los pienso quedar como compensación.

—La gente…

—Me da igual la gente, mira cómo han corrido al banquete, les da igual si estamos o no. Solo devolveré lo que no me guste.

—Bien dicho, hija —corroboró Jackie.

—Pero no a ellos, sino que voy a pedir el dinero a las tiendas. Y con eso me voy a ir a un spa, que me hace falta.

—Y yo contigo, no puedo dejarte sola en un momento como este. Masajes y relax es lo que te hace falta.

—¿Y qué pasa con el viaje que os había cogido yo? —preguntó Alex, recordando el dineral que se había dejado en el mismo.

—Ah, ni loca pienso ir a México. Hace un calor horrible, cancélalo y me das un cheque regalo. Así mamá y yo podremos hacer lo que queramos.

Skye se levantó y corrió al lado de Alex para cogerla del brazo e intentar mostrarle su apoyo. Por su cara deducía que estaba a punto de salir corriendo o soltar cuatro burradas a su familia como debería haber hecho hacía tiempo.

—Me llevo a Alex un segundito, ¿vale? Seguid con vuestros… abanicos revisteros.

La arrastró fuera de la rectoría, y cerró la puerta tras ellas para que no las oyeran.

—Respira hondo —dijo Skye—. Parece que va a darte un ataque a ti también.

—¿Pero tú no las has oído? ¡Viven en un mundo paralelo!

—Sí, pero ese es su problema.

—Tengo que volver ahí, Skye, antes de que le dé un ataque a mi madre o mi hermana salga sin pensar y la pille la prensa. Alguien tiene que encargarse de todo este desastre, ¿entiendes?

—No, no lo entiendo. Tu hermana le pone los cuernos, ¿y tú tienes que sacarla del lío? Yo, si fuera tú, me marchaba ahora mismo sin mirar atrás. Y que se apañen solas.

—No puedo hacer eso. Es mi hermana. Y mi madre no me lo perdonaría nunca.

—Ya ves tú qué problema, otra cosa más a la lista de cosas que tu madre no te perdona.

—Eres única para animar a la gente, chica.

—Ya me entiendes.

—Da igual. —Sacudió la cabeza—. Si nos vamos no tardarán ni diez minutos en llamarme.

—Pues nos vamos lejos, y desconectas el móvil.

Sonaba tentador, pero la voz de su madre ya estaba llamándola desde la rectoría, y Alex hizo ademán de entrar de nuevo. Skye le cogió el brazo para impedírselo.

—Piensa en ello —le dijo, con tono seductor—. Sol, playa, pulserita de barra libre…

—¿De qué estás hablando?

—¡Del viaje de novios, por supuesto! Cambias los nombres de los billetes, y nos vamos las dos. Piénsalo, Cuchipanda, ¡un mes lejos de toda tu familia! Sí, sé lo que me vas a decir, que a tu madre le va a dar algo. Pero vamos, lleva dándole «algo» desde que tienes uso de razón, así que la excusa no vale.

—Peyton…

—Que vaya y se vuelva a follar a Simon, total, ya lo ha hecho y la ha visto medio país.

La puerta de la rectoría se abrió, y Matthew asomó la cabeza.

—Cariño, tu madre acaba de fingir un desmayo y tu hermana dice que se le está clavando una horquilla del moño. ¿Vas a tardar mucho?

Alex miró a su padre, y luego a Skye. Se mordió un labio, indecisa.

—Mojitos —susurró su amiga.

—Esos son cubanos —susurró ella.

—Mejor me lo pones. Tequila. Margaritas. Daiqui…

Matthew se acercó a ellas, curioso por saber qué estaban cuchicheando.

—¿Todo bien? —preguntó.

Skye elevó las cejas de forma interrogativa, y Alex lanzó un suspiro de rendición.

—Papá, ¿crees que te las puedes apañar? Skye y yo nos vamos.

La fotógrafa dio un par de palmadas de alegría, para después girar moviendo las caderas.

—Te-qui-la, pla-yi-ta —canturreó—. Juer-gaaa.

Matthew la miró unos segundos, para después afirmar con una sonrisa resignada.

—Tu madre finge desmayarse una media de dos veces a la semana, no hay problema. Pero corred, antes de que alguna de las dos salga a buscaros.

Les guiñó un ojo y regresó a la rectoría.

—Espérame en la puerta de atrás —dijo Skye—. Entro a por mis cosas y vuelvo en un minuto.

Alex obedeció y se fue hacia la parte de atrás de la iglesia. A esas alturas suponía que habría fotógrafos de prensa allí también, y encima con aquel vestido rosa no pasaba desapercibida. Tendrían que correr para que no les hicieran preguntas.

Skye regresó con su equipo recogido y cargado al hombro; llevaba unas telas blancas en los brazos, y se las pasó a Alex, que las cogió por inercia.

—¿Qué es esto? —preguntó ella.

—Ropa de monaguillo.

—¿Qué?

—Es de tu talla. Con eso pasarás desapercibida, sin el vestido rosa no pensarán que eres la hermana de la radiante novia, así que póntelo y rápido, que tu madre ya estaba preguntando por ti y no puedes estar en el baño una hora.

Alex no estaba nada convencida, pero no podía refutar su lógica. Extendió las telas y vio que era una túnica color crema con adornos dorados, lo típico que solían ponerse los monaguillos. Se lo pasó por la cabeza, y miró cómo la tela caía hasta los pies.

—O los niños son muy altos, o yo muy bajita.

—Eres tamaño *hobbit*, qué quieres. —Le quitó el adorno de plumas rosas del pelo—. Vámonos, he pedido un Uber y está esperándonos.

Abrió la puerta y al momento escucharon el sonido de cámaras funcionando. Cuando se asomaron, los periodistas las miraron unos segundos antes de bajar las cámaras y dejar de prestarles atención. El plan de Skye había funcionado.

Vieron el coche aparcado al otro lado de la calle, así que cruzaron y una vez dentro, Alex se quitó la túnica.

—Pues no sé si el vestido te queda mejor —dijo Skye, después de darle la dirección del apartamento de su amiga al conductor—. Ese color queda fatal a todo el mundo.

—Mujer, nadie tenía que hacerle sombra a Peyton.

—No, y nadie se la ha hecho. Todos la han visto pero que muy bien.

Alex le dio un manotazo porque la situación le parecía dramática y no sabía cómo se iba a recuperar su hermana de algo así, pero tampoco muy fuerte porque en el fondo estaba de acuerdo con todos sus comentarios.

Llegaron a su piso en unos minutos, y una vez allí buscó el número de la agencia con la que había contratado el viaje.

—Te voy haciendo la maleta —dijo Skye, dirigiéndose hacia su habitación.

Alex iba a ir tras ella, pero justo le cogieron y dio su información para cambiar el billete. Escuchó cómo la chica tecleaba durante unos minutos.

—Disculpe —le dijo—. Solo podemos cambiar el billete de Peyton Jones, de casada Lewis. El del señor Ethan Lewis está bloqueado, el sistema no me lo permite.

—¿Y cambiarlo? Por dos billetes en turista, ¿sería posible?

Aunque ambas vivían de manera más que decente, no podían permitirse dos billetes en primera para las dos, así que era la mejor solución. Escuchó a la chica teclear conteniendo la respiración, hasta que por fin le habló de nuevo.

—En este vuelo no hay plazas —informó—. Pero podemos hacerlo en el siguiente, sale una hora después.

—Perfecto —suspiró aliviada—. Pues lo cogemos.

Le dio los datos de Skye, y en unos minutos estuvo hecho el cambio. Su amiga salió de la habitación con una de sus maletas de cabina.

—¿Solo has preparado una? —preguntó—. ¿Qué has metido?

—Bañadores, ¿qué más necesitas? Vamos a la playa. Con eso nos basta.

—Algún pantalón corto, camisetas… no sé, por si hacemos alguna excursión.

—¡Y si no, se compra!

Skye terminó la maleta sin prestar demasiada atención a lo que metía dentro, y salieron hacia el aeropuerto. Alex sacó su móvil para enviar un mensaje a su padre y que así no se preocupara, pero justo cuando iba a apagarlo comenzó a sonar.

—Es mi madre —dijo, mordiéndose un labio preocupada.

—Déjamela a mí.

Sin darle tiempo a reaccionar, Skye se lo cogió. Cortó la llamada y tocó varias teclas antes de devolvérselo apagado.

—¿Qué has hecho?

—Hermana y madre bloqueadas —informó—. Así imposible que te llamen.

Alex miró el móvil, dudando, pero se lo acabó guardando. Skye tenía razón, así no la molestarían y podría desconectar.

Le asaltaron algunos remordimientos cuando embarcaron. Aquel se suponía que debía haber sido el viaje de su hermana y Ethan, no el suyo y de Skye. Y con una punzada de tristeza, se preguntó dónde estaría el senador, cómo estaría sobrellevando aquella situación. Pero Skye pidió un par de vasos de vino que, aunque escasos, la ayudaron a distraerse, y unas horas después, estaban aterrizando en el soleado México.

Nada más salir del aeropuerto, notaron una oleada de aire caliente en sus rostros, y Skye la miró con una sonrisa de oreja a oreja.

—Esto va a ser genial. —Miró una señal—. Genial, taxi se dice igual. No, si al final voy a saber más idiomas de lo que pensaba.

Siguieron las indicaciones hasta la parada, y subieron al primer taxi de la fila. Le entregó el papel con la dirección al conductor, que puso la música a todo volumen y así, con mariachis de fondo y volantazos bruscos para avanzar entre el abundante tráfico, emprendieron el camino hacia el hotel. El hombre no paraba de hablar a toda velocidad, pero ellas solo acertaban a sonreír y hacer algún «ajam» y «hum», porque entre que no lo oían y apenas entendían, no tenían ni idea de qué les estaba contando.

Por fin llegaron al resort que Alex había contratado, y cuando se bajaron del coche se quedaron con las maletas en la puerta mirando la entrada con la boca abierta.

—Madre mía —dijo Skye—. Este sitio es la hostia. ¿Por qué no me habías dicho que se ganaba tanto como profesora? ¡Me habría casado yo contigo para que me trajeras de viaje!

—Me habría casado yo conmigo misma.

Pasaron al interior, y se acercaron al mostrador de recepción. Alex se dirigió hacia una mujer, pero Skye la empujó al otro lado, donde había un chico joven y alto, muy atractivo.

—Mejor con él, que lo mismo ligas —dijo—. No tienes que perder oportunidades.

—*Buon pomeriggio* —dijo el chico.

Ellas se miraron, sin entender, y él sonrió dándose un golpe en la frente.

—*Mi scusi*, perdón. Me lío con los idiomas. Soy Pasquale.

—Italiano —dijo Skye—. ¿En serio? ¿En un resort mejicano?

—Claro. Hablo poco el suyo idioma. Pero todo bien, ¿sí? —Les guiñó un ojo.

—Con esa mirada, claro que sí. —Le dio un codazo a Alex—. Dale los datos.

Alex puso los ojos en blanco y le paso la hoja de reserva. El chico tecleó y las miró con una sonrisa.

—Felicitaciones —dijo—. Su *marito*…

—No hay *marito* —interrumpió Alex—. Ella y yo, en la suite nupcial.

—*Capisco. Voi sposi.*

—No, nosotras *esposis* tampoco —replicó Skye—. Amigas. ¿*Amicci*?

—¿Eso no es un cantante? —dijo Alex.

—Yo que sé.

—*Marito* en…

—Que no hay *marito* ni nada, no ha habido boda.

—Ah, boda *qui*, entonces. Todo bien, muy bonito. *Qui braccialetto*.

—Bueno, lo que tú quieras —le dijo Skye, cogiendo las pulseras de plástico que les tendía—. Esto es lo importante. ¿Todo incluido?

—Todo incluido, correcto. Vayan allí. —Señaló al mostrador de enfrente—. María hace *viaggios*, *tutto molto* interesantes. *Tutto* beber. Pasarán *bene*.

Las dos miraron hacia allí y la chica aludida, una mejicana morena de enormes ojos marrones, las saludó con un gesto sonriente, haciendo gestos hacia los múltiples folletos de excursiones que la rodeaban.

—Luego nos pasamos —dijo Alex, empujando a Skye hacia el ascensor—. Venga, vamos a arriba, estoy deseando darme una ducha después de un viaje tan largo.

—Alejandro *caricare le* equipaje *in questo* momento —añadió Pasquale.

—¿Qué? —preguntó Skye, mientras su amiga le tiraba del brazo—. A ver, que Pascual está hablando…

—Qué importa, si no entendemos nada. Veamos nuestra suite.

Skye la siguió, sin dejar de bailotear ni siquiera en el ascensor. Alex empezaba a contagiarse del buen humor de su amiga, alejarse unas semanas le permitiría ser ella misma con total libertad, y sin tener que estar pendiente de los caprichos de su familia.

Encontraron su habitación sin problema, aunque abrir la puerta no fue tan sencillo.

—¿Cómo va esto? —Alex trató de introducirla por la ranura, pero el verde que daba paso no se encendía por ninguna parte.

—Pásala por encima a ver. Con lo cómodas que son las llaves de toda la vida, en serio.

Tras cinco eternos minutos en los cuales Alex aplastó la tarjeta por toda superficie posible, al final la puerta se abrió con un chasquido.

—¡Aleluya! —exclamó Skye.

Y eso fue todo lo que salió de su boca, ya que la suite las dejó sin habla. Para Alex, que nunca había estado en ese tipo de resort, le pareció más grande que su propio piso. Los ventanales eran inmensos y tenían vistas hacia una de las piscinas del hotel, la que recreaba un pequeño paraíso tropical con cascada incluida. Sus ojos se pasearon maravillados por el profundo azul del agua. Más allá se veía la playa, kilómetros y kilómetros de arena blanca, suave, limpia; un lugar de relax durante el día, y de fantásticas juergas por la noche. Al descender del avión había tenido sus dudas sobre si no sería demasiado mayor para un viaje así, pero viendo aquello lo olvidó al instante. De repente, tostarse durante el día y beber margaritas en la piscina durante la noche al ritmo de la música le parecía lo mejor que había hecho en mucho tiempo.

—Ay, madre, ¡qué pasada! —exclamó Skye, entrando—. ¡Mira la cama!

La suite era minimalista y moderna en su decoración, con un abanico de tonos crema y negro que le otorgaban cierta elegancia. Poseía, además, una terraza amplia con jacuzzi, un enorme baño con hidromasaje, y un cuarto anexo igual de lujoso que el resto.

—¿Y para qué es esta habitación? —preguntó Skye—. ¿Por si discuten los recién casados?

—No, mira. —Alex señaló un cartel colgado detrás de la puerta—. Aquí pone que se puede contratar un mayordomo interino, y dormiría aquí.

—Huy, ¿hay fotos? Que lo mismo podemos coger uno y…

—Quinientos dólares al día. Creo que podemos pasar sin él.

—Bueno, pues si nos traemos compañía ya tenemos dónde venir.

Le guiñó uno ojo, mientras seguían examinando la suite. Había detalles por todas partes, incluida una botella de champán, bombones sobre la cama y flores frescas en las mesillas.

—Bueno, aunque no estemos casadas nos podemos beber esto igualmente. —Skye se tiró sobre la cama con una risita, revolcándose por encima—. Aquí entramos tú, yo y un equipo de béisbol.

Oyeron como las puertas del ascensor se abrían y, segundos después, apareció un mejicano veinteañero manejando un carro con sus maletas. Se detuvo en la entrada, para ponerse a hablar en español.

—*Señoritas, aquí traigo su equipaje.*

Las dos lo miraron. A pesar de no entender nada, Alex se adelantó con una sonrisa.

—*Gracias* —dijo, usando una de las pocas palabras que conocía en su idioma.

—*Qué chido*—replicó Alejandro, con una sonrisa enorme y sin moverse del sitio.

Alex se quedó momentáneamente confusa.

—¿Qué pasa? —siseó en voz baja, pese a estar segura de que el tal Alejandro comprendía a la perfección el inglés—. ¿Por qué no se marcha?

—Espera. —Skye se aproximó a toda prisa, sacando su cartera—. Se ve que han importado nuestras costumbres.

Le tendió un billete mientras Alex se llamaba así misma estúpida. ¡Claro, una propina, qué tonta! Ni siquiera había caído.

—*Gracias.* —Alejandro se guardó el billete y correspondió con una enorme sonrisa—. ¿*Americanas*?

Ambas afirmaron al mismo tiempo.

—*Estupendo. México es muy divertido, y si desean excursiones mucho más baratas que las que ofrece el hotel, yo soy su hombre. También tengo mi propia van, cualquier cosa que necesiten, hasta drogas y alcohol. ¿Han entendido algo?*

Ellas negaron, también al mismo tiempo. El joven sacó una tarjeta, tendiéndosela.

—*Si necesitan algo me llaman* —continuó hablando en español, para segundos después guiñar el ojo a Skye—. ¿*Tú quieres salir, guerita? A bailar, chupar, o lo que sea.*

Skye no entendía nada, pero Alex se imaginaba lo que el mejicano estaba proponiendo. No se sintió molesta, Skye era un verdadero imán para los chicos y lo había sido toda la vida. En parte por su belleza, pero también porque daba la sensación de pasarse la vida de fiesta en fiesta: siempre era la primera en saltar a la pista de baile, cantar en el kakaoke o ponerse a contar chistes. A veces costaba seguir su ritmo, pero estaba claro que a su lado era imposible aburrirse. Por otro lado, no era amiga de compromisos, le gustaba mucho volar libre y eso también resultaba atractivo para los hombres.

Alex le dio un pequeño toque en el hombro a Alejandro para sacarlo del cuarto.

—Gracias, Alejandro, muy amable.

Él asintió, marchándose con una sonrisa.

—Podríamos haber comprado una guía o algo, no entiendo nada —se quejó Skye.

—Ya nos apañaremos. —Alex se giró, con las manos en la cintura—. Bueno, ¿quieres que deshagamos las maletas o lo dejamos para más tarde?

—Por Dios, vamos a darnos un baño en esa piscina. Esto puede esperar.

En circunstancias normales, Alex habría insistido en la obligación antes de la diversión. Pero se sentía acalorada y agotada por el viaje, y la idea de sumergirse en el agua era extremadamente atractiva. Así que afirmó con la cabeza.

—¿Tenemos los bañadores a mano? —preguntó, sonriendo.

—Seguro. —Skye abrió una de las maletas y sacó un montón de ropa de baño que agitó en el aire de forma triunfal—. ¡Aquí están! Piscina y margaritas, no se me ocurre mejor combinación.

Si deseaba unas vacaciones espectaculares, lo primero era dejar atrás las responsabilidades. Estaban de vacaciones, tocaba divertirse. Alex se quitó de encima esa parte de sí misma que siempre insistía en actuar con sensatez, en cierto modo aliviada. Porque allí no conocía a nadie, ni nadie la conocía a ella. Podía hacer locuras, que da igual. Si se emborrachaba todas las noches y bailaba canciones mejicanas hasta el amanecer, no le pasaría factura en absoluto.

Skye le arrojó su bañador, y durante unos segundos Alex fue consciente de que hacer las maletas deprisa y corriendo tenía consecuencias: al parecer, en su caso solo había metido ese traje de baño, unas gafas de sol que hacía años que no usaba porque las patillas estaban flojas, una especie de vestido playero que le habían regalado con una revista de moda y unas sandalias con purpurina que compró en una tienda de saldos para un disfraz de extraterrestre.

—Pero, ¿qué cajón miraste? —preguntó, horrorizada.

—El primero que pillé. Vi esas sandalias tan *fashion* y pensé que era el cajón playero —se excusó su amiga, divertida.

—Pero no puedo ponerme estas mierdas...

—Tranquila, la gente estará tan borracha que ni repararán en lo que lleves. No protestes, que yo cogí el avión con un vestido de fiesta y mis vaqueros.

Alex prorrumpió en carcajadas al ver a Skye ponerse el vestido de la boda por encima de su bikini. Tenía razón, y esperaba que de verdad nadie se fijase en sus atuendos, al menos hasta que pudieran atracar alguna de las tiendas del hotel al día siguiente.

Se puso el vestido playero y las sandalias de purpurina con una sonrisa. Después empujaron las maletas bajo la cama para no tropezar con ellas al volver, ya que era más que probable que tomaran unas cuantas unidades de alcohol.

—Vamos a divertirnos un rato, que nos lo hemos ganado —dijo, rodeando a Skye del brazo.

Bajaron a la piscina, y aunque hubo varias miradas de extrañeza ante sus modelitos, Skye había acertado en una cosa: la gente bebía sin control, y reinaba un ambiente de lo más festivo. Además, al estar cerca la hora de la cena, todas las piscinas estaban iluminadas con farolillos y resultaba precioso permanecer en el agua contemplando aquellos reflejos dorados.

Alex hizo un segundo viaje a nado para repetir margaritas, y a su regreso se encontró a un grupo de chicos charlando con Skye. Miró al cielo, poniendo los ojos en blanco.

—Anda, si tienes una amiga —saludó uno, sonriente.

—Alex, mira, estos son Michael, Damien, Austin, Bobby y Jack. O Jack, Bobby, Michael y Austin, no sé. Bueno, son unos abogados muy majos que vienen desde Atlanta para desestresarse. Ella es mi mejor amiga, Alexandra Cuchipanda.

—Ostras, ¿ese es tu apellido? —preguntó uno de ellos, mientras todos se reían.

—Sí, de la familia Cuchipanda de Boston. —Alex le sacó la lengua a Skye.

Los cinco rondarían la treintena y eran atractivos en general. Al principio Alex se sentía tímida, pero al quinto margarita aquella sensación desapareció y comenzó a relajarse. Un par de horas después comieron algo, ya que no querían morir borrachas en su primera noche allí, y después se reunieron de nuevo en la piscina con los chicos para compartir unos tequilas.

Pese a que se lo estaban pasando bien, el cansancio hizo mella en ambas cerca de la medianoche, de forma que se despidieron del grupo acordando verse al día siguiente, y se encaminaron hasta su suite canturreando y apoyándose la una en la otra para no caerse al suelo. Alex se quitó las sandalias de purpurina por si acaso, agarrando a una Skye que llevaba sus gafas puestas, a saber por qué. De esa guisa, y entre risas y canciones, llegaron a la suite. Tras varios intentos consiguieron pasar la tarjeta y abrir la puerta.

—¿Dónde está la luz? —susurró Alex, dando manotazos al aire.

—No sé —Skye usó el mismo tono—. ¿Por qué hablamos bajito? ¿Es un secreto?

Se rio por su propio chiste. Alex la enganchó del brazo para no perderla, mientras se movían a tientas en la penumbra.

—Huy, ¿otra puerta? —dijo Alex—. Yo no recuerdo otra puerta, ¿y tú?

Skye la abrió encogiéndose de hombros… y de pronto se encontraron otra vez en el pasillo. Se dieron la vuelta con rapidez, pero la puerta ya se había cerrado y tuvieron que volver a pegarse con la tarjeta para poder entrar.

—Qué lío. Con lo grande que es esto nos haría falta un GPS… —murmuró Skye, sacando su móvil—. ¿Por dónde estaba la cama, derecha o izquierda?

Consiguió encender la linterna del teléfono y alumbró a su alrededor hasta localizar el colchón.

—¡Bingo!

—Apaga eso, que me vas a dejar ciega —protestó Alex cuando su amiga se giró con expresión triunfal hacia ella.

Skye le sacó la lengua y se guardó el móvil en el escote del vestido de fiesta. Tras un par de intentos, avanzaron unos pasos y llegaron a su destino.

—Me muero de cansancio —dijo Alex—. ¿A la de tres?

—¡Tres!

Y ambas saltaron entre risas a la cama. Pero en lugar de caer sobre algo blando, como esperaban, chocaron contra algo que emitió sonidos de queja. Skye rebotó y cayó al suelo, mientras Alex intentaba levantarse sin conseguirlo, enredada entre unas sábanas y lo que parecían brazos y piernas.

—¡Llama a seguridad! —gritó una voz masculina.

Alex se quedó quieta, mientras su cerebro, embotado por el alcohol, procesaba aquella voz.

—¡Corre, Alex, escapa! —gritó Skye.

De pronto se encendió la luz de una de las lámparas de mesa. Skye se había levantado y sostenía la otra lámpara entre las manos, aunque se encontró con la pared de frente y, al darse cuenta, se dio la vuelta con rapidez para apuntar a la cama con su arma improvisada.

—¡Suelta a mi amiga o te doy en la cabeza! —amenazó.

No había terminado la frase cuando se vio tirada al suelo por un chico, que gritó:

—¡Yo te salvo, Ethan, vete!

—¿Alexandra?

Ethan había conseguido aprisionar bajo su cuerpo a una de las personas que, pensaba, había entrado a robarles, pero se quedó parado al ver de quién se trataba. ¿Qué demonios hacía allí la hermana de Peyton? ¿Estaría teniendo una pesadilla? Pero no, porque notó que algo le golpeaba la cabeza y el dolor fue demasiado real.

Alex había reaccionado por instinto y había golpeado a la persona que tenía encima con las sandalias, pero se arrepintió al momento al ver quién era. Aprovechó que él aflojó la presión para moverse a un lado y levantarse de la cama.

—¿Qué haces aquí? —preguntó, notando cómo se le pasaba el efecto de la borrachera a toda velocidad.

—¿Yo? —exclamó él, frotándose la frente y esparciendo sin querer la purpurina de la sandalia por su cara—. ¿Y tú?

—Yo os pagué el viaje, y como no ibais a usarlo…

—Eso te lo has imaginado, porque como ves, sí he usado el billete.

—Pero…

No entendía nada. ¿Ethan había utilizado el billete? Tenía que haber llegado antes que ella. ¿Por qué no les habían dicho nada en recepción? Abrió los ojos desmesuradamente al recordar las palabras de Pasquale. A ver si con lo del *marito* de las narices lo que quería decirles era eso…

Una exclamación de dolor la distrajo y miró al otro lado de la cama. Skye se levantó con expresión triunfante sosteniendo la lámpara entre las manos.

—Patada en la entrepierna, nunca falla —dijo, mirando a Alex—. ¿Estás bien? Vamos a llamar a…

Entonces vio a Ethan, que se levantó de la cama y se quedó a los pies, entre ambas chicas. Skye miró al suelo, donde estaba el que la había atacado, y entonces le pareció que lo conocía de algo. ¿De la boda? Mierda, le sonaba mucho. ¿Pero qué hacían allí? Volvió a mirar al senador, por si acaso el alcohol le estaba jugando una mala pasada, pero no. ¿Dormía con traje? No, al mirar de nuevo vio que era un pijama de botones, igual que el que llevaba el chico que se retorcía en el suelo.

Aunque no le pegaba que Ethan tuviera purpurina morada en la cara... Era todo muy extraño.

Desde el suelo, Owen comenzaba a recuperarse del ataque de aquella loca, porque no se le ocurría otra palabra para describir a alguien que llevaba una lámpara en la mano y un brillante vestido de fiesta. Que ahora que la miraba bien, le sonaba de algo.

Un momento. ¿No era la fotógrafa de la boda? ¿No la había visto en otra boda anterior?

Consiguió levantarse con esfuerzo y se apresuró a ir junto a Ethan, alejándose de aquella lámpara amenazante.

—¿Qué te ha pasado en la cara? —exclamó, al ver que le brillaba en tonos morados.

—¿Qué pasa? —Se tocó y se miró los dedos, llenos de brillantina—. ¿Qué es esto?

—Creo que es de mis sandalias... —dijo Alex, aturdida—. Perdón.

—Pero si tú eres la hermana de Peyton. —Owen no entendía nada—. Ethan, es tu cuñada. O la que iba a serlo, vamos.

—Eso ya lo he visto —replicó él, frotándose de nuevo la frente sin conseguir quitarse aquello—. Parece que han tenido la misma idea que nosotros, ¿no?

Alex tragó saliva, aturdida por su tono de enfado. A ver si ahora iba a ser culpa suya que él hubiera decidido viajar a pesar de todo. Con la que había montado en la boda, era lo último que se había imaginado. Se distrajo un segundo mirando su pijama. Alguna que otra vez se lo había imaginado durmiendo, pero no con aquello que parecía un traje para dormir. ¿Acaso nunca salía de su papel de senador?

—Pues vamos ahora mismo a recepción a solucionarlo —dijo Owen—. Que les den otra habitación y arreglado.

—Perdona, que os la den a vosotros —dijo Skye—. Nosotras no nos vamos de esta suite ni con agua caliente.

—Es su regalo de boda.

—Y mi amiga lo pagó, así que...

Se miraron unos segundos, retándose, hasta que Alex intervino.

—Vamos todos a recepción, a ver qué conseguimos.

—Esperadnos fuera mientras nos vestimos, no podemos bajar así —dijo Owen, señalando sus pijamas—. Aunque ya veo que a vosotras eso no os importa mucho.

—Tírale una sandalia, Alex, que vayan a juego —resopló Skye, furibunda.

—Mejor sueltas la lámpara... —contestó ella.

Se acercó rodeando a Ethan evitando mirarlo, y cogió a su amiga del brazo para que soltara su arma y salir de la habitación.

—No me lo puedo creer —protestó Skye, cruzándose de brazos—. ¿Qué hacen aquí? ¿Por qué Pascual no nos ha dicho nada?

—Acuérdate de lo de *marito*…

—Porras. Pues espero que no nos los encontremos más, tienen pinta de aburrir a una ostra. ¿Tú has visto esos pijamas? ¡Si parecía que iban a dar un discurso!

Alex apenas la escuchaba, aún sin poder creer que Ethan estuviera allí. ¿Cómo iba a olvidarle, si le tenía tan cerca? Aunque les pusieran en otra habitación en el otro extremo del resort, podrían encontrárselo en cualquier momento.

La puerta de la habitación se abrió y salieron los dos, vestidos con unos trajes grises y corbatas. Skye miró a Alex como diciéndole «te lo dije».

—Vamos a solucionar esto —dijo Owen, con tono serio.

Salieron de la habitación y se metieron en el ascensor, donde sonaba la típica música clásica. Las chicas se colocaron detrás de ellos, y Owen pulsó el botón de recepción.

—Esta musiquita ayuda a relajar el ambiente, sí —comentó Skye, señalando con la cabeza las espaldas rectas frente a ellas.

Owen les lanzó una mirada con el ceño fruncido antes de pasarle un pañuelo a Ethan.

—Mira a ver si con esto se te quita, lo último que necesitamos es que alguien se fije en ti porque vas brillando por ahí.

—Sí, seguro que se fijan en eso y no en que estáis en traje a las dos de la mañana con treinta grados en la calle. —Owen la miró de nuevo mosqueado—. Huy, es que tengo la mala costumbre de pensar en voz alta.

Por suerte el ascensor llegó a su destino. Se dirigieron a la recepción, donde se encontraron con que estaba Pasquale atendiendo. Al verlos sonrió ampliamente y señaló a Ethan.

—¡*Il marito*! —exclamó.

—No, bueno, sí, en fin, es complicado —empezó Alex.

—¿Todavía sigues aquí? —preguntó Skye—. Pero, ¿qué turnos hacéis en este hotel?

—*Oggi* doble. No *problem*, pagan extra. —Le guiñó un ojo.

—Muy bien, toda esta conversación es muy interesante pero queremos una habitación —interrumpió Owen.

—Habitación suite —contestó Pasquale, sin dejar de sonreír—. Grande.

—No, si grande es —dijo Skye—. Pero somos cuatro.

—Ah, entiendo, *capisco*. Americanos liberales, ¿cambio parejas?

—No, no, nada de eso —dijo Ethan, armándose de paciencia—. Es muy sencillo. Yo iba a casarme con su hermana. —Señaló a Alex—. Pero descubrí que me engañaba, así que la dejé plantada en el altar y me vine con mi amigo al viaje de novios. Parece que ella, como nos lo había regalado, tuvo la misma idea y aquí esta con su amiga también. Así que lo que queremos es una habitación para no tener que compartir la suite.

—Ah, okey. —Le señaló la cara—. ¿Fiesta de *costumi*?

—No, una boda.

Volvió a repetir la historia, más despacio. Pasquale los miraba sin dejar de sonreír, pero no se movía.

—¿Habitación? —intentó Alex, al ver que el italiano no le estaba entendiendo—. Esto… ¿dormir? ¿Otro sitio?

—Claro, sí, en la suite. No hay mayordomo. También hay un sofá.

—No, no, nada de sofás —protestó Owen—. Queremos una habitación separada, no queremos compartir suite.

—Ah, otra *camera*.

—Que no, fotos no. Pero vamos a ver, ¿nadie habla aquí nuestro idioma?

—¡*Stanza*! —exclamó Skye, mirando su móvil—. Eso pone aquí, *stanza* o *camera*. Pascual, una de esto.

Le enseñó el móvil y Pasquale levantó los pulgares. Tecleó en el ordenador y los miró.

—¿Doble? —preguntó.

—Claro que doble, somos dos —replicó Owen.

—Camas separadas, claro —intervino Ethan, por si acaso.

—Perfecto. —Pasquale siguió tecleando sonriente—. No hay.

—¿Cómo que no hay? ¿Y suites? ¿O dos individuales? Lo que sea.

—Perfecto. —Volvió a teclear—. No. *Tutto* lleno.

—¿Y no podías decirlo antes? —preguntó Skye.

—¿Lleno hasta cuándo? —preguntó Owen.

Pasquale tecleó con su sonrisa eterna, y los miró sin cambiar de expresión.

—*Tre* semanas. Temporada alta, muchas bodas.

—¿No podemos hablar con algún responsable? —preguntó Ethan—. ¿Jefe?

—¡*Capo*! —volvió a exclamar Skye.

—Pero qué dices, loca, que esto no es la mafia —le dijo Owen.

—Que pone eso aquí, listo.

Y le plantó el móvil en la cara, tan cerca que él tuvo que retroceder para poder ver lo que ponía. Mientras tanto, Pasquale había vuelto a levantar los pulgares y estaba hablando por teléfono. Colgó y les sonrió.

—Un minuto.

Poco después se abrió una puerta tras él y apareció una mujer mejicana, que sonrió con amabilidad.

—Buenas noches. —Al entenderla, todos suspiraron aliviados—. Me comenta Pasquale que hay algún problema con su suite.

—Queremos una habitación más —explicó Alex.

—Lo siento, el hotel está completo y no tenemos disponibilidad al menos en tres semanas. La suite tiene una habitación de servicio que, si no contratan mayordomo, está libre. Si querían dos habitaciones deberían haberlo pedido en la reserva.

—Ya, es que se ha complicado el tema y…

—De nuevo, lo siento, pero no podemos hacer nada.

—Gracias de todas formas.

—¿Y qué vamos a hacer? —preguntó Skye.

—Subamos a la suite y hablemos —sugirió Ethan.

—Qué remedio —murmuró Owen, nada convencido.

Volvieron al ascensor sin hablar entre ellos. Ya en la suite, se quedaron en el centro del salón, entre la cama principal y el dormitorio anexo.

—¿Por qué no os vais a otro hotel? —preguntó Owen.

—¿Por qué no os vais vosotros? —replicó Skye—. Seguro que os lo podéis permitir.

—No queremos llamar la atención. Nadie debe saber que Ethan está aquí pasando su luna de miel solo.

—Bueno, solo, lo que se dice solo…

—Seguro que podemos compartir esta suite y pasar las vacaciones sin molestarnos —dijo Ethan—. Cada uno por nuestro lado, y se acabó. No tenemos ni que vernos. Está claro que, vista la hora a la que habéis llegado, no tendremos ni siquiera los mismos horarios.

Alex esperaba que fuera así. Si le veía todos los días y se lo encontraba en todas partes, estaba segura de que no iba a poder disfrutar de las vacaciones. Y mucho menos, pasar página y olvidarle. Como él la miraba esperando una respuesta, afirmó con la cabeza.

—¿Nos jugamos la habitación grande? —preguntó—. ¿Piedra, papel o tijera?

—De acuerdo.

Ocultaron una mano en la espalda. Ethan contó y las sacaron.

—Piedra —dijo.

—Papel.

Alex cubrió su puño con su mano extendida, sintiéndose idiota por sentir un escalofrío al tocarle. Ni que fuera una adolescente con las hormonas revolucionadas... pero claro, nunca lo había tenido tan cerca y mucho menos en una habitación.

—Genial, nos toca la de servicio —resopló Owen—. ¿Y si hacemos turnos?

—Nada, se siente —dijo Skye, cogiendo a Alex del brazo—. Hasta mañana, chicos.

Se llevó a su amiga a la habitación.

Ethan y Owen se asomaron al cuarto de servicio, mirando la cama.

—Es una cama enana —dijo Ethan, como si no fuera obvio—. Si ponemos cojines no vamos a caber.

—Pues nada, culo con culo, pijamas completos de nuevo y se acabó, nada de roces.

—Vamos a morir de calor.

—Para eso está el aire acondicionado.

Vieron que Skye y Alex les dejaban unas sábanas y sus pijamas en el sofá del centro, que había pasado a ser como la zona neutral entre dos países. Mientras Owen lo recogía, Ethan se quedó mirando la suite con un suspiro. Había querido alejarse de Peyton y toda su familia, y se encontraba compartiendo suite con Alexandra. Solo esperaba que sus caminos no se cruzaran muy a menudo. Porque Alexandra siempre le había caído bien, pero eso no quería decir que compartir tiempo con ella fuera algo que le apeteciera en aquel momento.

En el armario junto a la cama principal había sábanas de sobra, así que Alex y Skye las cambiaron antes de meterse dentro para dormir.

—Menudos muermos —comentó Skye, dando un par de golpes a la almohada para acomodarse—. ¿Trajes en su viaje de novios? No sé qué le vio tu hermana al senador.

—Ya...

—Esos no conocen la palabra «diversión». ¿Has visto qué pijamas? Son lo más anti noche de bodas que he visto. A saber qué bañadores usarán, no quiero ni imaginármelo.

Ni ella, porque no sabía cómo le afectaría verlo con menos ropa. Así que mejor esquivar la piscina de momento, a ver qué se le ocurría para no ir por la mañana.

Capítulo 3

Owen y Ethan se habían levantado temprano y estaban desayunando, viendo pasar a la gente en bañador y ropa ligera, mientras ellos llevaban de nuevo un traje. Claro, que tampoco habían metido nada más en la maleta.

—Si vamos a ir a la piscina, quizá deberíamos comprar algún bañador —comentó Ethan.

—De momento no. Mira, eso es lo que va a hacer tu cuñada y la loca esa amiga suya. Así que hoy nos vamos de excursión, seguro que así no nos las encontraremos. —Le pasó un folleto—. He cogido esto de la recepción, hoy hay una a unas ruinas mayas. Eso seguro que te gusta.

Ethan cogió el papel para leerlo, interesado. Cuando había hablado con Peyton sobre el regalo del viaje de novios, ella solo había visto playa, piscina y sol, pero él había mirado también información sobre los sitios que se podían visitar. La excursión tenía buena pinta, así que no puso ninguna pega.

—Vamos a preguntar a Pasquale donde podemos contratarla —sugirió Owen, levantándose.

Ethan siguió a su amigo, esperando que el calor remitiera. Porque el cuello y los puños de la camisa le oprimían un poco, por no hablar de la chaqueta, que no estaba seguro de necesitar.

—Oye. —Owen se giró—. ¿De qué me suena la rubia?

—Era nuestra fotógrafa. Y creo recordar que estuvo en la boda de esa prima de Peyton y Alexandra, no me acuerdo del nombre. Tú también estuviste, hace casi un año si no me falla la memoria.

—Ajá…

—Yo que sé, es la mejor amiga de Alexandra.

—Vale —Owen no parecía muy convencido, como si Ethan le estuviera ocultando la verdad, pero ya estaban en el mostrador y decidió dejar el tema—. Hola, Pasquale.

—*Buongiorno. Dormito bene*?

Los dos se miraron, encogiéndose de hombros, y Owen le tendió el folleto, señalando la excursión.

—Esto. Queremos ir. ¿Dónde lo contratamos?

—Ah, *escursione*. María. —Señaló el mostrador frente al suyo—. María hace *viaggios*, *tutto molto* interesantes. Pasarán *bene*.

Ellos asintieron al mismo tiempo.

—*Grazie* —dijo Ethan—. Digo gracias.

Pasquale inclinó la cabeza, sonriente, y los despidió mientras guiñaba un ojo a María. Ella sonrió ampliamente al verlos acercarse. Por suerte hablaba una mezcla español e inglés, se la entendía de manera decente.

—Les propongo una de las mejores excursiones que tenemos —comentó—. Un fascinante tour a la ciudad sagrada de la Cultura Maya. Este es un recorrido guiado a la zona arqueológica de Chichen Itza y la ciudad colonial de Valladolid. Primero visitarán Chichen Itza, la ciudad ancestral más representativa de la cultura Maya declarada oficialmente «Patrimonio de la Humanidad» por la UNESCO. Después explorarán la ciudad colonial de Valladolid Yucatán donde podrán disfrutar la Plaza principal, la catedral de San Gervasio y un popular cenote. En Valladolid disfrutarán de una deliciosa comida en un auténtico restaurante maya donde se ofrece una gran variedad de platillos yucatecos y comida internacional. Les incluye el transporte en el autobús oficial y el acceso a la zona arqueológica, además de la comida y demás.

Owen miró a Ethan para ver su reacción, pero este parecía interesado, de forma que asintió.

—¿Pagamos ahora? —preguntó.

—Ah, no se preocupen, caballeros. Lo cargaremos directamente a su cuenta. —Les guiñó un ojo mientras imprimía los papeles—. Disfruten de la experiencia, y no olviden beber mucha agua. Cualquier cosa que necesiten, soy la relaciones públicas del hotel.

—Gracias, muy amable. —Ethan correspondió a su sonrisa, echando a andar junto a Owen—. Menos mal, una persona agradable.

—Qué menos, seguro que esta excursión cuesta un ojo de la cara.

—Es lo que tiene que incluya todo. Pero así nos aseguramos de que Alexandra y la loca de la lámpara no estén, dudo que puedan viajar a este nivel.

—Eso seguro. Pues sale en media hora, nos da tiempo a comprar agua.

Ethan afirmó, encaminándose los dos hacia el puesto que había en la entrada del hotel donde se servían bebidas.

—¿Una excursión? —Skye puso cara de aburrimiento, mirando el folleto que le tendía Alex—. ¿Qué tiene de malo vegetar en la piscina?

—No quiero encontrarme con Ethan y Owen, seguro que estarán ahí.

—Con ignorarlos vale. Si no es hoy, nos los encontraremos mañana.

—Bueno, pero al menos hoy no. Y me apetece mucho ver esas ruinas.

Skye puso los ojos en blanco. Ir a ver piedras no era santo de su devoción, pero a Alex le encantaban esas cosas, así que acabó cediendo. Al fin y al cabo, iban a estar allí muchos días, tenía tiempo de sobra de disfrutar de la piscina y la playa, no iba a morirse por un par de excursiones.

—Déjame ver. —Agarró el folleto, echando un vistazo por encima—. ¿De dónde has sacado esto, del puesto de la mejicana esa?

—Lo cogí al pasar para echar un vistazo.

—Esto cuesta un dineral, mira. —Le mostró la parte trasera del folleto, donde venía el precio en letra pequeña—. Ya había leído antes sobre lo caras que son las excursiones de los hoteles. Podemos hacer el mismo itinerario por nuestra cuenta.

—¿Cómo? —preguntó Alex, temiendo que acabaran perdidas en algún pueblo remoto sin nadie que entendiera su idioma.

—Muy fácil —dijo Skye—. Pedimos una *van*, que es muy barata, y ella nos lleva a esos sitios. Una vez allí basta con pagar la entrada, no tiene más misterio. ¿Es que no has leído nunca los foros sobre viajes?

—Pues no, no dedico el tiempo a eso.

—La información es poder, cuchipanda. —Skye agitó el folleto ante ella—. Mira, vamos a buscar a Alejandro, seguro que conoce a alguien que conoce a alguien que tenga una *van*. Y descuentos para todo, verás.

Alex no estaba convencida, pero Skye no andaba desencaminada.

—¿*Quieren una van?* —preguntó él, una vez lo localizaron por la zona de recepción—. *Yo tengo la mía, les hago buen precio. Muy barato, pueden cambiar dólares también en el hotel por pesos mejicanos. Les daré descuentos para la entrada a Chichen Itza. ¿Quieren ver también Valladolid? Les coge de camino, aunque es un pueblo no más, solo tiene una iglesia que ver.*—Alejandro hizo un esfuerzo por mezclar algunas palabras en inglés para ser entendido.

—Sí, queremos ver todo. —Alex agitó el folleto otra vez—. Y el cenote.

—*El cenote es chido, pero no es nada especial. Si quieren ver cenotes, otro día puedo llevarlas a los mejores.* —Sonrió, mirando sobre todo a Skye, que le guiñó un ojo—. *Si están listas en media hora, nos vamos.*

Así pueden seguir el ritmo de la excursión oficial del hotel, y aprovechar las charlas del guía en las ruinas.

—Esto es perfecto —asintió Skye, mirando a su amiga—. ¿Ves?

Alex no tuvo más remedio que darle la razón. El precio de la excursión del hotel era desorbitado y no podían permitirse ese gasto en un simple recorrido, pero si lo hacían de la mano de Alejandro no le supondría demasiado.

—Estaremos listas —prometió, sonriendo al chico.

—*Les recomiendo ropa y calzado cómodo, protector solar, agua y repelente de mosquitos, sobre todo para los cenotes. Consigan hoy lo básico, si quieren mañana puedo llevarlas a comprar a sitios con auténticas gangas.*

Skye se lo agradeció con una sonrisa, y ambas salieron disparadas hacia su habitación. Entraron con cuidado, ya que ninguna quería llevarse una sorpresa desagradable, pero descubrieron aliviadas que ellos no estaban dentro.

—Estarán todo el día tumbados en la hamaca leyendo el periódico, seguro —dijo la rubia, corriendo a ponerse una camiseta de tirantes y un short minúsculo sobre el biquini.

Alex rebuscó en su maleta, aún sin deshacer, hasta que encontró un vestido de tirantes. Bien, tendría que servir hasta que pudieran ir de compras al día siguiente, ya que al parecer la excursión las tendría entretenidas todo el día, o hasta el atardecer.

—Voy a hacer recuento —dijo Skye—. Tenemos protección solar, la ropa y el calzado. Vamos a toda leche a la tienda a comprar el resto. ¡Ah, y mi cámara!

—¿Llevas tú la llave? —preguntó Alex.

—Sí, sí, vamos. Tenemos que ser simpáticas con Alejandro, seguro que también tiene entradas gratis para las discotecas de Playa del Carmen y todo eso.

—No tienes remedio —se rio Alex, siguiéndola—. No sé ni cómo lo entendemos, con ese spanglish que utiliza.

Las dos chicas se detuvieron en una de las tiendas del hotel para comprar bebidas y repelente de insectos, y Skye se hizo con dos gorros de paja para paliar el sol. Después se acercaron a la entrada para esperar a la *van*, y allí vieron a las ya familiares figuras trajeadas, también aguardando frente al autobús del hotel.

Se colocaron a un par de metros de ellos, ambas sin poder creerse que fueran a una excursión vestidos de aquella manera. Ethan miró en su dirección y carraspeó.

—Hola —dijo con educación, pese a que no le emocionaba en exceso verlas allí—. ¿De excursión?

Lo preguntó forzando un tono natural, aunque por dentro estaba suplicando que no viajaran con ellos. Ver a Alex allí no le dejaba olvidar lo ocurrido y necesitaba relajarse.

—Sí —contestó Alex, con un amago de sonrisa—. ¿Vosotros también?

—A Chichen Itzá y un pueblo llamado Valladolid.

—Ah, igual que nosotras —corroboró la joven.

—Entonces, ¿estáis esperando para subir al autobús?

Ethan miró a Owen, le parecía raro que no interviniera, pero este se limitaba a observar a la amiga de Alexandra con el ceño fruncido. Podía comprenderlo, recibir una patada en las pelotas no era para menos, pero esperaba que no se pasara todas las vacaciones con aquella cara.

—Nosotras vamos en una *van* —intervino Skye, acercándose con una sonrisa—. Haremos el mismo recorrido, pero por una suma ridícula.

Los dos se miraron con expresión perpleja.

—¿No vais a pasar mucho calor con esa ropa? —preguntó Alex, tratando de ser amable—. En fin, no parece muy cómoda, ni el calzado.

—Estamos bien, gracias. Nos apañaremos.

—Aquí llega Alejandro —informó Skye, cogiendo del brazo a Alex—. ¡Vamos! Nos veremos por las ruinas, hombres de negro —se despidió, burlona.

Los dos observaron cómo las chicas subían de un salto a la *van*, pero no tuvieron tiempo de hablar entre ellos porque en aquel momento llegaron otras personas que se sumaban al grupo de la excursión.

Ethan tuvo ganas de salir corriendo al ver a varias adolescentes colocarse a su lado, todas hablando con voz aguda y excitada, bien preparadas con sus mochilas y deportivas.

—¡Tía, que pasada, es súper emocionante!

—¿Habrá chicos guapos en el autobús? De nuestra edad, me refiero, no como esos del traje.

—Me he dejado el gorro, ya verás cómo me quemo y me pongo color gamba.

—¿Visteis a los tíos de ayer en la piscina? ¡Ay, madre, estaban tremendos! Y creo que van a venir a esta excursión, me pareció escuchar algo mientras los seguía…

—¡Felicia, pásame el aceite solar!

—¿Has llamado a casa? ¡Te recuerdo que tus padres son unos histéricos!

Ethan y Owen se alejaron a una distancia prudente donde dejaran de escuchar los gritos de las adolescentes. El grupo no era muy numeroso: dos mujeres que rondarían los setenta con unas gruesas guías entre las manos y sendos bolsos inmensos, un matrimonio de unos cincuenta años que permanecía en silencio, y un par de hombres solitarios. El guía abrió el autobús para que entraran y les fue entregando unos folletos con toda la información sobre Chichen Itzá. Cuando les tocó el turno a Ethan y Owen los recorrió con la mirada, asombrado.

—Hola. Soy Juan, su guía —dijo, entregando los papeles—. No van a ir muy cómodos con esa ropa. Hay que caminar bastante.

—No hay problema. —Owen le quitó importancia con un gesto.

—¿No llevan mochila con crema o repelente?

Ethan negó con la cabeza.

—Tenemos agua —añadió Owen—. Suficiente, no se preocupe. Cuando trabajas en política, una excursión a unas piedras es pan comido.

Fueron a ocupar sus asientos sin prestarle más atención, de manera que Juan continuó recibiendo al resto de pasajeros. Para desgracia de Ethan, las adolescentes se sentaron alrededor de ellos sin que tuvieran la menor escapatoria.

—Hola —saludó una de ellas, alta y de cabello rubio, ocupando un sitio delante—. Soy Mindy. Ella es Cindy. —Señaló a su compañera de asiento, también rubia—. ¿Estáis de vacaciones? ¿A que trabajáis en la bolsa o algo así? Felicia dice que no, que sois abogados. Por los trajes y eso.

Ethan cerró los ojos, frotándose las sienes.

—No somos abogados —protestó Owen, cayendo de lleno en la trampa.

—¡He ganado! —La morena sentada detrás de Ethan pasó el brazo por encima de su cabeza, extendiendo la palma hacia las dos rubias—. Venga, paga, cinco pavos. Te dije que no eran abogados, esos no cogen vacaciones.

Ethan abrió un ojo y miró en su dirección, a lo que ella sonrió.

—Me llamo Alicia —se presentó.

—Hola —murmuró él, comenzando a notar un incipiente dolor de cabeza, en parte debido a aquella algarabía, en parte por la temperatura del autobús.

Owen golpeó su asiento, hablando al conductor.

—¿Puede poner el aire acondicionado?

—También os podéis quitar la chaqueta —sugirió otra morena, sentada junto a Alicia—. No sé cómo se os ha ocurrido venir así vestidos.

Entre la ropa y los zapatos lo vais a pasar fatal… soy Fabrizia, por cierto, es un placer. Yo voté por la política.

Owen arqueó una ceja.

—¿Y eso por qué?

—Pues no sé, una intuición. Mindy dijo que agentes de bolsa, pero…

—Te llamas Fabrizia —la interrumpió Owen, mirándola con atención, y ella afirmó—. Tú Alicia, y ella Felicia. —Todas asintieron a la vez—. Pues muy bien, ¿vuestros amigos os llaman correctamente alguna vez?

El grupo de chicos prorrumpió en carcajadas, tapando cualquier otro sonido. Ethan estuvo tentado de bajar, pero en aquel instante el conductor arrancó y no tuvo tiempo. Miró por la ventana, incapaz de relajarse y disfrutar del paisaje. Algo le decía que esa excursión iba a ser una pesadilla. De pronto era consciente de que no iban debidamente equipados; recordaba a las chicas, vestidas con ropa ligera y deportivas, gorros de paja para el calor, las mochilas… y ellos con lo puesto, trajes incómodos, zapatos y ni un bote de crema para el sol. Lo único que llevaban era agua, pero algo le decía que esas dos botellas no serían suficientes en absoluto. De hecho, solo llevaban cinco minutos en el autobús y el calor ya era insoportable, sentía como la camisa se adhería a su piel de forma pegajosa. Se abanicó con las manos, también malhumorado porque las adolescentes hablaban o se pasaban el móvil por encima de su cabeza.

Abrió la boca para decir algo, pero recordó que solo eran unas crías. Unas quinceañeras de viaje en la Riviera Maya, ¿cómo no iban a estar revolucionadas? Intentó recordar esa sensación, pero debía remontarse demasiado atrás en su vida y lo dejó. No se acordaba de la última vez que había disfrutado de algo sin preocupaciones laborales.

Trató de prestar atención al video que había puesto Juan con información referente a los lugares que iban a visitar, pero el calor no le dejaba concentrarse. Agarró el folleto para abanicarse y escuchó risitas desde el asiento delantero.

—Quítate la chaqueta —susurró una de las dos chicas rubias.

—Eso, que os va a dar un infarto y se va a estropear la excursión.

Ethan intercambió una mirada con Owen, y los dos se deshicieron de sus chaquetas, dejándolas de cualquier manera en los asientos. Las corbatas siguieron el mismo camino, y entre eso y el aire acondicionado el viaje se hizo un poco más soportable.

Llegaron a su destino, pero nada más salir la realidad los golpeó de nuevo: la temperatura rondaría los treinta y ocho grados, insoportable hasta para ir en tirantes.

—¿Preparados para pasar aquí toda la mañana? —exclamó Juan por el altavoz, y los pasajeros aplaudieron, entusiasmados.

Ethan y Owen bajaron, no tan contentos. Siguieron al guía y al resto del grupo, acercándose hasta las ruinas mayas.

—¿Esto es todo? —preguntó Owen, desilusionado—. Esperaba algo más… majestuoso.

Iba a continuar su queja, pero Juan estaba hablando sobre las ruinas y su historia, de manera que fueron tras él usando los folletos para abanicarse de nuevo. Las adolescentes se animaron a subir las interminables escaleras de uno de los bloques, y Owen interrogó a su amigo con la mirada.

—¿Quieres subir?

—No estoy seguro. ¿Sabes si en el autobús llevan desfibrilador?

Owen alzó una ceja, no muy seguro de si bromeaba o no, pero antes de que pudiera replicar escucharon una voz tras ellos.

—Vaya, a quién tenemos aquí. ¿Pensáis subir las escaleras para contemplar la vista desde arriba, o esos zapatos os han destrozado los pies?

—No seas mala, Skye.

—Si es que vaya pintas, a quién se le ocurre… —se burló la joven.

Ethan se indignó, pero no encontró nada que responder. Tenía razón, se daba cuenta de la imagen que debían estar dando.

—¿No tenéis nada mejor que hacer que incordiarnos? —protestó Owen.

—Es que dais un poco de pena —repuso Alex, sin poder evitar preocuparse al verles así. Se acercó sujetando algo entre las manos—. Y además, os estáis quemando la cara. Con este sol hay que ponerse protección solar alta, ¿nadie os lo advirtió?

Los dos se miraron, confirmando que Alex tenía razón. Sus mejillas aparecían enrojecidas, aunque lo habían achacado al calor del momento.

—Huy, si a ti hasta te han salido pecas. —Sky miró a Owen, burlona—. ¡Qué mono!

—Tomad. —Alex les tendió el bote de crema solar y dos bebidas frías—. Seguro que ese agua ya está para tirar. Es que Alejandro tiene nevera en su *van*, así que…

Owen aceptó su bebida sin decir nada. Ethan siguió su ejemplo, porque aunque estaba absurdamente agradecido, se veía incapaz de expresarlo en voz alta. Seguía siendo Alexandra, la hermana de la traidora de su novia. Y sí, estaba siendo amable, pero…

—Yo en vuestro lugar me quitaría los zapatos —aconsejó Skye—. Nos vemos luego, hombres de negro.

Los dejó atrás, comenzando a subir las escaleras de las ruinas. Alex se encogió de hombros y se despidió con la mano, siguiéndola.

Ethan abrió la crema solar, depositó una cantidad pequeña en la palma de la mano y tendió el bote a su amigo, pero se encontró con que este no apartaba la mirada de la loca de la lámpara. Ethan siguió su mirada, fija en un tatuaje que se apreciaba con claridad al final de la columna vertebral.

—¿La miras a ella, o al tatuaje?

—El tatuaje.

—¿Es un...? —Ethan forzó la vista, ya que cada escalera que Skye subía lo volvía más y más borroso.

—...atrapasueños —acabó Owen, y apartó la mirada cogiendo la crema solar.

—Pues sí que tienes buena vista —observó Ethan, comenzando a extender la loción por su rostro.

—No, qué va. Ya sé por qué me sonaba tanto.

—¿Y me lo piensas contar, o...?

Juan empezó a vociferar para que siguieran al grupo, así que se reunieron con ellos después de untarse bien con la crema para el sol y beberse aquellas bebidas frías que les supieron a gloria.

Tras una mañana agotadora visitando todas las ruinas, por fin llegó el momento de regresar al autobús para ir hasta Valladolid, donde les esperaba la comida y una visita guiada al pueblo y cenote. A esas alturas, a Ethan le hubiera parecido maravilloso marcharse al hotel, ya que estaba agotado, despeinado, sudoroso y con la camisa pegada al cuerpo. Detalle que, por cierto, no pasó desapercibido al grupo de adolescentes, que se pusieron a cuchichear nada más ocupar sus asientos.

—... esa tableta.

—No, creo que... aunque ahora que lo dices...

—¡Mindy! ¿Puedes... foto?

—Sssshhhh...

El brazo de Alicia cruzó sobre la cabeza de Ethan con el móvil en la mano, y Mindy se asomó para atraparlo al momento. La joven regresó a su asiento mientras Ethan miraba con fijeza en su dirección. Pasados unos minutos, decidió relajarse y cerrar los ojos. Se mantuvo así hasta que oyó un clic similar al disparo de una cámara de fotos; abrió los ojos pero no vio nada raro.

Se giró hacia Owen, consciente de que a su amigo le habían salido cerca de un millón de pecas durante la mañana.

—A ver, cuéntame, ¿de qué conoces a la loca de la lámpara?

—De esa boda de hace un año —respondió él—. Se llama Skye, tiene treinta y dos años, vive en San Francisco y es fotógrafa. De retratos, principalmente. Divertida, aguanta bien el alcohol.

—Y sabes todo eso porque…

—Tuvimos un intercambio —comentó Owen, pensativo. Se giró al ver la expresión de sorpresa en la cara de Ethan—. ¿Qué? ¿Tan raro te parece?

Ethan reaccionó. Pues sí, le parecía raro, ya que Owen trabajaba cuarenta y ocho horas al día, y al igual que él, no parecía tener mucho tiempo para divertirse. Aunque el poco que tenía sabía aprovecharlo, visto lo visto.

—Sí. No. Bueno, yo que sé.

—Estábamos de boda. Bueno, no estoy seguro al cien por cien de que sea ella, pero un noventa sí. Coincidimos en la barra, nos pusimos a hablar, hicimos un concurso de mojitos y a partir de ahí está borroso. Pero recuerdo una habitación de hotel, ese tatuaje y la resaca del día siguiente, aunque poco más.

Ethan asintió con lentitud.

—Pues sí, suena a intercambio... parece que ella tampoco se acuerda mucho, ¿no?

—Mejor, podría resultar raro. —Owen hizo una mueca, pasándose las manos por la cara—. ¿Me han salido muchas pecas?

—Alguna que otra. ¿Yo estoy muy quemado?

—Un poco. Menos mal que es hora de comer, estoy muerto de hambre.

—Sí, yo también. María dijo que la comida yucateca era excelente.

El restaurante los recibió con una sopa de lima, un plato típico de la península del Yucatán compuesta principalmente de limas, pollo y hortalizas. Estaba buena, pero a ninguno le apetecía demasiado una sopa con aquel calor, así que la dejaron. Pronto notaron que todos los platos estaban muy especiados y terminaron comiendo únicamente panuchos, una especie de tortillas con frijoles y cebolla morada. Comestibles, pero alejados de aquella idea de comida fastuosa que les había trasladado María.

Por si fuera poco, aún les faltaba la visita a Valladolid, un pueblo donde no había nada demasiado interesante excepto una iglesia. Solo les animaba la vista al cenote, a esas alturas la idea de refrescarse en el agua se había colocado la número uno en su lista de prioridades.

Por segunda vez vieron a las chicas allí, aunque ambas se encontraban en la zona rocosa, haciendo fotos y charlando con otros turistas.

—Qué raro que no quieran bañarse —comentó Owen.

A Ethan le daba igual todo, incluso tener que meterse en calzoncillos. Solo quería sacudirse de encima esa sensación pegajosa que llevaba con él desde que habían partido. Dejó su camisa, pantalón y zapatos sobre una piedra, como hacían todos los que se zambullían, y se metió.

El agua estaba llena de pétalos y otras hojas, pero no le importó. Con que le bajara la temperatura bastaba, así que hundió la cabeza y disfruto de la maravillosa frescura. Cuando emergió buscó con la mirada a su amigo, que continuaba sin decidirse a entrar.

—¿Qué, no te animas?

—Creo que prefiero esperarte aquí, ya me meteré en la piscina después. No me gusta bañarme en sitios donde no se ve el fondo.

Ethan se encogió de hombros: allá él. Miró hacia arriba y pilló a Alex observándolo. Ella apartó la vista veloz y continuó charlando con Skye.

Tras pasar un rato en el agua, Ethan salió y esperó unos diez minutos a secarse, lo que no tardó debido a los treinta y ocho grados que todavía soportaban. Después se vistió y regresaron al autobús para volver al hotel por fin. No fue hasta que llevaba cinco minutos sentado que empezó a notar que le picaba el cuello y los brazos.

—¿Qué demonios...? —farfulló mientras notaba unos bultos en los brazos.

—¿Qué pasa? —preguntó Owen, perplejo al verle rascarse de aquella forma.

—Que me pica todo, joder.

Los ojos vivaces de Mindy se asomaron desde su asiento.

—¿Te bañaste sin repelente de insectos? —comentó, recibiendo un silencio como respuesta—. A los cenotes hay que ir protegido, igual que a cualquier excursión donde haya vegetación, aquí los mosquitos son como helicópteros. ¿Es que no os habéis informado bien?

Puso los ojos en blanco y recuperó su postura.

—Mierda. —Ethan se frotó el cuello, desesperado.

—En el hotel te darán algo —dijo una voz, desde los asientos traseros.

—¿Es que es imposible tener privacidad aquí? —protestó.

Se sentía frustrado, cansado y le picaba todo el cuerpo. La idea de tener que ir a un médico no le apetecía en absoluto, pero iría por si acaso, a saber si los mosquitos de México podían provocarle una alergia o enfermedad. Se recostó mientras Owen le daba unas palmaditas de ánimo.

Llegaron al hotel agotados y arrastrando los pies, ambos con los zapatos en la mano. Ethan estaba convencido de que no volvería a ponérselos. Dijera lo que dijera Owen, al día siguiente irían a comprar ropa y calzado adecuado para estar en ese lugar.

Al llegar a su habitación, Owen golpeó la puerta por precaución. Segundos después, apareció Alex.

—¡Huy, qué mal aspecto tenéis! —exclamó al verlos.

—A ver... —Skye estiró el cuello desde la entrada del lavabo, donde estaba terminando de arreglarse el pelo. Se desternilló de risa—. ¡Ay, madre, esperad! ¡No os mováis!

Antes de que ninguno pudiera dar un paso, se puso delante y les hizo una foto con su cámara profesional.

—Estoy segura de que aquí habrá algún cuarto donde me dejen revelar fotos. Lo que nos vamos a reír con esta, luego os la pasaré de recuerdo.

—Muy graciosa.

Ethan sintió que se cabreaba otra vez. Allí estaban ellas, con buen aspecto, recién salidas de la ducha, vestidas y arregladas para ir a cenar, seguramente a bailar y tomarse unas copas. Y ellos muertos de cansancio y calor, con ampollas en los pies, quemados por el sol, el uno lleno de pecas y el otro de picaduras. Solo tenía ganas de ponerse a gritar, pero no quería perder el control, de modo que cogió aire y lo expulsó contando hasta diez.

—Vamos a la ducha —murmuró, pasando junto a Alex tras mirarla de reojo.

—Sí, claro, nosotras ya nos íbamos. Nos quedamos a cenar en el hotel, si os apetece reuniros con nosotras más tarde... —se calló, sin saber por qué había dicho eso.

—Anda, vámonos —repuso Skye, empezando a sentir lástima por ellos—. Necesitan una ducha y descansar un rato. En nuestro neceser tenéis *aftersun* y una crema para las picaduras de mosquito. Y como ya os habréis convencido de que estáis mal equipados, deberíais ir de compras

—Nosotras vamos mañana, podéis venir también —corroboró Alex.

—Descansad, chicos. —Skye tiró del brazo de su amiga hacia el descansillo.

Cerró la puerta y Alex se dejó llevar hasta el ascensor, para después frotarse el brazo.

—Oye, ¿qué pasa, a que ha venido eso?

—Eso digo yo, ¿a qué ha venido eso? —Skye se cruzó de brazos—. En teoría íbamos a reunirnos con esos chicos tan monos de anoche y terminas invitando a los hombres de negro a todo. Me parece que tú y yo vamos a tener una charla delante de unos tequilas.

Alex pensó en hacerse la tonta, pero desistió. Skye la conocía demasiado bien, fuera como fuera acababa de notar algo en la puerta y no tenía sentido engañarla. Por otro lado, sería un alivio poder contarle a alguien sus sentimientos.

—Está bien —aceptó—. ¿Podemos cenar primero?

—Por supuesto. Un buffet es un buffet.

Se echaron a reír mientras se metían en el ascensor para bajar al comedor. El buffet tenía de todo, así que se llenaron los platos a rebosar e hicieron varios viajes sin ningún remordimiento. Al fin y al cabo, como había apuntado Skye, estaba todo pagado y era su deber amortizarlo.

Después de probar todos los postres que había, se fueron al bar y se sentaron en una esquina de la barra, mostrando sus pulseras al barman para que les sirviera un par de mojitos

—Vamos a volver con diez kilos más —comentó Alex, mientras daba un sorbo.

—Bah, ¿y a quién le importa? —Probó el suyo—. Esto está de muerte. —Le hizo gestos al camarero—. Oye, deja por aquí unos chupitos de tequila, anda.

—Lo siento, solo puedo servirles de nuevo cuando se hayan acabado lo que están bebiendo.

—Ah, pues vale. Venga, de un trago.

Le dio una palmada a Alex, que al ver que su amiga se llevaba el vaso a los labios, la imitó y ambas se bebieron el mojito de un trago.

Al dejar el vaso vacío sobre la barra, una imagen pasó por la mente de Skye, como un recuerdo fugaz de algo… pero tal como vino pasó, y no le dio importancia.

El camarero dejó sal y limón en rodajas, y sirvió un par de chupitos de tequila. Cuando iba a retirarse, Skye se estiró sobre la barra y agarró la botella.

—Oiga, no pueden… —intentó protestar él.

—Tranquilo, cuando nos la acabemos te pedimos otra. Cuéntalo como si solo fuera una bebida.

Le guiñó un ojo poniendo su mejor sonrisa. El chico dudó unos segundos, pero le estaban llamando otros clientes agitando sus muñecas con pulseras, y acabó dejándolas con la botella.

—Perfecto. —Skye se echó sal en la mano—. Venga, chupito y hablamos.

Alex suspiró, no muy convencida, pero sabía que no tenía escapatoria: si no era en aquel momento, sería al día siguiente, porque conocía a su amiga y no la dejaría en paz hasta que hablaran. Imitó sus gestos y se tomaron el primer chupito.

—Hale, cuenta —dijo Skye, mientras servía de nuevo—. ¿Qué te traes con el senador?

—No me traigo nada.

—¿Entonces a qué viene esa amabilidad? ¿No íbamos a esquivarlos?

—Bueno, los pobres se iban a quemar. —Skye negaba con la cabeza—. Y necesitan ropa, ¿no? Si vamos a ir a comprar...

—Que no, que te he visto cómo le hacías ojitos cuando se metía en el cenote ese. —Señaló el chupito y se los bebieron—. Buagh, esto es asqueroso. Que vamos, no te voy a negar que estaba para mirarle, quién iba a decir lo que había debajo del traje, pero a mí no me la cuelas. Desembucha.

Alex dejó el limón chupado con gesto de asco, pensando que más que desembuchar palabras, lo mismo acababa echando la cena.

—No sé cómo explicarlo... —empezó—. Es que Peyton no se lo merecía.

Skye sopesó sus palabras mientras tomaban el tercer tequila. De ellas deducía muchas cosas, aunque su mente no estaba muy clara debido a la ingesta de alcohol.

—¿Eso quiere decir que crees que tú sí? —preguntó.

—No, no. —Sacudió la cabeza, gesto del que se arrepintió al instante—. Joder, qué rápido sube esto.

—No te disperses. ¿Desde cuándo le pones ojitos al prometido de tu hermana? Y sobre todo, ¿por qué no me lo has contado, cabrona?

Alex sirvió los tequilas esa vez, intentando ganar algo de tiempo. Se los tomaron y suspiró, cediendo. Total, ¿qué más daba ya?

—Pues casi desde que Peyton nos lo presentó. —Skye abrió los ojos de golpe—. Ya, ya lo sé. Y no me eches la bronca, si no te lo conté es porque pensaba que se me pasaría. Además, es el prometido...

—Era.

—Bueno, era el prometido de mi hermana. No tenía ninguna posibilidad con él. No es que ahora la tenga, pero tú me entiendes.

—Pues te viene cojonudo que le haya puesto los cuernos.

—¡Skye!

—¿Qué? No le veo yo roto de dolor, ¿no?

—No sé.

—Bueno, estamos de vacaciones, hace buen tiempo, hay alcohol… ¡la combinación perfecta! Si hasta compartimos habitación. Seguro que algo conseguimos.

—Olvídate, debe odiarnos a toda la familia. Además, no soy lo que se dice el prototipo de mujer que buscan sus asesores, ni él. Mira a Peyton, y mírame a mí. Si hasta estoy divorciada, eso en las encuestas…

—Para un rollo de una noche o de dos, o de las que sean, no hay encuestas que valgan. —Le tendió el vasito y tomaron otro tequila cada una—. Algo apañ…

Se quedó quieta, ya que otra imagen había cruzado por su mente. Unos ojos de un azul intenso, una corbata que acabó tirada por el suelo…

—Ay, Dios.

—¿Qué? —La miró preocupada—. ¿Qué pasa? ¿Es el tequila? ¿Vas a vomitar?

—Ay, Dios, ay Dios, ay Dios.

—Que tú no eres creyente, ¿qué pasa?

—¿Te acuerdas de la boda de tu prima?

—Ahora apenas si me acuerdo de lo que hemos cenado, pero vale. La boda de mi prima Marsha, hace un año. ¿Qué?

—Fue Ethan. Con su ayudante, amigo, lo que sea ese tipo que está con él aquí.

—Claro que fue, con Peyton. ¿Y?

—¿Te acuerdas que te conté que me lie con uno pero que no me acordaba del nombre? —Alex afirmó—. Pues creo que era él.

—¿Ethan? —casi gritó, escandalizada.

—No, coño, el otro. ¿Owen, se llama?

Alex la miró con la boca abierta. Skye sirvió el tequila, se lo tomaron y se miraron.

—¿Estás segura? —preguntó Alex.

—No al cien por cien, pero sí en un porcentaje muy algo. Muy galgo. Muy talco.

—Muy alto —ayudó Alex, cogiendo la botella para llenar los vasos—. Bueno, tranquila, no me ha parecido que él te reconociera.

—Es que fueron muchos mojitos. Mejor que no se acuerde. ¡Si a mí no me van los tíos con traje!

—No, si ya…

—Ni se te ocurra comentar nada, que lo tuyo es peor. Fijándote en el prometido de tu hermana, anda que ya te vale. ¿De qué nivel de atracción estamos hablando?

—Alto. Digamos que… de haber preferido estar yo en ese altar y no ella.

—Joder. —Se quedó callada unos segundos. Chocó el vasito con el de Alex y se los tomaron—. Pues sí que es grave.

—No me digas.

—Y con él aquí no le vas a olvidar, porque conociéndote lo que te he dicho no te vale, tú quieres más que un revolcón.

—Gracias, eres de gran ayuda.

Cogió la botella, pero se encontró con que estaba vacía. Miró a su alrededor sin entender e incluso se agachó para ver si se había caído algo al suelo, pero no, no había líquido por ninguna parte. Empezó a deslizarse del asiento, hasta que notó que Skye tiraba de ella.

—¿Qué haces? —protestó—. ¡Que me rompes el vestido, y no tengo más!

—Te estabas cayendo.

—Ah, ¿sí?

Al ayudarla, Skye también se había resbalado de su asiento, y al mirarse, se dieron cuenta de que las dos estaban en el suelo, aunque ninguna entendía cómo habían llegado hasta allí.

—¿Os encontráis bien?

Alex se levantó como impulsada como un resorte al ver a Ethan y Owen de pie junto a ellas. El primero las observaba con cierta preocupación, mientras que el segundo permanecía tras él, mirándolas por encima del hombro. Skye se estaba levantando también, y él se giró para hablar con el barman.

—Sí, genial, todo ferpecto —contestó Alex, intentando sonar sobria, pero frunció el ceño al hablar, porque le pareció que no había pronunciado bien—. Nos íbamos, ¿no? ¿Skye?

—Sí, sí, eso, nos vamos a dormir. Demasiadas unidades de alcohol.

La enganchó del brazo y tiró de ella hacia un lado, pero Alex estaba haciendo lo mismo en dirección contraria.

Ethan las dejó hacer unos segundos. Al ver que no se ponían de acuerdo y se miraban haciéndose gestos que no alcanzaba a comprender, se acercó para cogerlas por los hombros y girarlas hacia el edificio donde estaba su suite.

—Por ese camino —indicó.

—Gracias —dijo Alex.

Se lo quedó mirando como si fuera a añadir algo más, hasta que Skye tiró de ella y se la llevó de allí.

—Cuánto mal hacen unas pulseras —comentó Owen, entregándole un vaso con bebida.

—Claro, mejor son las barras libres de las bodas, señor mojito.

Le chocó el vaso y fue a sentarse en uno de los sillones de la zona *chill out*, rascándose el cuello. Acababa de darse una crema que le habían dado en recepción, pero no debía de ser de efecto rápido porque todavía tenía el cuerpo lleno de marcas. Se quedó mirando el camino por donde avanzaban las dos chicas a trompicones, a punto de ir tras ellas para ayudarlas. Pero se obligó a quedarse sentado donde estaba.

Tenía que recordarse de nuevo que era la hermana de Peyton, no una invitada de la boda ajena a lo ocurrido. Alex tenía que haber sabido lo que su prometida estaba haciendo, no debería preocuparle si llegaba o no a la habitación.

Capítulo 4

—Odio el tequila —murmuró Skye con la voz amortiguada por la almohada que tenía sobre la cabeza—. Recuérdame que no beba más.

—Ya, claro, hasta que bajemos al bar otra vez.

Alex se sentó en la cama junto a su amiga, envuelta en una toalla y frotándose el pelo con otra.

—Después de una ducha te sentirás mejor.

Ella tenía la cabeza como un bombo, pero al menos había conseguido quitarse algo del malestar general. No estaba segura de poder desayunar y retenerlo dentro, eso sí.

Skye asomó un poco la cabeza, pero cerró los ojos con fuerza al notar el sol que entraba por la ventana.

—Dios, casi me quedo ciega —protestó.

—Está a punto de acabar la hora del desayuno, así que espabila. Un café nos sentará bien. Y luego nos vamos de compras, que se me va a quedar el morado de las sandalias estas incrustado en la piel para siempre.

Skye pensó en protestar, pero se dio cuenta de que Alex tenía razón: ella tampoco podía seguir poniéndose el vestido por encima del bikini o los mini shorts: necesitaban ropa nueva. Así que a regañadientes se levantó para arrastrarse hasta la ducha.

Llegaron al comedor justo cuando iban a cerrar. Apenas si bebieron algo de café y comieron una tostada cada una, tal y como tenían el estómago, el resto del buffet se quedó sin tocar.

—¿Cogemos un autobús? —preguntó Alex, mirando hacia los tableros que había en recepción, que poseían todo tipo de información en lo referente a transportes.

—Llamamos a Alejandro, que nos llevará a algún centro comercial chulo. Y el viaje nos costará menos.

Alex tenía claro que si su amiga continuaba dedicándole aquellas sonrisas radiantes terminaría por salirles gratis, pero se abstuvo de comentarlo.

—¿No tendrá que trabajar?

—Vamos a probar. —Su amiga cogió el móvil para llamar.

Alejandro les dijo que estaría disponible en media hora, de manera que se terminaron el café con tranquilidad, dando tiempo de paso a que el dolor de cabeza se disipara.

Cuando se dirigían a la entrada a esperar la *van*, vieron pasar un taxi con Ethan y Owen en el interior.

—¿Se irán a otra excursión? —preguntó Skye.

—¿En taxi?

—Yo qué sé, son muy raros. —Se encogió de hombros—. Escucha, sobre lo que hablamos anoche…

—Déjalo, que sin tequilas no es mi tema favorito. Mira, aquí viene Alejandro.

Señaló la *van*, que estaba acercándose a ellas, así que Skye dejó el tema.

Dentro del taxi, Ethan miró por la ventanilla para ver a dónde se dirigían las dos chicas.

—¿Irán a otra excursión? —preguntó Owen.

—¿Con sandalias de purpurina?

—Yo qué sé, son muy raras. —Se encogió de hombros—. En fin, hagamos un plan de compra. —Sacó su móvil y abrió una aplicación de notas—. ¿Qué necesitamos?

—No creo que haga falta que lo apuntes. Ropa ligera, bañadores…

—Ya, pero no cualquier ropa. Si alguien te reconoce y te saca una foto…

—Te preocuparás más de que se sepa dónde estoy que de qué aspecto tengo en la foto.

—Al menos no te han salido millones de pecas.

—No, solo tengo el cuerpo como si me hubieran picado un millón de mosquitos. —Se golpeó la frente—. Ah, no, que sí que me han picado un millón de mosquitos.

—Últimamente estás con el sarcasmo subido.

—Serán los cuernos, que me afectan el cerebro.

Owen resopló guardándose el móvil. Cuando Ethan estaba así, no tenía nada que hacer y no quería que se mosqueara más. Se preocupaba por su carrera, sí, pero también por él como amigo. Temía que esa actitud ocultara algún dolor más profundo, al fin y al cabo, iba a casarse con ella.

Nunca había mostrado estar muy enamorado, pero Ethan no era de mostrar sus sentimientos. Era algo que había aprendido muy bien, como todos los políticos. Y ahí Owen estaba un poco perdido, no sabía cómo ayudarlo.

El taxi se detuvo frente a un edificio blanco con enormes ventanales. Owen pagó al conductor y se bajaron. El calor les golpeó con fuerza, por lo que apresuraron el paso para poder entrar y respirar aliviados al notar el aire acondicionado.

Frente a ellos había un mapa del centro comercial y Owen se acercó para leerlo.

—Perfecto —exclamó, señalando un cuadradito—. Armani, ahí tendrán trajes de verano y... —Se giró, pero Ethan no estaba tras él—. Traidor.

Notó que su móvil vibraba. Lo cogió y se encontró con un mensaje de Ethan:

«Nos vemos en la entrada en dos horas».

Owen lo guardó refunfuñando. Así no podría vigilar lo que compraba, solo esperaba que no apareciera con una camisa hawaiana y bermudas de colores.

Skye se detuvo delante del mapa y señaló un par de tiendas mientras Alejandro aguardaba tras ella con las manos en los bolsillos.

—Esto es enorme —dijo—. Mira, vamos a esta y a esta, y luego si nos da tiempo aquí.

—A ver, la primera no tiene nada que me guste. —Miró el reloj—. Recuerda que a mí no me vale la misma ropa que a ti.

—*Pocas tiendas para chicas grandes* —comentó Alejandro, usando solo el español por si recibía algún coscorrón.

Alex solo captó lo de «grandes» y se imaginó lo que había comentado. Frunció el ceño, pero era algo que tenía asumido. No deseaba aburrir a su amiga probándose modelitos que a todas luces le iban a quedar de regular a fatal, de manera que sacudió la cabeza.

—¿Dónde? —preguntó a Alejandro, mirando el mapa, y él señaló tres o cuatro sitios—. Perfecto, pues yo miraré en esas.

Skye dedujo entonces la conversación, y también frunció el ceño girándose hacia el mejicano.

—Ella no es talla grande —dijo, pegándole en el hombro.

Alex dio una palmada para atraer su atención de nuevo.

—A ver, que lo sé. Pero algunas tiendas son... tú lo entiendes. No quiero perder aquí el día, Skye, es mejor que cada una vaya por su cuenta y después nos juntamos para comprar toallas y cosas de uso común. ¿Te parece?

Skye dudó, pero vio la lógica en su propuesta. Si andaban juntas tardarían más, entre probarse la ropa, esperar que la otra viera cómo le quedaba, volver a probarse...

—Está bien. Nos vemos aquí mismo en un par de horas, ¿sí?

Alex afirmó con una sonrisa. Ni siquiera preguntó qué haría Alejandro mientras tanto, el chico siguió a su amiga sin dudar, lo que la alegró mucho. En realidad, prefería comprarse la ropa sin espectadores, además de que apenas entendía nada de lo que hablaba. Skye lo manejaría mil veces mejor que ella, estaba segura.

Skye consiguió equiparse bastante bien solo consumiendo la mitad de su tiempo. Por suerte, tenía a Alejandro que le cargaba con las bolsas mientras soltaba frases en español que no entendía y a las que respondía con sonrisas. Entre el italiano de recepción y ese chico, se arrepentía de no haberse interesado más por los idiomas, no había manera de entenderse bien con ninguno.

—Mira, Alejandro, entremos ahí. Necesito biquinis. —Señaló una enorme tienda de ropa unisex, la más grande que había visto hasta el momento.

—*¿No prefieres mejor sentarte a tomar algo, mami?* —dijo él—. *Así podríamos conocernos mejor.*

—Sí, sí, claro —asintió ella, entrando en la tienda.

Alejandro la siguió con un suspiro, acomodando las tropecientas bolsas que llevaba. Skye fue hasta la zona de chicas y no tardó demasiado en encontrar lo que buscaba. Ojalá hubiera estado Alex con ella para ayudarla a escoger, pero como solo tenía a Alejandro decidió preguntarle a él.

—¿Biquini o triquini? —dijo, agitando dos perchas ante su cara.

—*¿Por qué no te pruebas?* —Alejandro no era tonto, cargar con todo aquello merecía una recompensa, aunque fuera pequeña.

—Ya —dijo ella, sin entenderlo—. ¿Y si me llevo los dos? ¿Blanco o negro? Mejor aún, ¿y si me llevo dos de cada? Porque el azul es precioso, pero el blanco también. ¿Qué opinas?

Alejandro se limitó a señalar el probador con la cabeza.

—Ah, sí. Tienes razón, debería probármelos a ver cómo quedan —asintió la joven, apretando las perchas contra su pecho.

—*Órale pues, vamos.*

Skye se encaminó hacia los probadores, seguida de un aliviado Alejandro, pero antes de que entrara se detuvo de golpe al ver a Owen mirando entre las perchas sin tocar nada, como si fuera un niño indeciso. Se pensó si saludar, no es que el chico fuera lo más amable que había pisado el universo, pero Skye siempre estaba de buen humor y tendía a olvidar pronto los agravios.

—¡Hola! —exclamó, apareciendo junto a él y haciendo que pegara un bote—. Lo siento, sí que estabas concentrado, pecoso. Buscando ropa adecuada, ¿eh?

—Ajá —murmuró él, mirando de reojo al mejicano, cuya cara exasperada no dejaba lugar a dudas de la frustración que sentía—. Aunque no estoy teniendo mucha suerte, en Armani no había nada muy de… vacaciones.

—Pero aquí tienes ropa y muchos bañadores, ¿no te gusta nada?

Owen hizo un barrido general por la tienda y se encogió de hombros.

—Algo habrá de tu estilo. Siempre hay bañadores sosos en alguna parte, solo es cuestión de encontrarlos —bromeó Skye con una risita.

—Qué graciosa. No es eso, es que yo no me voy nunca de vacaciones. Entonces, si tengo que ser sincero… no sé qué demonios necesito.

Ella lo miró con cara de pena. Sí, la verdad, aquella blancura de piel denotaba muchas horas de despacho.

—Si quieres te ayudo —ofreció—. Yo casi tengo todo, me queda una hora hasta volver con Alex y comprar toallas. Que también os harán falta, imagino.

Owen parecía muy perdido, y aunque no estaba del todo seguro de si ir con aquella loca que pegaba patadas en las pelotas y portaba lámparas como si fueran armas, lo prefería a la opción de dar vueltas como un pato sin decidirse por nada.

—Está bien —aceptó.

—*¿En serio?* —soltó Alejandro con tono de fastidio—. *¿De verdad vas a perder el tiempo con este gringo paliducho?*

—Sonríe un poco, Alejandro —le dijo ella, dándole unos golpecitos en el hombro—. ¡Que estamos de vacaciones! Luego nos tomamos algo.

Desplegó su sonrisa contagiosa mientras Owen miraba de reojo al mejicano, y este le devolvía una mirada que podría haber hecho arder México entero.

—*Puta mierda, guey* —dijo el joven—. *Este no era el plan.*

—¿Ves? Alejandro está de acuerdo —dijo Skye, tirando del brazo de Owen—. Vamos a equiparte, será mi buena acción del día.

Durante la siguiente media hora, Owen batalló con Skye, que le recomendaba ropa con la que no estaba familiarizado en absoluto.

Alejandro iba tras ellos con expresión asesina, que solo cambiaba cuando Skye se dirigía a él para algo.

—Tienes que hacerme caso a mí —dijo ella, cuando en una de las tiendas trataba de que se probara una camiseta y él intentaba devolverla al perchero—. ¡Tú no tienes ni idea de moda!

—Y lo dice la que lleva un vestido de fiesta encima de su bañador...

—Salimos con lo puesto, ¿sabes?

—Igual que nosotros —repuso Owen, frotándose la frente—. La verdad es que lo de la boda me pilló de sorpresa. No tenía la menor idea de lo que Ethan iba a hacer, y eso que siempre nos contamos todo.

—*¿Y a quién le importan tus sentimientos, puto?* —murmuró Alejandro.

Los dos se giraron, y el chico se miró los zapatos, disimulando.

—Venga, pruébate todo esto. —Skye puso un montón de prendas sobre sus brazos, empujándole hasta el probador—. Confía en mí.

Owen no confiaba en absoluto, pero el tiempo se agotaba y no podía regresar con las manos vacías. Pasarse otra mañana de compras no entraba en sus planes, así que con cierto pesar se deshizo de su querido traje y dio la bienvenida a los vaqueros y camisetas. No estaba acostumbrado a verse tan informal, pero cierto era que en aquel lugar llamaba más la atención él con su traje, así que salió tal cual.

—¡Qué diferencia! —exclamó Skye—. ¡Si pareces hasta normal!

—*Es un gacho pálido*— gruñó Alejandro—. *¿Dónde vive este gringo, en una mazmorra?*

—Lo mejor es que dejes el traje en la bolsa y te vayas así vestido. —Skye no prestó ninguna atención al comentario de Alejandro—. Ya sé lo que vamos a hacer, le diremos a la dependienta que te saque esa camiseta en otros colores, y así tampoco te vuelves loco.

Owen pensó que era buena idea, aunque no lo expresó en voz alta. No le apetecía darle la razón, que luego seguro que se le subía a la cabeza o se lo echaba en cara. Fueron a mirar bañadores, lo que hizo que el mejicano pusiera peor cara todavía, temiendo que su tiempo para intentar ligar con la rubia se agotara.

—*Tanto pedo para acabar aguado*... —refunfuñó.

—¿Crees que Alejandro estará cansado? —preguntó Skye, al ver su expresión—. Lleva un buen rato cargando con las compras, el pobre.

—No creo que el cansancio sea su problema —dijo Owen, con una sonrisa.

Skye alzó una ceja, confundida ante su comentario.

—¿Por qué lo dices?

—Bueno, entiendo perfectamente cada palabra que pronuncia —comentó, carraspeando—. Ya sabes, política. Hablamos algún que otro idioma.

Alejandro enrojeció un poco y murmuró la burda excusa de que necesitaba ir al lavabo, pero que no se preocuparan que volvería en seguida. Skye contempló aquello asombrada, sin terminar de entender lo que había pasado.

—¿Qué acaba de suceder? —preguntó.

—Tenía que ir al baño, ha dicho. Mejor pasamos por caja, ¿no?

Por su expresión divertida, Skye supo que no le estaba diciendo la verdad. Pensó en insistir, pero estaba distraída al ver como aquella sonrisa cambiaba por completo su rostro. Y mezclada con los ojos azules, las pecas y el aspecto informal, de pronto comprendió cómo había terminado acostándose con él en una noche de juerga. Con aquel aspecto le resultaba atractivo, sin duda.

—¿A qué hora has quedado con el súper senador? —preguntó, una vez estaban en la caja.

—Pues… ya —replicó Owen, después de mirar el reloj.

—Yo igual, pero todavía nos faltan cosas. Sandalias, toallas, cremas… hasta hoy no me había dado cuenta de lo útil que es hacer una lista —resopló Skye y alzó la mano para llamar la atención de un Alejandro cabizbajo que se acercaba con lentitud—. ¡Vamos, llegamos tarde!

—*Qué onda. Disculpen la tardanza* —se excusó, sin mirar a Owen—. *¿Compraron todo lo necesario?*

—Sí, y tenemos que reunirnos con Alex ya. —Skye sacudió la cabeza—. Supongo que nos veremos más tarde en el hotel, ¡no olvides el calzado, pecoso!

Alejandro tosió en voz baja.

—*Adiós, chingaquedito* —sintió que ambos lo miraban, así que alzó el tono—. *Nos vemos, señor.*

A Owen no le preocupaban en absoluto las faltas de respeto de un mejicano veinteañero, así que los despidió con una sonrisa y fue a reunirse con Ethan al punto de encuentro. Skye arqueó una ceja en dirección a Alejandro, pero este se encogió de hombros.

Por su parte, Alex había conseguido un par de pantalones cortos, camisetas, y también algunos vestidos. Había dejado para el final la tienda de bañadores a propósito porque siempre era lo peor. Parecía que los diseñadores los hacían para mujeres sin caderas ni muslos, y le costaba encontrar alguno que 1) no fuera de abuela, 2) le quedara bien y 3) le gustara, combinación de factores que a veces era más complicada que ganar la lotería.

Se pegó con unos cuantos hasta encontrar por fin uno, y cuando salía del cambiador se chocó contra alguien.

—Perdón —se disculpó.

—Ha sido culpa mía —dijo la otra persona a la vez.

Alex levantó la vista al reconocer la voz y sí, efectivamente, era Ethan, sujetando unas cuantas prendas en la mano y con cara de estar confuso.

—Ah… hola —saludó ella—. ¿De compras?

«No, de paseo turístico,» pensó al momento. «Anda que… vaya comentario más inteligente.»

—Esto intento —contestó él, agitando las perchas—. Pero no tengo ni idea de qué coger, ¿por qué demonios hay tantos modelos de bañador? Hay algunos que no sé si son pantalones o bañadores, por no hablar de que parecen hechos para camuflarse con una palmera. Y las camisas ni te cuento, ¡no hay ninguna lisa! ¿Por qué tienen tantos colores chillones?

Se detuvo al darse cuenta de lo desesperado que sonaba. Pero es que no estaba acostumbrado a comprarse ropa, de eso se encargaba Owen y su equipo de imagen, así que no recordaba la última vez que había entrado en una tienda. Y no entendía mucho de moda, pero algo le decía que si aparecía con una de aquellas camisas con flamencos rosas a Owen le daría un ataque.

Alex no pudo evitar sonreír. Lo comprendía, si siempre iba de traje, aquello debía parecerle una tienda de disfraces.

—¿Quieres que te ayude? —preguntó, sintiendo pena por él.

Ethan se lo pensó un par de segundos, recordando de nuevo que Alex era la hermana de Peyton y que no debería entablar ningún tipo de conversación con ella. Seguro que, por muy simpática que pareciera, en el fondo eran iguales. Pero le pudo la desesperación de encontrarse perdido entre tanta ropa, no quería tener que volver con Owen sin nada.

—Si no te importa… —contestó.

—Bien, empecemos por ver qué has cogido.

Alargó la mano y Ethan le pasó las perchas. Alex empezó a descartar unas cuantas cosas. Le devolvió un par de bañadores y camisas.

—Pruébate esto, voy a dejar todo lo demás y buscarte unas bermudas y alguna camiseta.

—¿Camiseta? —Hacía años que no se ponía una—. Pero no uso.

—Aquí sí.

—No puedo ponerme corbata con una camiseta.

—Ni con estas camisas. Son de manga corta y de playa, ¿cómo vas a ponerte corbata? Anda, pruébatelas.

Le dio un ligero empujón hacia el vestidor. Ethan miró de nuevo las camisas y bañadores, pero no protestó: ella tenía razón, no podía ponerse corbata con eso.

Se metió en el cambiador y se quitó la ropa para ponerse uno de los bañadores y una de las camisas. Eran coloridos, pero no quedaban mal.

Abrió la cortina para encontrarse con Alex al otro lado, sujetando alguna prenda más. Ella le miró de una forma que no supo interpretar, y giró para comprobar su reflejo en el espejo.

—¿Está bien así?

—Ehhh... sí, bueno, una cosa solo. —Se acercó y le soltó un par de botones de la camisa—. Así mejor, no tienes que ahogarte. —Le entregó un pantalón corto—. Pruébate esto. ¿Qué talla de pie tienes?

—Cuarenta y tres.

—Ahora vengo.

Ethan se metió de nuevo en el probador, mientras Alex se alejaba pensando en el calor que hacía de pronto en aquella tienda. ¿Es que habían quitado el aire acondicionado o qué?

Buscó unas zapatillas de deporte y unos zapatos náuticos y regresó al probador. Ethan estaba fuera, mirando cómo le quedaban los pantalones cortos y otra de las camisas. Como si algo fuera a quedarle mal...

Sacudió la cabeza, obligándose a no pensar en eso, porque si no, no saldrían nunca de allí. Ni en sus sueños se habría imaginado estar en un cambiador a solas con él viendo cómo se probaba ropa, pero tampoco podía quedarse todo el día allí, por mucho que quisiera. Había quedado con Skye y...

Ethan se quitó la camisa para coger una de las camisetas, y Alex perdió el hilo de sus pensamientos. Seguro que con tanto asesor le tenían a dieta y le obligarían a ir al gimnasio para controlar su imagen, porque de otra forma no se explicaba que debajo de aquellos trajes ocultara ese cuerpo. Joder, si hasta tenía la tableta de chocolate marcada.

—¿... Skye? —oyó que preguntaba.

—¿Quién?

—¿No se llama así tu amiga?

—Ah, sí, esa Skye, sí, mi mejor amiga. —Carraspeó, poniendo cara de interés—. ¿Qué pasa con ella?

—¿No te estará esperando?

—No sé. —Miró el reloj—. En diez minutos, tranquilo. Ejem. Toma, calzado, con esto podrás ir de excursión y no destrozarte los pies.

—Genial, has pensado en todo. —Miró su reloj—. Yo también tengo que irme enseguida, Owen me estará esperando. —Se sentó para probarse las zapatillas y después anduvo un poco con ellas—. Solo me pongo en el gimnasio, hacía años que no andaba con unas de estas.

—Te acostumbrarás en seguida, ya verás. Debería… debería irme.

—Gracias por tu ayuda.

Él sonrió de una forma que la dejó más atontada de lo que estaba, así que Alex murmuró una despedida y se fue corriendo de la tienda antes de decir alguna tontería. Ni que tuviera quince años, tenía que aprender a controlarse con él o aquellas vacaciones iban a ser un estrés total.

Tan deprisa iba que chocó de manera frontal contra Alejandro, haciendo que las bolsas que portaba el chico salieran disparadas por el aire, y también las suyas propias.

—¡Joder, cuchipanda! —exclamó su amiga—. ¿Nunca te han dicho que correr dentro de un centro comercial es peligroso?

Alex se ruborizó.

—Lo siento —se disculpó, mirando como Alejandro se frotaba el hombro, lugar donde había impactado ella—. Iba distraída.

—No, si nos hemos dado cuenta.

Alex se agachó al mismo tiempo que Alejandro, haciendo que sus frentes chocaran de nuevo. El mejicano comenzó a soltar palabras que ninguna entendió, aunque podían imaginarse que eran juramentos por el tono exasperado.

—Ya basta. —Skye se agachó junto a su amiga a toda prisa—. Deja, deja, yo lo recojo que te veo rara. ¿Te duele?

La joven se frotó la frente, pero cuando pensaba que la situación no podía empeorar apareció Ethan ante ellos, sujetando sus compras.

—¿Qué ha pasado? —preguntó, al verlos a todos en el suelo—. ¿Necesitáis ayuda? Después de lo que has hecho por mí, Alexandra, no dudes.

—No, no… —empezó Alex, sonrojándose todavía más—. Ha sido un tropezón, eso es todo. ¿Verdad? —enfatizó, dirigiéndose a su amiga.

Skye se apresuró a asentir.

—Sí. Me ha vencido el peso de tanta bolsa —bromeó.

—¿Os ayudo?

Ethan quiso mostrarse amable y tendió el brazo hacia ellas. Alejandro intervino, temiendo que aquel otro hombre le comiera el terreno que tanto le había costado recuperar.

—*No se preocupe, compa* —dijo—. *Yo me ocupo de la güera. Y de su amiga.*

—Bueno, pues… nos vemos —repuso Ethan, carraspeando ante aquella extraña estampa con las dos chicas sentadas en el suelo rodeadas de bolsas y el mejicano vigilándolas cual perro guardián.

Una vez se hubo alejado, Alex se tapó la cara con las manos mientras Skye se reía a carcajadas.

—¡Qué vergüenza, Dios mío!

—Venga, no es para tanto. Ayúdame a recoger esto —replicó Skye, empezando a reunir las prendas que se habían escapado de las bolsas—. Y cuéntame, ¿qué has hecho por él? Seguro que echarle una mano con la ropa.

Alex afirmó, empezando a recuperar su tono habitual. Cogió las cosas de su amiga, guardándolas mientras sacudía la cabeza.

—Es que hacía siglos que no se compraba nada, los senadores no se ocupan de eso. Fíjate tú si era grave la cosa que andaba con una camisa de flamencos en las manos.

—Vaya, vaya, vaya.

—No, no es vaya, vaya, vaya.

—Claro que es un vaya, vaya, vaya. Porque, ¿no eras tú la que no quería encontrarse con él para nada?

Alex iba a replicar, pero se quedó contemplando unas tiras de tela que se habían enredado entre sus manos.

—Pero, ¿se puede saber qué es esto? —preguntó, tratando de liberarse.

—Deja, que es mi biquini. —Skye se lo arrebató.

—Pues parece una red para pescar cangrejos…

—¡No cambies de tema!

—No cambio de tema, es que no hay mucho más. Estaba mirando un bañador y me he chocado con él, eso es todo —explicó.

—Pues es tu día de choques, visto lo visto. —Skye terminó de recoger toda la ropa y tendió la mano hacia Alejandro, que la levantó al momento—. En fin, he pensado que podemos comprar el resto de cosas que necesitamos y comer aquí, así invitamos a Alejandro y no parece que solo queramos aprovecharnos de él.

El susodicho ofreció con amabilidad su mano a Alex, que aceptó la ayuda y se levantó, sacudiéndose el vestido. Observó que se le había hecho un agujero, a saber con qué. El pobre había aguantado, menos mal que tenía ropa nueva, solo le hubiera faltado pasearse por ahí con un vestido roto.

—Aprovecharte —murmuró.

—¿Qué?

—Que te aprovechas tú, no yo.

—¿Y qué quieres que haga, si no se me despega? —Skye rodeó a su amiga por los hombros—. Entonces, ¿te parece bien? Y podemos pasar la tarde en la piscina. Sabes que el bar de mojitos está en medio del agua y no tienes que salir, ¿verdad?

Alex cogió aire, pensando que Skye tenía razón. Una tarde de relax, moviéndose solo de la tumbona al agua y del agua al bar, resultaba de lo más tentador.

—Con suerte, nos encontramos a los chicos guapos del primer día. Porque no los he vuelto a ver —repuso Skye, con un mohín.

—Como si te faltaran tíos con los que ligar. —Alex le sacó la lengua, dejándose arrastrar.

—El sexo tonifica, desestresa y te pone de buen humor. —Skye le devolvió el gesto de burla—. Así que es un básico indispensable en vacaciones. No lo olvides, oveja negra número uno, el sexo es luz.

La adelantó, reuniéndose con Alejandro.

—El sexo es luz —murmuró Alex, yendo detrás—. La madre que la parió.

Ethan bajó del taxi junto a su amigo. El conductor se apresuró a abrir el maletero, donde descansaban todas las bolsas que habían llevado con ellos. Ninguno se sentía muy cómodo cargando, así que uno de los mozos del hotel se apresuró a acudir en su ayuda.

—Mucho mejor. —Ethan se recolocó la camisa, deseando haber hecho como Owen y haberse dejado la ropa nueva puesta—. ¡Qué asco de calor!

—Ya es tarde para apuntarse a ninguna excursión, así que después de comer podemos pasar la tarde en la tumbona sin hacer nada. Nos vendrá bien, desde que hemos llegado no es que hayamos descansado mucho.

—Buena idea. Me apetece leer el periódico con tranquilidad —asintió Ethan.

Pasarse una tarde entera tirado al sol, leyendo las noticias y con unos daiquiris en la mano le sonaba a gloria. No sabía desde cuándo no hacía algo así. De hecho, tenía que remontarse hasta el final de la carrera en la universidad, si no le fallaba la memoria. Otras veces había fruncido el ceño al escuchar la palabra «vacaciones», pero ahora se daba cuenta de cuánta falta le hacían, necesitaba desconectar.

Subieron a su cuarto, llegando al mismo tiempo que el mozo. Este aguardaba delante de la puerta con paciencia, y justo cuando Ethan deslizaba la llave en la ranura, la puerta se abrió desde dentro.

—¡Santa Virgen! —dijo una voz mejicana, sorprendida—. ¡Mil perdones, señor! Acabamos de terminar de limpiar su suite.

Los dos se echaron hacia atrás, sorprendidos por la cara de susto de la camarera de habitación.

—Oh… —empezó Ethan, al ver que la mujer no se movía de la entrada.

—Será solo un segundo, señor. Me llamo Guadalupe —se presentó, poniendo una sonrisa estática mientras cambiaba el peso del cuerpo de una pierna a otra.

Todos oyeron unos ruidos en el interior de la suite. Ethan y Owen se miraron, pero antes de que pudieran decir nada para interrumpir aquella curiosa situación, aparecieron otras dos mujeres vestidas con el uniforme de camareras. Las dos sonrieron a la vez.

—Ustedes perdonen —dijo una, con un marcado acento mejicano—. Ya está perfecta. Les hemos dejado nuestras tarjetas sobre las camas, por si necesitan cualquier cosa. Yo soy Gabriela, y ella María de los Ángeles.

Señaló a la tercera, una joven morena y apocada que sonreía con timidez. Gabriela era sin duda la más atrevida y atractiva, y no disimuló un guiño pícaro hacia Ethan, que parpadeó sorprendido. Una vez las mujeres hubieron desfilado fuera de la suite, el mozo dejó la carga y se marchó después de que Owen le diera una propina.

—¿Por qué nos dejan tarjetas? —quiso saber Ethan, al sentarse encima de la cama y ver allí los papelitos de las encargadas de limpiar.

—Bueno, según tengo entendido se les deja propina también. Si estás contento con su servicio, imagino.

—Pues si les da la hora de comer limpiando, no sé qué decirte.

Owen cerró los cajones de las mesillas, que estaban abiertos, y también uno de los armarios.

—Un poco descuidadas sí que parecen —comentó—. Menos para el ligoteo.

—¿Qué?

—Toma, creo que esto es para ti. —Owen le arrojó la tarjeta de Gabriela, donde la muchacha había garabateado su teléfono en la parte trasera—. El senador y la camarera mejicana humilde, esa película ya la he visto.

Ethan arrojó la tarjeta a la papelera. Debía ir con cuidado con ese tipo de cosas, no quería dar pie a malentendidos.

Después de la comida decidieron bajar a la piscina. Estaban a punto de entrar cuando apareció María, con una sonrisa radiante y un montón de panfletos en las manos.

—¡Hola! ¿Se están divirtiendo, señores? ¿Puedo ofrecerles más actividades?

—Pues… —empezó Owen.

—Si les parece bien, les dejo estos folletos para que vean todo lo que el hotel puede ofrecerles. Además de excursiones que no deben perderse, tenemos salidas a las discotecas más impresionantes. Ya saben, por si quieren bailar y conocer chicas guapas.

—Es que… —intentó hablar Ethan.

María no lo dejó terminar, sin parar de mover las manos.

—También tenemos la semana cultural, cada noche una cosa, y les aseguro que es un auténtico éxito para gente así como ustedes, poco movidos. Si les interesa apuntarse solo tienen que rellenar esto y me lo dejan en cualquier momento que pasen por recepción. —La joven les puso los folletos en las manos—. Aquí tienen, no duden en consultarme lo que sea. Ahora vayan a la piscina, con este calor lo mejor es darse un baño. Les recomiendo los cócteles del puesto cinco, son los mejores.

La mujer se marchó tal y como había llegado, a toda prisa y sin esperar respuesta. Owen reorganizó los folletos, que empezaban a desparramarse.

—¿Acaba de decir que somos poco movidos?

—No, seguro que la hemos entendido mal.

Buscaron el puesto cinco, que estaba en una de las piscinas del hotel, y allí se acomodaron en sus tumbonas, Ethan con el periódico y Owen con gafas de sol y sombrero de paja para que no le salieran más pecas todavía.

Ethan se leyó el periódico con calma, disfrutando del relax de no hacer nada y de los cócteles que les servían los camareros que pasaban por allí. De cuando en cuando hacía un barrido por la piscina sin saber bien por qué hasta que al final se dio cuenta de que esperaba ver a las chicas.

Pero ellas debían estar en otra de las piscinas del hotel, o en cualquier actividad, porque cuatro horas después seguían sin aparecer. Fastidiado, cerró el periódico. ¿Por qué de pronto le venían esos pensamientos?

Se tranquilizó a sí mismo diciéndose que era normal desear más compañía aparte que la que su amigo le proporcionaba, no era tan extraño. La gente viajaba y hacía amistades de manera continua, solo era eso, nada más. Owen le pegó en el hombro, sacándole de sus pensamientos.

—Suficiente sol por hoy para mí, no quiero chamuscarme. ¿Te vienes o quieres quedarte un rato más meditando?

—No, tienes razón. Mejor nos tomamos unas cervezas.

Dejó el periódico y cogió su toalla, apartando sus extraños pensamientos. Se daba cuenta de que prefería tener la mente ocupada en alguna disparatada excursión, lo que fuera necesario para no pensar en sandeces.

Capítulo 5

—¿Vamos al bar a tomar algo? —preguntó Skye, mientras sacaba ropa del armario.

—¿Por qué no nos pasamos por el salón de actividades? —contestó Alex, poniéndose uno de sus nuevos vestidos—. Es la semana cultural, en el folleto que nos ha dado María pone que hay concursos, seguro que será divertido.

—No sé yo, al final siempre acabas contestando tú, marisabidilla.

—Que sí, mira, pone que dan tickets que luego se cambian por regalos, seguro que hay cosas chulas. —Le puso cara de pena—. Venga, y luego vamos al bar.

Skye puso los ojos en blanco y le sacó la lengua.

—Vaaaale, no puedo decir que no a esa cara.

Terminaron de vestirse y bajaron al salón de actividades. Ya había muchos asientos ocupados y entre estos, vieron que Ethan y Owen también habían tenido la misma idea.

—Vamos a sentarnos por allí —indicó Alex, cogiendo a Skye del brazo para llevarla al otro lado.

Pero cuando estaban a punto de sentarse, un par de señoras mayores se les adelantaron empujándolas y les quitaron los asientos.

—Estos son nuestros —dijo una.

—Millicent, no seas desagradable —comentó la otra, lanzándoles una sonrisa pero sin moverse del asiento—. Venimos todas las noches y los tenemos reservados, así que se pueden ir.

—Pero si no pone nada de que se puedan reservar —replicó Skye.

—Oiga, señorita, un poco de respeto a sus mayores.

—Olivia, tranquila. Además, seguro que no venían al concurso. Me suena haberos visto por el bar.

—¿Y eso qué tiene que ver? —volvió a replicar Skye.

—Pues que no se os ve cara de gustaros la cultura.

—Pues aquí mi amiga es profesora de literatura, así que vamos a ganar esto sea como sea. Vamos, Alex.

Tiró de su brazo para alejarla de allí.

—Pensaba que no querías jugar, te veo muy animada —se burló Alex.

—Hay que ganar a esas señoras. No te digo, les ha faltado llamarnos borrachas descerebradas.

De pronto se encendió la luz del escenario, y María salió con un micrófono en la mano y unas tarjetitas.

—Buenas noches a todos, estoy encantada de ver tanto público. —Miró a las chicas y señaló un par de asientos libres junto a Owen y Ethan—. Señoritas, si se sientan podremos empezar con el juego de hoy.

Alex intentó ir en otra dirección, mientras que Skye seguía tirando de ella hacia los chicos. Y como todo el mundo les estaba mirando esperando que se sentaran, al final se rindió y dejó que la llevara hasta su mesa. Apenas si les saludaron, porque María seguía hablando para explicar el concurso de esa noche.

—Les vamos a entregar una hoja con un test de cultura general, y los que más puntuación ganen se llevarán veinte tickets y pasarán a la siguiente fase, que consistirá en adivinar películas. —Una chica empezó a repartir las hojas y bolígrafos entre los asistentes—. Un test por pareja, y tienen cinco minutos para rellenarlo. El tiempo empieza… ¡ya!

Skye cogió el test y un bolígrafo, lo leyó y se lo pasó a Alex.

—Venga, corre, tenemos que ganar. Yo solo me sé estas dos… creo.

—Qué exagerada eres. Si esta es fácil, el año que…

—Chist, que nos copian. —Señaló con la cabeza a Owen y Ethan, que estaban rellenando su lista—. En voz baja.

Owen y Ethan las miraron, pero ella sonrió con inocencia y siguieron a lo suyo. Cuando pasaron los cinco minutos, María sopló un silbato que sobresaltó a todos.

—¡Tiempo! —gritó por el micrófono—. Ahora den su test a la pareja de al lado para que lo corrija, iré diciendo las respuestas correctas y al final me dirán sus puntuaciones.

Comenzó a dar las respuestas. Mientras Alex iba revisando la lista de los chicos, Skye intercambió una mirada con las señoras, que no les quitaban ojo.

—Creo que nos han echado alguna maldición para que perdamos —susurró.

—Calla, anda.

María pidió las puntuaciones, y los participantes fueron diciéndolas.

—Diecinueve sobre veinte —informó Ethan. Miró a Alex con media sonrisa—. Casi el pleno, muy bien.

Ella se quedó unos segundos sin saber qué decir, pero cuando iba a darle las gracias, el grito de Millicent la hizo botar en el asiento.

—¡Trampa! —exclamó la mujer—. María, están compinchados. Es imposible acertar tantas.

—¡Revísalas! —exigió Olivia—. Seguro que esos son sus novios y les han dado más puntos de los que merecen.

—Señoras, por favor —terció María, con tono tranquilizador—. Estoy segura de que no ha sido así, si ni siquiera han llegado juntos.

—¡Pero comparten habitación! Les hemos visto entrar en la misma suite.

—Bueno, eso no es del todo… —empezó Alex.

—¡Es imposible que supieran que los pandas tienen pulgares oponibles! —siguió Millicent—. ¡Eso no lo sabe nadie!

—¡Pues claro que lo sabíamos! —contestó Skye, empezando a calentarse con todo el asunto.

—Ah, ¿sí? ¿Y cómo lo sabían? ¡Explíquenlo!

—Pues porque… —Miró a Alex—. ¿Por qué lo sabías? —susurró.

—Lo vi en un reportaje del National Geographic —contestó ella.

—¿Lo ven? —replicó Skye triunfante—. Programas culturales, señoras, eso es lo que nos gusta ver, así que tomen nota.

El tono de las mejillas de las dos señoras subió un par de tonos, indicando su nivel de mosqueo, y María dio un par de palmadas para llamar su atención.

—Vamos, venga, sigamos con la siguiente fase. Por supuesto que ustedes pueden participar, señora Olivia y señora Millicent. Ahora repartimos los tickets, no se preocupen, podrán cambiarlos por premios.

La misma chica que había repartido los tests se encargó de entregar una ristra de tickets de papel a cada pareja participante. Olivia abrió su bolso y los metió con todos los que ya tenía de otras noches, mientras Alex los guardaba preguntándose por qué podrían cambiarlos.

—¿Qué os parece si voy a por unas bebidas, antes de que nos ataquen esas dos? —preguntó, levantándose.

La verdad era que temía saber de qué iba la segunda fase del concurso, aquellos tests culturales la aburrían sobremanera y no quería tener que pasar por otro de esos sin alcohol de por medio.

—No tardes —le dijo Alex—. A mí tráeme una piña colada.

—Cervezas para nosotros, gracias —pidió Owen.

Skye levantó los pulgares con una sonrisa y se levantó para salir del salón por el extremo opuesto a las señoras, no fueran a ponerle la zancadilla.

—Sí que se lo toman en serio —comentó Ethan, tras un par de segundos de silencio incómodo entre los tres—. La verdad es que no esperaba que contestarais tantas bien.

Alex le miró sin saber qué contestar a eso. ¿Era una forma de llamarlas incultas? Owen le dio un codazo, y entre eso y la forma en que la chica le miraba, Ethan se dio cuenta de cómo había sonado.

—Supongo que ser profesora de literatura ayuda —contestó ella.

—Sí, claro, perdona. No quería decir… Es que Peyton no habría contestado ni la mitad. No os parecéis mucho.

—Suelen decírmelo, sí.

Miró el reloj, preguntándose dónde demonios estaba Skye y por qué tardaba tanto. Con lo bien que había estado aquella mañana con él, no entendía su comentario. Aunque claro, si estaba pensando en Peyton y haciendo comparaciones… Frunció el ceño. Aquello le gustaba aún menos.

—¿Por qué no vas a ver por qué tarda tanto su amiga, Owen? —pidió Ethan.

—Claro.

Owen se incorporó de manera automática, dispuesto a obedecer. A ver si conseguía encontrarla y así se relajaba el ambiente, que se podía cortar con un cuchillo.

En el local había más de una barra y Skye no estaba aparentemente a la vista, pero en cuanto buscó por la menos visible la encontró. Sentada al final, charlando tan tranquila con el camarero mientras este le servía una copa de algo con expresión de estar encantado. Durante unos segundos dudó sobre si interrumpir o no, a lo mejor le estropeaba el ligue, pero después se sintió irritado. Se había marchado, en teoría a buscar bebidas para todos, y si ella no sentía el menor remordimiento por dejarlos plantados, él tampoco iba a tener problemas en interrumpir.

Cuando llevaba media distancia recorrida, Skye le vio. Agitó un brazo con una sonrisa, instándole a acercarse del todo.

—¡Hola, pecoso! ¿Qué haces?

—He venido a ver si te habían secuestrado o algo, porque…

Señaló la mesa con la cabeza, pero ella lo miró sin entender.

—¿Qué?

—Ya sabes, «voy a por unas copas y vuelvo en seguida». —Owen imitó su tono, añadiendo un matiz burlón.

—Bueno, pero es que esa mesa es un rollo. —Skye le dio unos golpecitos al taburete vacío que había junto a ella—. Ven, anda. No me extraña que hayas huido, ¿cómo soportas trabajar con ese tío tan tieso? Así es imposible que te relajes, siempre se te ve tan tenso.

—¿Qué? No, yo no…

—No te preocupes, no hay nada que un trago y un rato de charla no solucione. —Ella se giró hacia el camarero, que estaba frotando un vaso con lentitud—. Osvaldo hace unos margaritas de quitar el sentido.

—Fernando —corrigió él.

—Eso, Fernando —se apresuró a rectificar Skye.

Owen abrió la boca para decir que aquello no estaba bien, que cuando uno salía no dejaba tirados a sus amigos y se quedaba hablando con cualquiera, que su actitud era despreocupada y ciertamente egoísta, que la veía caprichosa, que se notaba que estaba acostumbrada a hacer lo que le venía en gana y que…

—No siempre ha sido así —murmuró, dejándose caer encima del taburete—. Ni yo, ni el trabajo, ni tampoco Ethan. Cuando empezamos era diferente, era… divertido.

—Perdona, pero no creo que las palabras «política» y «divertido» puedan ir juntas en la misma frase. —Ella sacudió la cabeza, alargándole su propia copa mientras Fernando empezaba a preparar los margaritas.

—Pues sí que lo era. Porque nos conocimos en la universidad, ¿sabes? Yo era un chico un poco bobo con la cabeza llena de ideales absurdos que no congeniaba absolutamente con nadie hasta que apareció él, que era igual de bobo que yo pero con más músculos.

Se bebió la copa de la chica de un trago mientras Skye lo observaba entrecerrando los ojos.

—Y sí, elegimos política para cambiar las cosas, aunque suene a tópico.

—¿Y qué ha pasado por el camino?

Fernando acercó dos copas que no escatimaban ni en decoración ni en contenido etílico. Skye empujó una hacia él antes de que la cogiera, ya que al parecer le hacía más falta que a ella.

—No lo sé. Las jornadas de nueve horas se estiraron hasta las doce, o catorce, o dieciséis. Ethan subía y con él los fuegos que apagar, cada vez había más problemas y el nivel de atención era mayor.

—Eso suena muy estresante, *compadre* —comentó Fernando, que tenía otra copa preparada y no tardó en acercársela.

—No debería beber tan seguido —dijo Owen, agarrando el margarita.

—Soy camarero y reconozco a un buen bebedor en cuanto lo veo —dictaminó Fernando, con rostro serio—. Y estoy ante uno ahora mismo. En seguida vuelvo, *no mamen* y me birlen nada.

El hombre se alejó por entre unas cortinas mientras los dos lo observaban, sorprendidos por sus últimas palabras.

—¿Me ha llamado alcohólico o algo así? —preguntó Owen—. No sé por qué tanta emoción con venir a la Riviera Maya, no hacen más que insultarnos.

—Mira, no puedes seguir así. —Skye arrimó su taburete para acercarse más, en actitud conspiradora—. ¿Cuántos años tienes, treinta y tres? ¿Treinta y cuatro? —Él asintió—. Vale, treinta y tres y treinta y cuatro. Sea como sea, eres muy joven para estar tan amargado.

—¡Yo no estoy amargado!

—Claro que sí, ha sido llegar tú y marcharse Fernando, esparces vibraciones negativas. Esparces estrés, cansancio, cero sentido del humor y…

—Creo que es un buen momento para regresar a la mesa.

Owen hizo ademán de bajarse, pero entre que lo que había bebido empezaba a subírsele a la cabeza y que Skye le sujetó del brazo no lo consiguió. Necesitó unos segundos para recolocarse, y la miró con el ceño fruncido.

—Tienes que tomarte la vida de otra manera —dijo ella.

—Claro, es fácil decirlo cuando tu trabajo no es una mierda que succiona todas las horas de tu día —contestó él, y al instante apretó los labios sin creer lo que acababa de decir.

Nunca lo había verbalizado, pese a que llevaba una larga temporada pensándolo. Cuanto mejor iba la carrera de Ethan, más sacrificada se volvía su vida. Más deprisa se evaporaba su tiempo. Nadie sabía la responsabilidad de estar pendiente de todos y cada uno de los pasos de su amigo, de tener que estrujarse el cerebro pensando en cómo solucionar los problemas. De eso no se daba cuenta nadie, muchas veces ni siquiera el propio Ethan.

Y lo había soltado delante de una rubia aficionada a los mojitos, a portar objetos peligrosos y a tratar sus pelotas de diversas maneras, tanto malas como buenas.

—Haz como si no hubiera dicho nada.

—Pero lo has dicho.

—No, tú me has entendido mal. Has bebido mucho, no coordinas.

—Solo me he tomado dos unidades de alcohol, al contrario que tú, que llevas tres. Si lo que quieres es que te guarde el secreto, ¿no crees que es mejor pedírmelo en lugar de hacerme creer que no coordino?

—¿Dónde puñetas se ha metido Fernando? Necesito otra unidad de alcohol.

—No pasa nada, estás harto de tu curro. ¡Es más normal de lo que crees!

—No quiero que Ethan se entere —protestó Owen—. Y no tengo tan claro que sea normal que todo el mundo esté aburrido de su trabajo. Mira tú, por ejemplo, tienes uno de ensueño.

Skye sacudió la cabeza con energía, demasiada para lo que había bebido. Que sí, habían sido dos unidades, pero eso desde que había aparecido él en la barra, porque antes se había tomado otro par mientras charlaba con Fernando. Decidió que no tenía importancia y se concentró en la conversación.

—No, eso no es así —dijo—. Verás, cuando hablamos de fotografía la gente siempre tiene esa imagen romántica y melancólica del fotógrafo sacando preciosas puestas de sol, o aleteos de mariposa. O una playa, o el mar, o animales majestuosos. Pero cuando eres fotógrafo de retratos… ay, amigo, la cosa cambia mucho.

—¿De veras? —Owen apoyó un codo en la barra, escuchando con atención.

—Ajá. No sé si lo sabes, pero las personas nos vemos a diario en el espejo y estamos familiarizados con ese rostro en movimiento. De algún modo, el cerebro nos engaña y nos hace creer que somos más guapos de lo que en realidad somos.

Owen permanecía mudo y atónito ante una de las conversaciones más raras que había tenido en su vida.

—Mmmm… —murmuró, sin saber qué decir.

—Por eso hay gente que no se reconoce en las fotos. «¿En serio soy yo? No pensé que estaba tan gordo. O que era tan vieja. No puede ser, esto no es lo que veo en el espejo de mi casa.» Se sienten estafados, heridos. Así que imagina lo desagradecido que es mi trabajo. No saben nada de luz, ángulos o simetría, solo saben preguntar si manejo el Photoshop.

—¿De verdad?

—Es la pregunta más popular, seguida de: «¿Realmente tengo esta cara?»

Owen había salido del estupor y sonreía. No podía evitarlo, le parecía divertida. Se lo había parecido un año atrás en aquella boda y se lo seguía pareciendo en ese mismo instante. Le gustaba la naturalidad con la que decía todo, con ella no parecía que nada fuera forzado.

Fernando regresó, y con él también lo hicieron los margaritas. Owen bebió un poco del suyo, notando que estaba bastante más cargado que el anterior.

—Tiene gracia —comentó.

—No, ni un poquito —Skye le rebatió, pero también ella sonreía—. Por cierto, me gusta tu cara. Es muy simétrica.

—¿Qué? —preguntó él, por si había entendido mal.

—Es una opinión profesional, ya sabes. Me resulta casi imposible estar delante de alguien y no tener en cuenta los parámetros.

—No sé de qué me estás hablando…

—Los parámetros que definen cuán atractivo es un rostro —explicó ella—. Hay estudios que dicen que es un simple triángulo: ojos claros, nariz recta y boca. Pero también cuentan los pómulos y la mandíbula.

Owen procesó sus palabras sin comprender del todo. No sabía si le estaba dando una clase de anatomía facial, si intentaba ligar con él o si las unidades de alcohol que había tomado le estaban haciendo imaginar aquel diálogo.

—Mira que me han dicho cosas sobre mi cara, pero eso nunca.

—Pues felicidades, tienes lo que se considera unos rasgos perfectos. Oye… —La rubia se frotó las manos con una sonrisa divertida—. ¿Hacemos un concurso de margaritas?

Owen estuvo a punto de contestar que mejor de mojitos, a ver si aquello le recordaba al anterior, pero en su lugar levantó la mano para llamar la atención del camarero y pedir la primera ronda.

—*No se me achicopalen…*—murmuró Fernando, mirando al techo.

En la mesa, Alex se había cruzado de brazos en un gesto claramente defensivo, mientras Ethan se preguntaba cómo se le había ocurrido decir algo tan estúpido, con lo acostumbrado que estaba a medir sus palabras.

—Creo que mi comentario ha sido desafortunado —se disculpó—. Retiro mis palabras y… —Ella emitió una risita—. ¿Qué?

—Parece que estés haciendo un comunicado oficial, de esos políticamente correctos. —Seguía algo molesta, pero le había hecho gracia su tono de discurso, tan fuera de lugar—. No sales nunca de tu papel de senador, ¿verdad?

Él respiró aliviado, dándose cuenta de que le preocupaba que ella se hubiera enfadado con él pero sin entender por qué le importaba. Le había sorprendido sus respuestas, cierto, porque durante el tiempo que había estado con Peyton, la chica no había demostrado ser precisamente una lumbrera. Pero cumplía los requisitos que exigían los votantes y su equipo de asesores, así que tampoco le había importado. Había conocido a Alex poco después de empezar a salir con Peyton y habían coincidido en muchas celebraciones familiares y eventos, pero no le había prestado mucha atención. En aquellos tres días habían hablado más que en todo aquel tiempo, y aunque una vocecita interior le seguía diciendo que compartía ADN con su exprometida y, por tanto, sería igual, lo que estaba viendo hasta entonces le demostraba lo contrario.

Ella levantó las cejas, y se dio cuenta de que no había contestado a su pregunta. Se encogió de hombros, carraspeando.

—Supongo que no —dijo—. Es complicado. Siempre hay cámaras y periodistas cerca, mis asesores, mis ayudantes…

—Pero ahora no hay nadie, solo Owen.

—Ya. —Miró a su alrededor—. Que se ha perdido también, por cierto.

María tomó el micrófono de nuevo, avisando de que comenzaba la segunda fase.

—¡Trampa! —gritó de nuevo Millicent, señalándoles—. Mira, María, no son los mismos de antes, han cambiado las parejas y eso va contra las normas.

—Las normas no dicen…

—¡Es la prueba! Están compinchados, ¿no ves qué miraditas se lanzan?

Ellos se miraron, para apartar la vista con rapidez.

—Relájense, señoras, que ahora viene lo mejor. —pidió María—. ¡Premio especial! Una cena en el restaurante Michelín. Suban al escenario, comenzaremos con ustedes. Toca… ¡adivinar películas con los gestos del compañero! Recuerden: prohibido hablar.

Le entregó una tarjeta a Millicent, que comenzó a gesticular sin que nadie pudiera comprender qué estaba interpretando, mucho menos Olivia.

—Esto no se me da tan bien como el test —dijo Alex, mirando a su alrededor—. ¿Dónde está Skye?

—Y Owen tampoco vuelve, así que… —Hizo un gesto a la chica que ayudaba a María, que se acercó con una sonrisa—. ¿Nos puedes traer una piña colada y una cerveza, por favor? Ya sé que no eres la camarera, pero no queremos perdernos el concurso.

Y le lanzó una de aquellas sonrisas que tanto atontaban a Alex, quien comprendió que la chica solo acertara a afirmar con la cabeza antes de ir a buscar lo que le pedía.

—¿Olvidas entonces lo que he dicho antes? —preguntó él—. No quería ofenderte.

—No pasa nada. Al menos en esa comparación con mi hermana salgo ganando.

Ethan iba a replicar, pero la chica llegó en aquel momento con las bebidas.

—Invita la casa —les dijo, guiñándole el ojo a Ethan antes de alejarse.

Él no le dio importancia, acostumbrado como estaba a que le invitaran por el puesto que ejercía, pero Alex sí se dio cuenta de las intenciones de la chica, y no pudo evitar sentir un ramalazo de celos.

Ethan acercó su botella de cerveza al vaso de Alex, y chocó el cristal.

—¿A por ellas?

Alex sonrió. No las tenía todas consigo, pero qué demonios… Su amiga traidora no parecía tener intenciones de volver, tenía una piña colada en la mano y Ethan se había disculpado por su comentario, ¿qué podía perder porque la viera haciendo gestos raros? Ya la había visto medio borracha, por no decir totalmente borracha, con ropa rara y sobre todo esas estupendas sandalias purpurina, así que, ¿por qué no disfrutar del momento?

Owen miró el reloj de su muñeca, pero apenas lograba distinguir las manecillas, mucho menos los números.

—Creo que llevamos demasiado tiempo aquí —comentó—. ¿No teníamos que llevarles bebidas a nuestros amigos?

—Bah, seguro que han conseguido por otro lado. ¿Otra ronda?

—Creo que si bebo algo más, no seré capaz de encontrar la suite. O me perderé dentro de ella.

Empezó a sonar música y, dos minutos después, vieron cómo una conga aparecía por un lado del bar y se dirigía de forma amenazadora hacia ellos.

—Esta es la señal para irnos, antes de que nos absorba la conga de jubilados —dijo Skye, bajándose del taburete—. ¡Corre!

Y sin esperarle, echó a correr en dirección contraria a la conga, cada vez más cercana. Owen se terminó la bebida que tenía en la mano a toda prisa y salió tras ella, esquivando la señora que encabezaba la fila por los pelos.

Alcanzó a Skye justo cuando esta entraba en el ascensor, y del ímpetu que llevaba, la empujó al interior. La sujetó por la cintura para no caerse y empezaron a reírse mientras las puertas se cerraban.

—No sabía que se podía correr tanto —se burló ella, apoyando las manos en sus hombros para mantener el equilibrio.

—No hay nada más peligroso que una conga, sabes cuándo entras pero no cuándo sales o a dónde te lleva.

Se quedó unos segundos mirándola a los ojos, para después bajar la vista a sus labios. Skye cambió el peso de un pie al otro, comenzando a ponerse nerviosa.

—Puedes soltarme ya... —murmuró, sin quitar las manos de sus hombros—. No voy a caerme.

Owen afirmó, pero en lugar de apartar las manos de su cintura, la atrajo más hacia él y la besó. Lejos de apartarle, Skye rodeó su cuello con los brazos y respondió con la misma intensidad.

Owen la apoyó contra una de las paredes del ascensor, que de pronto se detuvo. Skye separó la cara para mirar a su alrededor, confusa, mientras él besaba su cuello.

—Creo que se ha parado —comentó.

—Mejor.

—¿Damos la alarma?

—Todavía no.

Skye pensó en refutar, pero él había metido la mano por debajo del vestido para acariciarla y decidió que total, no había ninguna prisa, allí estaban más que bien. Le abrió la camisa arrancando algún botón en el proceso, pero ninguno de los dos se dio cuenta. Sí que besaba bien el pecoso... y recordó haber pensado lo mismo en la boda aquella. Owen ya se había encargado de soltarle el sujetador con una facilidad increíble teniendo en cuenta lo que había bebido. Skye bajó la mano a la cremallera de su pantalón, y aquello lo hizo reaccionar.

Owen retuvo esa mano juguetona, intentando centrar sus pensamientos en el lugar público donde se encontraban.

—Espera —consiguió decir—. No tenemos nada y...

—Claro que sí. —Con la otra mano, abrió su minibolso y sacó un paquetito cuadrado—. Soy una chica preparada, ¿recuerdas?

Le guiñó un ojo con un gesto travieso. Owen cogió el paquete con una sonrisa. La muy... así que se acordaba igual que él.

—Perfectamente —contestó, abriéndolo.

«Qué cabrón», pensó la chica. «Y no me ha dicho nada».

Aunque claro, ella también había mantenido silencio, así que no se lo podía reprochar. Quizá tampoco se había acordado nada más verla. Ya no importaba, tenía otras cosas en las que pensar en ese momento, como deshacerse de la molesta ropa que se interponía entre ellos. Pensó en un segundo que el ascensor se podía poner en marcha en cualquier momento, pero la alarma seguía sin sonar, así que no parecía que fueran a ir a rescatarlos pronto.

Owen la cogió por las caderas para impulsarla hacia arriba y rodearse con sus piernas.

—¿Esperamos a que nos rescaten? —preguntó, pensando en que como les pillaran allí lo mismo acababan detenidos por exhibicionismo.

—Ni se te ocurra parar ahora.

No quería desperdiciar el momento, si perdían tiempo subiendo estaba segura de que se cortaría todo el rollo. Aparte de que si estaban Ethan o Alex ya allí, se pasaría el momento fijo. Así que se sujetó a su cuello con una mano, deslizando la otra de forma juguetona hasta llegar a su pantalón. Owen estiró de su ropa interior para romperla y poder entrar en ella. Skye gimió, notando su cuerpo estremecerse de arriba abajo, como si recordara lo que había sucedido antes entre ellos y se anticipara al placer que vendría.

Owen la besaba en la boca, en el cuello, mientras la sujetaba y se movía contra ella. La forma en que ella gemía y le acariciaba lo estaba volviendo loco, haciendo que le costara mantener el control. Estaba al límite, pero por suerte a ella le ocurría lo mismo, y poco después terminaban con una intensidad que hizo que Owen perdiera el poco equilibrio que tenía y acabaran deslizándose hasta el suelo, por suerte sin caer de golpe.

Owen le apartó un mechón de pelo de la cara, besándola.

—¿Todo bien? —preguntó.

—Hasta mejor que la otra vez. —Le pellizcó un hombro—. ¿Por qué no me dijiste nada en la boda de Ethan? O aquí, ya puestos.

—¿Y tú? —contraatacó él.

Skye enrojeció un poco, pero volvió a pellizcarle.

—Demasiados mojitos aquella noche —contestó—. No me acordaba. O sea, me acordaba de lo que pasó, pero no de ti exactamente.

Owen se echó a reír. Pues sí que habían bebido ambos en aquella boda.

—Igual que yo, me acordé cuando te vi el tatuaje. —Volvió a besarla—. Bueno, ¿qué te parece si vemos si nos rescatan? Si no está Ethan ni Alex podemos repetir arriba. Digo, para no olvidarnos esta vez.

—Me parece una buena idea.

Se incorporó y aprovecharon para arreglarse la ropa. Una vez con aspecto más o menos decente, porque ambos estaban despeinados y no consiguieron arreglarse el pelo del todo, Skye pulsó el botón de alarma.

—¿*Sí*? —contestó una voz masculina en español.

—Estamos atrapados en el ascensor —contestó ella—. En el... —Miró una etiqueta—. En el ascensor tres.

—Un momento, *por favor*. —Ruido de movimiento y estática—. Alguno de ustedes ha pulsado el botón de parada, no es una avería.

Los dos miraron al botón rojo y, en efecto, estaba iluminado.

—Huy, perdón. Ehmm... *Buenos nochas.*

Le dio al botón sin poder evitar echarse a reír y el ascensor se puso en marcha al momento.

Alex leyó el papel que le había tocado y María activó el cronómetro. Abrió la mano para mostrársela a Ethan.

—¿Palma? ¿Una palmera? —Ella negó con la cabeza, moviendo sus dedos—. Ah, ¿cinco? —Ella afirmó—. ¿Cinco palabras?

Alex volvió a negar. Mostró el índice, y se puso a hacer gestos como si corriera, lanzara una pelota o bateaba. Ethan la miraba sin entender nada, pero oyó a las señoras reírse por lo bajo y se concentró en Alex, estrujándose el cerebro. Ella paró y enseñó dos dedos. Hizo como que leía un libro con cara de concentración. Después abría algo, el gesto de una pistola, cerró y luego agitó los brazos.

—¿Ha estallado? —preguntó él.

Ella afirmó, entusiasmada. Mostró tres dedos. Se tocó el pelo como si se peinara y dio unos pasos alisándose la ropa, intentando parecer pija. Entonces el cerebro de Ethan hizo la conexión. Un deportista, un cerebrito con una pistola en su taquilla, una pija...

—¡«El club de los cinco»! —gritó, sobresaltando a todos—. Perdón, es «El club de los cinco».

—¡Sí! ¡Te toca, corre!

Ethan metió la mano en la caja de papeles y sacó uno, animado por haber acertado. Se desató un par de botones de la camisa, lo cual distrajo a Alex unos segundos de lo que estaban haciendo porque se puso a pensar en películas donde se desnudaran hombres pero no se le ocurría ninguna. Entonces le vio agitar el brazo en el aire y correr mirando hacia atrás.

—¡«En busca del arca perdida!» —exclamó.

Millicent y Olivia empezaron a protestar alegando que Ethan había hecho algún tipo de ruido imitando el látigo, pero ellos las ignoraron y continuaron sacando papeles y acertando películas.

—¡Tiempo! —avisó María, justo cuando Ethan acertaba otra—. Ha entrado, así que vais en cabeza.

Alex dio un par de saltitos entusiasmada. Levantó la mano y Ethan se la chocó, sonriendo.

—Vamos a llevarnos esa cena —dijo, en tono seguro.

Regresaron a sus asientos y Alex cogió su bebida, pensando en sus palabras. Con la emoción del concurso no se había parado a pensarlo, pero si el premio era una cena para dos... ¿Tendrían que ir ellos? ¿O Ethan le cedería su puesto a Skye? También podrían reservar para sus amigos e ir los cuatro, aunque con el precio que tendría el menú estaba segura de que Skye no podría permitírselo, ni ella, aunque pagaran a medias.

La última pareja estaba en el escenario, pero se quedaron atascados en la segunda película y no fueron capaces de acertar más de cuatro, muy por debajo de Alex y Ethan. Por su parte, Millicent y Olivia estaban protestando buscando pegas a todo lo que habían hecho ante la mirada paciente de María, que al final les dio otra ristra de tickets como premio de consolación por haber quedado segundas.

Se acercó a la mesa de Alex y Ethan y les dio un sobre.

—Dentro están sus vales para la cena —explicó—. Mañana por la noche a las nueve, se puede ir informal pero elegante, nada de pantalones cortos o zapatillas. Está todo a su nombre.

—Gracias. —Alex cogió el sobre—. Esto... ¿se pueden añadir reservas o cambiar los nombres?

—No, la mesa está reservada también. Que lo disfruten.

Se alejó con una sonrisa. Alex movió el sobre nerviosa entre los dedos.

—Parece que cenaremos solos —comentó.

—He oído hablar muy bien de ese sitio, merecerá la pena.

Parecía que a él no le importaba en absoluto que estuvieran solos, pero a ella el tema le preocupaba. ¿Una cena a solas, como si fuera una cita? Claro que no era una cita, solo un premio compartido entre conocidos, porque tampoco podía calificarle de «amigo» aunque se conocieran desde hacía años.

—Aunque quizá después tengamos que ir a comer una hamburguesa o algo —continuó él—. Si las raciones son las típicas de un restaurante Michelín...

Alex sonrió como respuesta a la broma, pero sin decir nada, y cogió su bebida para disimular.

Ethan terminó su cerveza, preguntándose si había vuelto a decir algo fuera de lugar al ver que Alex se quedaba tan callada. O quizá fuera por la cena, seguro que le apetecería más ir con su amiga. Quien, por cierto, seguía sin aparecer, igual que Owen. Ni que el hotel fuera tan grande, no podían haberse perdido los dos. Miró el reloj.

—Sí que tardan, ¿no? —dijo Alex, leyéndole el pensamiento.

—Hace casi una hora que se han ido. ¿Qué hacemos?

—¿A qué te refieres?

—¿Los vamos a buscar, nos quedamos tomando algo, nos vamos a la habitación?

A Alex le hubiera gustado buscar otro sentido a su última propuesta que no fuera irse a dormir, pero sabía que no tenía sentido. Agitó la cabeza.

—Nada de ir a buscarlos, que esto puede ser como una de esas películas de miedo que van desapareciendo los protagonistas de uno en uno. Y ves que se va otro y piensas, «pero idiota, que vas a desaparecer también».

—Muy cierto.

Un chico salió al escenario, donde habían puesto un piano, y comenzó a tocar.

—Yo me voy a quedar un poco a escucharle —siguió Alex—. Si no han vuelto en un rato, me iré a la cama, ha sido un día largo.

—Me parece buena idea. —Se levantó—. ¿Quieres algo?

—No, gracias, todavía me queda.

Le mostró el vaso medio lleno y Ethan se fue a pedir una cerveza para él. Después se quedaron escuchando al chico del piano, apenas sin hablar, pero el ambiente era relajado y no había un silencio incómodo entre ellos.

Media hora después, como sus amigos seguían sin aparecer, aprovecharon un descanso del pianista para levantarse e ir hacia los ascensores.

—Vaya, alguien ha perdido un botón —comentó Alex al entrar y verlo en el suelo.

—Más bien dos. —Ethan pulsó su planta, señalando otro—. Pues sí que hacen la ropa de mala calidad.

—No todo el mundo compra en Armani.

Ethan la miró para ver si estaba bromeando y se encontró con que ella le sonreía divertida, así que asumió que así era. Y entonces se dio cuenta de lo diferente que era de Peyton, porque esa sonrisa era de verdad, no como las de su exprometida, que parecía que las ensayaba en el espejo para saber cuál poner en cada momento y cada foto. El ascensor se detuvo, lo cual hizo que apartara la vista de Alex para salir con rapidez, frunciendo el ceño. ¿Qué le pasaba? Había estado a punto de decirle que tenía una sonrisa bonita… ¿Desde cuándo se ponía a decir piropos por ahí? Tenían que ser las cervezas y aquel ambiente, tan ajeno a él.

Alex lo siguió hasta la suite algo aturdida. No sabía si se lo imaginaba o qué, pero le había parecido que él la miraba de una forma diferente en el ascensor. Probablemente era todo cosa de su mente, que quería ver cosas donde no las había. Iba a tener que reducir el número de cócteles.

—En fin, me lo he pasado bien —dijo Ethan—. Esas dos señoras se han llevado una buena paliza.

—Sí. —Se echó a reír—. Creo que van a intentar vetarnos de próximos concursos.

—Entonces habrá que ir todos los días. —Sonrió—. Estoy deseando pillar la cama.

—Sí, y yo.

Se miraron un segundo, que Alex rompió empujando la puerta de la habitación.

Capítulo 6

Alex no necesitó más que cinco segundos para darse cuenta de que la cama que compartía con Skye aparecía ahora ocupada por la chica. Y a su lado, Owen.

Los dos abrieron los ojos de golpe a la vez, con la misma idea en la cabeza: «Mira dónde estaban». Ambos llevaban la ropa desarreglada, aunque puesta, así que Alex dudó de que fuera lo que parecía… aunque, segundos después, recordó que según su amiga ya habían tenido un rollo hacía tiempo, de forma que lo más seguro era que sí fuera lo que parecía.

Miró a Ethan, que se encogió de hombros tan anonadado como ella. Como ninguno parecía saber qué decir ni cómo solucionarlo, Alex se acercó y tocó a Skye en el hombro.

—Skye —susurró—. Skye…

—Mmmm.

—Skye.

Skye no parecía tener la menor intención de despertarse y lo dejó claro enroscándose más alrededor de Owen, que tampoco dio muestras de escuchar nada.

Alex se rindió, encogiéndose de hombros.

—No creo que tengan intención de moverse —susurró.

—¿Y qué hacemos? No podemos quedarnos despiertos toda la noche porque se les haya ido la mano con el alcohol.

Ethan parecía perplejo, el vivo reflejo de la confusión. Estaba claro que, en calidad de senador que todo lo tenía, jamás se había visto en una situación como aquella.

—Bueno… puedo dormir en el sofá —sugirió Alex, sin dejar de susurrar.

—¿Qué? No, ni hablar. Yo dormiré en el sofá.

Y antes de que ella pudiera replicar, se sentó encima con gesto decidido. Se movió, buscando posición mientras Alex se ponía cada vez más nerviosa al escuchar el crujido de los muelles.

—Si duermes ahí, mañana te dolerá la espalda —comentó.

—¿Y qué otra cosa podemos hacer?

La joven miró en dirección al cuarto de servicio. Ethan siguió su mirada, comprendiendo.

—¿Dormir juntos en la misma cama?

—¡Pecado! —soltó Alex, sin poder evitar una carcajada y pensando en que eso diría su madre exactamente.

Ethan quedó sorprendido unos segundos, pero al final también se echó a reír, dándose cuenta de que aquello era una tontería.

—Tienes razón, podemos compartirla. Si soy capaz de hacerlo con Owen, ¿por qué no contigo? Siempre será mejor que destrozarme las lumbares en un sofá enano.

Entraron en el cuarto, y pese a que Alex iba muy decidida, de pronto fue consciente de que iba a meterse en la cama con Ethan Lewis. No como llevaba soñando meses, por descontado, pero iba a tenerlo a escasos milímetros de su cuerpo. Solo de pensarlo notaba cómo se alteraba su temperatura, así que resopló.

—¿Estás bien?

—Sí. Es que no termino de acostumbrarme a este calor —se excusó.

Acto seguido, se dio cuenta de que su pijama estaba bajo la almohada donde ahora descansaba su amiga, y que las probabilidades de recuperarlo eran mínimas. ¿Qué iba a hacer, meterse con el vestido que llevaba? No parecía tener muchas más opciones.

Miró de reojo a Ethan, que acababa de quitarse la camisa. Tuvo que hacer un gran esfuerzo para no quedarse mirando, con aquella luz nocturna que entraba desde la suite principal él estaba más atractivo que de costumbre. Lo vio quedarse en boxers sin ninguna preocupación y tragó saliva. ¿Debería hacer lo mismo?

Ni de broma, no estaba preparada para algo así. Ethan podía permitírselo, podría pasear en calzoncillos por todo el hotel y despertar admiración a su paso, pero ella no estaba a la altura.

—No te importa, ¿no? —preguntó él, señalando la ropa que había dejado encima de una silla.

—No, claro que no.

Lo único que le importaba era encontrar saliva que tragar, porque estaba a punto de sufrir una combustión. Se deslizó entre las sábanas, sintiendo como Ethan hacía lo mismo por su lado, y se arrimó todo lo posible al borde para no entrar en contacto con aquel cuerpo tentador.

—No te preocupes —lo escuchó decir—. Sé comportarme, Alexandra.

Alex estaba segura de que sí, pero no podía decir lo mismo de ella. Todo su cuerpo permanecía en tensión y no sabía cómo relajarlo, algo muy improbable dado que lo único que le venía a la cabeza eran ideas como tocar aquellos brazos o chuparle una oreja.

Carraspeó, incómoda, intentando dejar la cabeza en blanco. No quería notar aquella palpitación tan familiar que la dominaba cuando pensaba en él, solo debía concentrarse en dormir. Dormir y nada más, que era lo que estaban haciendo.

Ethan la notaba revolverse y suspirar, y se preguntaba si sería su culpa, tal vez no había sido buena idea meterse en la cama con ella si eso la hacía sentir violenta. Una pequeñísima parte de él se había preguntado si se quedaría en ropa interior, incluso le había parecido una buena idea para así poder comprobar si esas curvas eran tan prometedoras como preveía, pero en seguida se obligó a olvidar aquellas ideas absurdas. Era la hermana de la mujer que lo había engañado y ridiculizado, no podía tener pensamientos de ese tipo. Aunque no podía remediarlo, tenía debilidad por los culos bien puestos, en aquel tema nunca coincidía con sus asesores.

Conciliar el sueño le costó más de lo que había pensado en un principio, y a pesar de que no escuchó la más mínima protesta por su parte, tuvo la sensación de que a Alex le ocurría lo mismo.

Esta se sumergió en un duermevela inquieto, del que despertó cuando sintió que alguien le rozaba el brazo desde el borde de la cama. Abrió la boca dispuesta a soltar un grito, pero entonces reconoció a Skye; de rodillas, le daba golpecitos en la mano.

—¿Qué haces ahí? —siseó su amiga.

—¿Cómo que qué hago aquí? Te has acostado con Owen en nuestra cama… —Y se sintió como la protagonista de un culebrón amoroso.

—No, no me he acostado con él en nuestra cama, tranquila. Fue en el ascensor.

—¿Qué?

—Alex, ¿eres consciente de que estás metida en la cama con el senador?

—¡No me digas! ¿Y a quién tengo que agradecérselo?

—Sssshhh.

Skye la mandó callar al notar que Ethan se medió incorporaba. Se agachó para que no la descubriera a los pies de la cama, y Alex se hizo la dormida mientras él se encaminaba al lavabo, con los ojos casi cerrados.

—¿Le has metido mano? —preguntó Skye.

—¡Claro que no!

—Solo un poco, chica, en plan accidental…

—No, la situación ya es bastante rara e incómoda sin que le meta mano, gracias.

—Hazme sitio.

Sky trepó a la cama y se metió dentro sin dar tiempo a que Alex dijera nada. Esta suspiró mirando al techo; por un lado se alegraba, pero por otro le hubiera gustado compartir un rato más tan cerquita de él. No tendría otra oportunidad, seguro.

Skye apoyó la cabeza en su hombro, usándola como si fuera una almohada. Ethan regresó del baño con lentitud, aún frotándose los ojos con cara soñolienta. Se los volvió a frotar cuando se dio cuenta de que su lado de la cama estaba ahora ocupado por la amiga de Alex. Pero, ¿qué diablos…?

Consciente de que la chica que le había robado el sitio impunemente no iba a salir de la cama, se giró hacia la puerta y fue hasta la suite para acostarse al lado de Owen.

Ahora recordaba por qué no le gustaba compartir la habitación con ellas. Y todavía les quedaban tres semanas de aquella intimidad, quizá tendrían que sentarse y establecer algún tipo de norma. Sobre todo, si Owen y Skye tenían intención de seguir con sus encuentros.

De pronto notó el brazo de su amigo sobre el pecho. Le dio un par de golpecitos, pero en lugar de apartarse, Owen se arrimó más.

—¿Dónde te habías ido? —murmuró el chico.

Ethan se apartó justo cuando Owen estaba a punto de besarle el cuello y cayó al suelo, lo cual hizo que el chico despertara.

Owen reptó hasta el borde de la cama y se asomó. Al ver a Ethan, frunció el ceño y miró a su alrededor, pero no, Skye no estaba por ninguna parte.

—¿Qué haces ahí? —preguntó.

—Evitar tus arrumacos, que no sé si lo sabes pero solo te quiero como amigo.

Owen ahogó un bostezo y volvió a su lado de la cama para que Ethan pudiera subir.

—¿Sabes dónde está Skye? —preguntó.

—En nuestra cama, con Alex. Con la que, por cierto, he tenido que dormir porque a la pobre le habías quitado el sitio.

—No era nuestra intención quedarnos dormidos. —Se acomodó cerrando los ojos—. Demasiadas unidades de alcohol.

—Asumo que has vuelto a tener un rollo con ella.

—No, hijo, de normal me meto en la cama con las chicas solo para dormir. —Abrió un ojo—. Ah, que eso lo acabas de hacer tú.

Volvió a cerrarlo y Ethan le dio un manotazo en el hombro. Encima cachondeo, con lo poco que había dormido. Pero su amigo estaba otra vez en los brazos de Morfeo, así que tuvo que dejar la conversación para más tarde.

Alex se asomó con cuidado y suspiró aliviada al ver que los chicos no estaban.

—Podemos salir —dijo.

—Ni que estuvieras desactivando una bomba. —Skye pasó a su lado para ir al armario—. Venga, vamos a desayunar y a la piscina, necesito una buena ración de estar tumbada sin hacer nada.

—Déjame que me duche, que he dormido con este vestido.

—Si es que a quién se le ocurre…

—No iba a desnudarme delante de él, gracias.

Le sacó la lengua y se metió en el cuarto de baño. Cuando salió se pusieron los bañadores con unos vestidos de playa por encima y cogieron también sus toallas, para ir directas a la piscina después del desayuno.

Antes de quitarse el vestido, Alex comprobó que ni Ethan ni Owen estaban cerca, y después se acomodó en la tumbona.

—Mira que eres tonta —dijo Skye, mientras se daba crema.

—No sé a qué te refieres.

—A lo que acabas de hacer. ¿Qué crees que puede pasar si Ethan te ve en bikini? ¿Qué salga corriendo?

—No me apetece que me mire y haga comparaciones.

—¿Con Peyton?

—No, con Juanita Banana. Pues claro que con Peyton. Ayer hizo un comentario sobre lo poco que nos parecemos.

—¿Cuándo?

—Cuando mi mejor amiga desapareció mientras iba a buscar unas bebidas.

—No puede una entretenerse un poco.

—¿Un poco? ¡Que no volviste!

—Bueno, yo diría que no fue tan mal, que has dormido con él.

—Oye, no le des la vuelta para que quede todo genial, que me dejaste ahí sola.

—Lo sé, lo sé, lo siento. No me di cuenta de la hora… y luego una cosa llevó a la otra, ya sabes. O no, que mejor oportunidad que tuviste y desaprovecharla, ya te vale. ¿Por qué hizo ese comentario?

—Le sorprendió que acertara tantas preguntas, supongo que sus conversaciones con Peyton no eran sobre el estado de la nación, precisamente.

—Entonces era un comentario en el buen sentido.

—No sé. —Se encogió de hombros—. Pero todo el mundo dice que no nos parecemos cuando nos ven juntas, y sabes que se refieren al físico.

—Y cuando intercambian dos palabras con ella se dan cuenta de cómo es y quién de las dos merece más la pena. No deberías darle tantas vueltas. Pero bueno, ¿cómo acabó el concurso? ¿Qué pasó con las señoras?

—Pues creo que nos odiarán por siempre jamás. Ganamos ese y el siguiente.

—Huy, sí, habrá que tener cuidado. ¿Cuál era el premio? ¿Más tickets? —preguntó en tono burlón.

—No, una cena para dos personas. Es esta noche, en el restaurante ese de estrellas Michelín.

Skye se bajó las gafas para mirarla por encima de ellas, creyendo haber escuchado mal. Pero Alex no tenía cara de estar bromeando.

—Un momento. ¿Me estás diciendo que esta noche vas a cenar a solas con él? —Alex afirmó—. ¡Pero eso es genial!

—No te aceleres, es solo una cena.

—Y una porra. Anoche desaprovechaste una oportunidad, no vuelvas a hacerlo. Estaréis solos, en un ambiente seguro que romántico, un poco de alcohol de por medio… ¡es perfecto! —Alex movía la cabeza de forma negativa—. Solo tienes que arrimarte un poquito, algún roce aquí y allá, y cuando menos se lo espere, te lanzas. No por la ventana ni a la piscina, no hagas chistecitos. No seas lerda, anda.

¿Lerda? Lo que le faltaba por oír. Pero es que ella nunca había dado el primer paso con un chico, no era algo innato en ella como le ocurría a Skye.

—Yo no soy de las que se lanzan, ya lo sabes.

—No le veo a él tampoco de esos, y esperar que sea el tío el que haga el primer movimiento es una gilipollez. Más si llevas enamorada de él ni sé. ¿Por qué esperar y seguir suspirando por las esquinas?

—Lo más probable es que no me corresponda.

—Bueno, al menos lo sabrás fijo y lo habrás intentado, no te quedarás con la duda.

En eso Skye tenía razón, pero Alex no las tenía todas consigo. Sobre todo teniendo en cuenta que cuando se quedaban solos, se aturullaba y temía decir siempre alguna tontería, así que en una cena las probabilidades de que eso ocurriera se multiplicaban.

En otra zona de la piscina, Ethan leía el periódico mientras Owen se daba más crema de protección total en un intento de evitar la multiplicación de las pecas en su piel.

—¿Cómo acabó el concurso, por cierto? ¿Tengo que buscar guardaespaldas para protegerte de las señoras?

—Seguro. —Pasó la página—. Alex y yo ganamos una cena. Es esta noche, en el restaurante de estrellas Michelín.

—¿Vais a cenar los dos solos?

—Sí, ¿por? —Bajó el periódico—. Es una cena, nada fuera de lo común.

—Me imagino, porque si has dormido con ella y tampoco ha pasado nada, menos en una cena.

—¿Qué querías que pasara? Fue incómodo, pero bueno, no tuvimos otra opción. Espero que esta noche no pase lo mismo.

—No, tranquilo, procuraré no dormirme. Ya me contarás si el restaurante merece la pena, aunque me parece que Skye no es de ir a esos sitios. —Dejó la crema y se levantó—. Voy a por una cerveza, este calor es insoportable.

—Tráeme a mí también.

Volvió su atención al periódico, sin dar más vueltas al asunto. Ni que una cena entre dos conocidos fuera algo tan extraño.

Alex se miró en el espejo del baño con ojo crítico. Se había cambiado tres veces de vestido, y aún no estaba convencida de ir bien para aquella cita. Cita no, cena, se recordó.

—Ya no tienes tiempo de cambiarte otra vez así que no lo pienses más —le dijo Skye, sentándola en la taza del baño—. Déjame que te haga la raya aunque sea.

—Ya sabes que no me gusta maquillarme.

—Un par de toques no te harán daño.

Cogió su neceser y le maquilló los ojos y los labios, mientras Alex se dejaba hacer sin parar de mover una pierna con nerviosismo.

—Espero que no estés con el baile este de San Vito toda la noche.

Alex se obligó a parar mientras Skye terminaba. Un par de minutos después su amiga se echó hacia atrás y afirmó con la cabeza.

—Así mucho mejor. Ya sabes, aprovecha esos ojazos verdes, lánzale alguna miradita y tal.

—A ver si voy a parecer un búho.

—Ja, ja. Guarda ese humor para la cena, así no os aburriréis.

Alex se levantó y se miró de nuevo en el espejo. Tuvo que admitir que el ligero toque le quedaba bien y resaltaba sus ojos. El vestido también disimulaba sus caderas, así que en general estaba satisfecha con su aspecto. No estaba acostumbrada a ir a sitios como aquel, esperaba que no le sacaran los cincuenta cubiertos como en *Pretty Woman* y tuviera que acabar pidiendo ayuda.

—¿Lista?

—Ni por asomo, pero bueno, no quiero llegar tarde. Peyton y mi madre siempre dicen que una dama se hace esperar, pero…

—Ejem, tu hermana tiene de dama lo que yo de monja de clausura. No veo que esa teoría funcione cuando vas a coger un avión.

—Siempre anda corriendo para no perderlos.

—Pues eso. Y deja de pensar en tu hermana, ¿vale?

Alex afirmó, aunque no podía evitarlo. Era como una sombra que se cernía sobre sus pensamientos cada vez que estaba con Ethan, porque no podía evitar preguntarse si él pensaría en ella o si, como había dejado caer con su comentario, las comparaba de alguna forma, tal y como solía hacer la gente cuando las conocía y veía que no se parecían ni en el físico ni en la forma de ser. Algo que además a su madre le encantaba recalcar, sobre todo cuando salía alguna foto de Peyton en las revistas, que guardaba religiosamente para mostrar a los pobres incautos que acudían de visita a su casa. De ella ni siquiera tenía a la vista una foto de su graduación; de hecho, que Alex supiera, solo había una en el despacho de su padre. Claro que su madre siempre había pensado que era más importante ser una reina de la belleza que tener una carrera y el que Peyton se hubiera prometido con un senador no había logrado sino convencerla de que tenía razón.

Skye terminó de acicalarla echándole perfume, que Alex no reconoció.

—Este no es el mío.

—Es de esos que prometen hacer caer a los hombres a tus pies, no sé si llevará feromonas o qué.

—Eso son tonterías.

—Por si acaso no está de más.

Le guiñó un ojo y abrió la puerta. Owen y Ethan estaban fuera, el primero sentado en el sofá ojeando una revista y el segundo de pie abrochándose la chaqueta del traje que, por supuesto, le quedaba como un guante. Alex evitó mirarle directamente. No debería afectarle, le había visto miles de veces así, pero lo hacía.

Ethan se arregló los puños de la chaqueta y miró el reloj al ver que Alex salía del cuarto de baño. Le parecía increíble que fuera tan puntual, después de las veces que había tenido que esperar a Peyton para acudir a algún evento. Al levantar la vista, siguió viendo las diferencias entre una y otra. Porque a Peyton le encantaban los vestidos ajustados para remarcar su figura, los peinados elaborados y el maquillaje que no dejaba ni un poro sin cubrir. Sin embargo, Alex estaba mucho más natural con aquel vestido y el pelo suelto, y ahora que se fijaba, tenía unos ojos verdes muy bonitos. ¿Cómo no se había dado cuenta antes?

—Espero cumplir el código de etiqueta —comentó ella, al ver que no decía nada.

—Sí, vas bien.

«Menudo cumplido», pensó ella.

Owen dejó la revista y se levantó para darle un codazo a su amigo, que lo miró sin entender.

—Vas genial —indicó el moreno—. Pasadlo bien.

—Y no os preocupéis por nosotros, ya buscaremos la forma de entretenernos —añadió Skye.

Cogió a Alex del brazo para llevarla hacia la puerta, con Ethan detrás, y cerró tras ellos. Owen la miró con una sonrisa.

—¿Y qué forma de entretenerte tenías pensada? —preguntó.

—Pues me he dado cuenta de que hay un jacuzzi totalmente infrautilizado. —Se quitó la camiseta—. ¿Qué tal si lo probamos?

—No llevo el bañador.

—¿Y quién dice que te va a hacer falta?

El pantalón estaba ya en sus tobillos y se deshizo de él de una patada, para continuar con la ropa interior. Le tiró un beso mientras se daba la vuelta para dirigirse al jacuzzi y Owen no tardó en reaccionar para quitarse toda la ropa e ir tras ella.

Con las manos en los bolsillos, Ethan pensaba en algo que decir mientras bajaban en el ascensor. Estaba claro que haciendo cumplidos no era un hacha, porque después del codazo de Owen se había dado cuenta de cómo había debido sonar aquel «bien» a los oídos de Alex. El ascensor se detuvo en la siguiente planta. Millicent y Olivia estaban esperándolo y, al verlos, pusieron mala cara.

—Vaya, supongo que van a disfrutar de su cena —comentó Millicent, mirándolos con cara de enfado.

—Espero que se les atragante —repuso Olivia, en voz baja.

—¿Perdone? —replicó Alex.

—Espero que sea elegante —dijo Olivia, más alto—. El sitio, ya saben. Nosotras vamos ahora al concurso, seguro que hoy que no hay gente haciendo trampas ganaremos.

—Es una pena que no les dé tiempo a venir —añadió Millicent.

—Sí, estoy seguro de que nos echarán de menos —dijo Ethan. El ascensor llegó a la recepción—. Buenas noches, señoras. Pásenlo bien.

Cogió la mano de Alex y se la puso por dentro del brazo mientras sonreía a las señoras de forma que ambas parecieron olvidar durante unos momentos su manía persecutoria contra ellos.

Alex se quedó sorprendida un segundo, pero reaccionó con rapidez y le cogió como tantas veces había visto a su hermana hacer con él. Y de esa forma llegaron al restaurante.

Luz tenue, manteles de lino blanco egipcio, mesas pequeñas con vistas al mar… Skye había estado acertada con lo del ambiente romántico, lo cual no hizo sino ponerla más nerviosa de lo que ya estaba.

—¿Estás bien? —preguntó Ethan—. Te has puesto tensa de pronto.

—Es que no estoy acostumbrada a estos sitios —se apresuró a contestar ella.

—Tranquila, no hacen examen de protocolo.

Y otra vez una de sus sonrisas. Alex se la devolvió, pensando que a ese paso no iba a poder cenar nada.

La encargada les llevó hasta una mesa apartada, con una vela en el centro, y entregó una hoja a cada uno.

—El menú es fijo —indicó—. Aquí tienen todos los platos que se les van a servir y los vinos que los acompañan. El *sommelier* vendrá con cada uno para darles explicaciones.

—Gracias —dijo Ethan.

Alex miraba el papel. La mitad de las cosas estaban «desestructuradas» o en otro idioma, con lo que al final la dejó a un lado.

—Creo que prefiero la sorpresa a descifrar lo que pone aquí —comentó.

—Tienes razón, esto es peor que un jeroglífico egipcio. —Dejó el papel también—. Suele ocurrir.

—¿Y qué haces cuando no sabes qué vas a comer?

—Pues decir «estaba delicioso, gracias». Aunque fuera espuma de carbón activado con reminiscencias de corales marinos. —Alex rio—. Muchas veces ni siquiera puedo comer, en realidad. Suelo tener a alguien sentado al lado con el que tenga que hablar por algún tema político, y las comidas se convierten en reuniones de negocios. Es lo malo de ser senador.

—Pues debe gustarte mucho, si vas a presentarte a las primarias.

—Sí, eso no ha cambiado. Cuando volvamos veremos cómo ha afectado todo... —Sacudió la cabeza—. Para eso está todo el equipo de asesores. Quiero llegar hasta la Casa Blanca, llevo años preparándome para eso, así que no voy a echarme atrás ahora.

Como siempre, a Alex le daba la sensación de que debía disculparse por que su hermana hubiera hecho algo que le podía poner más difícil llegar a esa meta, pero sabía que era absurdo. Ni era su culpa, ni podía haberlo evitado.

Un camarero les llevó el primer plato y ambos lo miraron mientras escuchaban sus explicaciones, que tampoco sirvieron para mucho.

—Me he quedado con que lleva arroz —dijo Alex, cuando el chico se hubo alejado.

—Tanta explicación para tan poca cosa. En fin, al riesgo.

Y metió la cuchara para probarlo. Alex le imitó, encontrándose con que estaba rico, aunque si le preguntaran no sabría explicar qué estaba comiendo.

—¿Y cómo es la vida de una profesora? —preguntó Ethan.

—Dura. Los adolescentes no son fáciles. Y los institutos públicos no tienen lo que se dice muchas ayudas, así que hay que apañarse con poco material y medios escasos. Toma nota, si quieres que te vote tendrás que poner algo al respecto en tu programa.

—Tenemos unos cuantos puntos sobre educación.

—Soy toda oídos.

Ethan se quedó sorprendido, rara vez tenía la oportunidad de hablar sobre lo que quería hacer en política sin que la otra parte se aburriera, pero Alex parecía de verdad interesada. Y por la forma en que iba haciendo preguntas según avanzaba la cena, le quedó claro que no estaba siendo solo amable, sino que realmente quería saber más.

Cuando terminaron los postres comenzaba a anochecer. El camarero se acercó a ellos y señaló el exterior, donde había una terraza con zona *chill out*.

—Si quieren podemos servirles el café en el exterior —dijo—. Así pueden ver el anochecer, les aseguro que merece la pena.

107

—Perfecto —contestó Ethan. Miró a Alex—. ¿Te apetece?

Ella cogió aire, armándose de valor y afirmó con la cabeza. Durante la cena había estado distraída con la conversación y había conseguido quitarse el nerviosismo de encima, pero ahora notaba que volvía. Porque si ya el lugar era apropiado, el exterior aún más. Y él parecía relajado también, si fuera veía que estaba receptivo, bien podía intentar un acercamiento. No podía creer que estuviera a punto de seguir el consejo de Skye.

El camarero les llevó hasta uno de los sofás y los dejó con los cafés en una mesa delante. El sofá era justo de dos plazas y más bien pequeñas, así que los cuerpos de ambos estaban en contacto y no tenían mucho sitio para acomodarse.

Al ir a coger su taza, Alex chocó con el brazo de Ethan, así que él lo puso en el respaldo del sofá para no molestarla.

—Esta puesta de sol es magnífica —dijo él, mirando hacia el horizonte.

Pero Alex no miraba hacia allí, sino a él. Le tenía tan cerca… solo tenía que arrimarse un poco más. Dudó unos segundos, pero al final se movió. Ethan bajó la vista hacia ella, y Alex se humedeció los labios, nerviosa.

«Ahora o nunca», pensó.

Se estiró para acercarse a su cara. Justo cuando le estaba rozando los labios y pensaba que aquel iba a ser el momento perfecto que siempre había soñado, Ethan se echó hacia atrás y se levantó, mirándola sorprendido.

—¿Pero qué…? —empezó, confuso—. ¿Ibas a besarme?

Estaba anonadado. Porque no lo había esperado y empezaba a pensar que quizá se había equivocado, pero al ver cómo ella enrojecía y se levantaba también evitando mirarlo, supo que sí, Alex había intentado besarlo.

—Perdona —murmuró ella—. Ha sido… Perdona, no sé, supongo que ha sido por el ambiente.

Él seguía estupefacto. ¿El ambiente? Sí, desde luego que la cena la había disfrutado, hacía tiempo que no tenía una conversación así con nadie. Vale, estaban solos, había velas de por medio, un anochecer…

—Mejor nos vamos —dijo Alex, dándose la vuelta.

Ethan la siguió sin saber qué decir. Porque no entendía nada. ¿Es que acaso se sentía atraída por él? Pero si era la hermana de su prometida… bueno, exprometida. Quizá se había visto influenciada de verdad por el ambiente, por el hecho de que su amiga se había liado con Owen, y buscaba algo parecido. No tenía ni idea de qué pensar. Lo único que le pasaba por la mente según andaban, era que quizá se había apartado demasiado rápido.

Llegaron a la habitación sin hablar y, cuando entraron, Alex tampoco le dio la oportunidad de decir nada porque se metió al cuarto de baño, así que Ethan se dirigió a su cuarto hecho un auténtico lío.

Tras quitarse el maquillaje y el vestido, Alex se quedó unos segundos mirándose en el espejo. Tenía los ojos brillantes, pero reprimió las ganas de llorar. Qué tonta había sido... pues claro que Ethan se había apartado, ¿cómo se le había ocurrido pensar que podría haber ocurrido otra cosa? Los cuentos de hadas en los que el príncipe se daba cuenta de que la hermana que merecía la pena era la segunda eran eso, solo cuentos. Por lo menos así ya lo sabía y podía quitarse esos pájaros de la cabeza. Iban a ser tres semanas incómodas, no quería ni pensar en cómo la miraría al día siguiente, pero casi hasta lo prefería.

Tratamiento de choque. Un rechazo rápido y sí, doloroso, pero al menos no se quedaba con la duda ni se engañaba a sí misma con tonterías románticas.

Se acabó, esa noche se revolvería un poco en su dolor, pero al día siguiente borrón y cuenta nueva.

Sonrió con tristeza al espejo. Ya, qué fácil sonaba, pero no le quedaba otra. Se puso el pijama y salió en silencio. Se metió en la cama sin hacer ruido, pero Skye debió notar el movimiento del colchón, porque entreabrió los ojos y se arrimó a ella.

—¿Qué tal ha ido? —susurró.

—Mal.

—¿Qué?

—No tengo ganas de hablar, Skye. Me hizo la cobra, ¿vale? A dormir, mañana hablamos.

Le dio la espalda y se tapó con la sábana, por lo que Skye decidió que era mejor no insistir por el momento. Hablaría con ella por la mañana.

Ethan se dio la vuelta en la cama por quinta vez, sin encontrar postura. Dio un par de golpes a la almohada por si acaso pero no, seguía sin estar cómodo. Volvió a girar, golpeando sin querer a Owen en el proceso, que estuvo a punto de caerse de la cama.

—¡Bueno, ya está bien! —exclamó este, incorporándose para encender la luz de la mesilla—. ¿Se puede saber qué demonios te pasa?

—Perdona, ¿te he despertado?

—No, este es mi yo sonámbulo y hablándote dormido.

—No hace falta que te pongas borde. —Se sentó y se acomodó la almohada a la espalda—. Es que… ha pasado algo en la cena.

—¿Cómo «algo»? ¿Con quién?

—Pues con quién va a ser, con Alex.

—Yo qué sé, como te hacen ojitos por aquí lo mismo habías ligado con alguna camarera. Explícate, ¿a qué te refieres?

—Le he hecho una serpiente.

—¿Una serpiente? —Parpadeó, confuso—. ¿Es alguna postura del Kama Sutra o algo así?

—¡Pero qué dices! —Le dio un codazo—. Si apenas la conozco, ¿cómo voy a acostarme con ella?

—No, si solo hace dos años…

—¿Te lo cuento o no?

—Dale, que me muero de sueño.

—Ha intentado besarme. Después de cenar nos hemos salido a ver la puesta de sol y nos hemos sentado juntos en un sofá. Y de pronto he visto que se me acercaba y me he apartado. Le he hecho la serpiente.

—La cobra, Ethan, se dice la cobra.

—¿Y qué es una cobra, sino una serpiente? —Sacudió la cabeza—. Da igual, ese no es el tema. ¿Qué hago ahora?

—No creo que tengas que hacer nada, supongo que habrá captado la indirecta. ¿Te dijo algo?

—Sí, bueno, se disculpó, y hemos quedado en que no ha pasado nada.

—¿Y?

—Y ya está.

—¿Te sientes atraído por ella?

—¿Qué? No, no seas absurdo. Es la hermana de mi ex, solo me cae bien, nada más. No sé ni por qué estoy dándole vueltas. Apaga la luz, mejor nos dormimos.

Owen lo miró no muy convencido, pero obedeció y se preparó para dormir. Ethan recolocó su almohada y dio otro par de vueltas antes de volver a sentarse con un suspiro de frustración.

—Quizá sí —dijo.

Owen gruño y encendió de nuevo la luz. Se incorporó frotándose la cara.

—¿Quizá sí qué? —preguntó.

—Pues que quizá sí me atraiga. Un poco, no sé.

—Joder, Ethan, que esto es muy fácil: o te quieres acostar con ella o solo quieres ser su amigo. Punto. No hay que darle tantas vueltas. Y si te quieres acostar con ella, mal vas después de hacerle la cobra.

—¡Es que me pilló desprevenido!

—¿Qué querías? ¿Que te enviara un memorándum informativo con dos semanas de antelación?

—¿Pero es que a ti no te parece raro?

—No seré yo el que diga que entiende a las mujeres así que no, nada me parece raro. Pero volvamos al tema de Alex. No tenía ni idea de que te gustaba.

—Ni yo tampoco. Quiero decir, me cae bien y estoy a gusto con ella, pero no se me había ocurrido mirarla de esa forma. Es que es la hermana de Peyton.

—¿Y todavía sientes algo por esa? Mira, sé que no hemos hablado de lo que pasó, pero entiendo que estés dolido.

—¿Dolido? —Frunció el ceño—. No. Supongo que debería, pero no, no pienso que haya perdido el amor de mi vida ni nada parecido.

—Bueno, pues se parecen como un huevo a una castaña, así que no veo mucho conflicto ahí. Digo por si te preocupa confundir sus nombres en la cama.

—No seas bruto. No va por ahí la cosa. Sabes que no puedo acostarme con cualquiera, que tengo que tener cuidado. Tú eres el primero que está controlando todo lo que hago y digo.

—Sí, pero por si no te has dado cuenta, estamos de vacaciones. Nadie sabe dónde estás, ni hay paparazzis ni prensa persiguiéndote. Puede que sea el momento de que te sueltes un poco.

Ethan lo miró como si estuviera diciéndole que les habían invadido los extraterrestres. ¿Estaba Owen animándolo a salirse de la norma establecida? ¿Owen, que hasta controló los calcetines de su boda? Tenía que haber algo en el ambiente que estuviera afectándole porque si no, no se lo explicaba.

—No me mires así, que parece que hayas visto un fantasma —protestó Owen, acomodando las sábanas—. Mira, nos quedan todavía tres semanas. ¿Por qué no aprovecharlas?

—No, si ya he visto que tú sí piensas hacerlo. —Se pasó la mano por el pelo—. Tengo que pensarlo.

—Pues hazlo sin dar muchas vueltas, ¿vale? —Apagó la luz—. Ya me dirás qué decides, que a veces eres más lerdo que yo qué sé.

Y en dos segundos se había quedado dormido. Al contrario que Ethan, que no pegó ojo el resto de la noche. ¿Lerdo? Lo que le faltaba por oír.

Capítulo 7

—¿Xel-Ha? —Alex agarró el folleto que su amiga le tendía, paseándolo por encima de las tostadas.

Skye sonrió con dulzura, lo que la escamaba un poco. Había respetado su silencio al levantarse, mientras se duchaban y arreglaban, y también había hecho unos cuantos viajes al buffet hasta dejar la mesa con el desayuno perfecto. Y ahora una excursión.

—¿Me estás haciendo la pelota? —preguntó, depositando el papel junto a su taza de café como si fuera un pacto con el demonio.

—Un poco.

—No tienes por qué, te contaré todo aunque no lo hagas.

—Igualmente está excursión tiene buena pinta, solo tenemos que mirar si Alejandro está libre. Y siempre parece estarlo, así que, ¿te apetece? Parque acuático, snorkel, hamacas, comida… tiene una pinta maravillosa.

Alex se acercó un tazón lleno de frutas tropicales cortadas en cuadraditos. Pinchó un trozo mientras echaba un vistazo al folleto, dándose cuenta de que Skye tenía razón: Xel-Ha era lo que necesitaba para pasar un día de relax disfrutando de la naturaleza, y de paso se relajaría. Al regresar sería tarde, eso haría que todo pareciera más lejano y menos incómodo.

Alzó la cabeza para decirle que estaba conforme, pero la joven ya estaba llamando a Alejandro.

—Eres un caso. Pero supongo que no hará falta que te diga que no quiero ver al senador.

—Por supuesto que no, lo comprendo. Puedes hacerme un resumen mientras me como esto —dijo Skye, cogiendo una tostada.

Alex suspiró.

—La cena fue muy bien. La charla fluyó de manera natural, él estaba tan tranquilo... nunca lo había visto así. Nos sacaron a la terraza exterior para ver el anochecer.

—Entonces el momento era perfecto, ¿no?

—Sí, el momento sí, pero yo no. Lo hice, de verdad, aposté y él se apartó. Con cara de pasmado, añado, como si le hubiera propuesto dar un golpe de estado, o algo así. Estaba claro que no se lo esperaba para nada, así que mis deducciones fueron erróneas.

—Puede que no del todo —observó Skye.

Alex entornó los ojos.

—A lo mejor obviamos un pequeño detalle —continuó su amiga.

—¿Cuál?

—Pues que es... como antiguo. Vamos, que parece de la vieja escuela... si ese tío se sintiera atraído por ti, tardaría años en averiguarlo. —La joven meneó la cabeza—. Vieja escuela, Alex: formalismos, invitaciones de papel, aperturas de puerta de coche, acompañamientos hasta la puerta y bla bla bla.

Alex se quedó pensativa mientras masticaba un trozo de mango. Sí, Skye estaba en lo cierto, había visto a Ethan hacer todas y cada una de esas cosas con su hermana. Había asociado tanta formalidad más al cargo que a la persona, pero al parecer iban de la mano.

—Lo que intentas decir es que...

—Pues que con gente así no funciona lo de lanzarse. Se ve que necesita pensar bien las cosas, analizarlas, quizá jugar un poco al coqueteo. Cero arrebatos espontáneos. —Alex suspiró—. Todo no se puede tener, guapa.

—Me da igual. No le seguiré más el rollo, si quiere lentitud, va a tener toda la del mundo.

—¿Te das por vencida?

—Me quitó la cara, Skye, y me da exactamente igual el motivo. He recibido el mensaje con claridad, pero tengo mi orgullo. Prefiero verlo lo menos posible.

Skye se encogió de hombros, sin terminar de creer sus palabras, pero comprendiéndolas. Desvió la mirada hacia el móvil, donde Alejandro le indicaba que lo esperaran en recepción. Las chicas terminaron su desayuno y se encaminaron hacia allí, encontrando a Pasquale de nuevo trabajando.

—Hola, Pascual —saludó Skye—. ¿Ha venido Alejandro?

—*Buongiorno. Ancora* no, ¿puedo ayudar?

—No, no, nos va a llevar a Xel-Ha. ¿Puedes decirle que vamos arriba a coger las mochilas y que nos espere aquí hasta que bajemos? ¡Gracias, Pascual!

—¿Una *escursione* sin Maria? ¡Oh, *terribile*!!!!

Ninguna de las chicas le prestó demasiada atención, ocupadas mientras hacían una lista mental de lo que podrían necesitar para pasar el día en el parque acuático.

Alex tuvo unos minutos de inquietud, pues no le apetecía encontrarse con Ethan en la habitación. Tuvo suerte, ya que estaba vacía, así que cogieron el equipamiento necesario y en menos de diez minutos regresaron a recepción, donde se encontraba Alejandro. Las saludó, apoyado en el mostrador mientras Pasquale lo miraba con el ceño fruncido.

—*Qué buena onda Xel-Ha, ¿no, mamis?* —saludó—. *El parque está padre. Si os gusta el snorkel os va a encantar, y sé donde llevaros a comer por muy buen precio.*

Se marchó, acompañado de las dos casi al mismo tiempo que Ethan se acercaba al mostrador acompañado de Owen.

—Hola, Pasquale —saludó el senador—. ¿Hay algún mensaje para mí?

—*Quel maldito messicano ruba clienti* —refunfuñó Pasquale, todavía sin quitar la mirada de la puerta por donde se alejaban los tres. Ambos siguieron sus ojos, y después se giraron—. *Mi excusi*, ¿qué *mi* estaba *dicendo*?

Tanto Ethan como Owen estaban perplejos ante su rostro gruñón, y entonces ambos se imaginaron lo que había pasado: habían vuelto a contratar a Alejandro para una excursion y no a María, que era la que dejaba los dividendos en el hotel.

—Mira, aquí tienes la primera consecuencia de tu cobra —comentó Owen, cruzándose de brazos en dirección a Ethan—. Nos han eliminado del grupo de «Colegueo». Ahora seguramente somos miembros de honor de «Capullos».

—Alex es una persona sensata. Lo habrá entendido.

—Alex es una persona sensata, y tiene sentimientos. Le habrás herido el orgullo.

—No, para nada. Estoy seguro de que es lo bastante madura. —Se volvió hacia el italiano, dispuesto a repetir su pregunta, pero antes de hacerlo resopló—. ¿De verdad lo crees?

—Y tan de verdad.

—Pero eso sería… me refiero a que… no fue por…

Owen observaba sorprendido a su amigo, que no parecía encontrar las palabras para explicar exactamente qué le sucedia.

—No lo esperaba, no acostumbro a hacer ese tipo de cosas.

—Yo lo tengo claro, Ethan, tal vez deberías explicárselo a ella.

—Sí, me gustaría hablar para aclarar el malentendido.

—Te deseo suerte, supongo que hasta la noche no volverán.

Ethan quedó desinflado y con cara de frustracion. Owen tenía razón, lo sabía de sobra porque había visto el malestar en el rostro de Alex cuando no quiso besarla. Creía que ella lo conocía mejor, que sabía que era un hombre introvertido y poco dado a las muestras de afecto públicas. Fuera como fuera, no deseaba estar enfadado con la única mujer con la que se había comportado como un ser humano durante los últimos meses, así que tenía que tratar de arreglarlo.

Se dio la vuelta de nuevo y golpeó el mostrador, sobresaltanto a Pasquale.

—¿Dónde van de excursión?

—Oh, *signore, non* puedo…

—Corta el rollo. —Ethan depositó un billete sobre el mostrador, deslizándolo hacia él—. Queremos contratar la misma. Con María, claro.

—*Meraviglioso, signori. Io* llamo *ora.*

Algo más animado, Pasquale llamó a Maria, que se acercó con una sonrisa de satisfacción, seguramente gracias a la comisión que se llevaría al venderles la excursión. Comisión que parecía compartir con el recepcionista, a juzgar también por el alivio en el rostro de este.

—Disfrutarán mucho de Xel-Ha —explicó ella, una vez listos los formularios—. Es el sitio ideal para relajarse y descansar, pura naturaleza. Ya lo verán, caballeros.

El autobús salía en cuarenta y cinco minutos, así que los dos subieron para cambiarse y preparar una mochila con las toallas, la crema solar y el repelente de mosquitos, solo por si acaso.

A la hora en punto estaban en el autobús, y nada más subir se encontraron con Olivia y Millicent en primera fila, bien cerca del conductor.

—Vaya, si es el trampero —masculló la primera, con tono resentido.

—¿Cómo ha dicho? —preguntó Ethan, por si acaso la había entendido mal.

—Que es un placer verlo de nuevo. —La mujer carraspeó, cogiendo su móvil mientras simulaba pasar fotos.

—Buenos días, señoras. —Ethan pasó de largo, un poco harto de la descortesía de aquellas dos.

—Huy, joven —intervino Millicent, al ver a Owen—. Debería usar gorro, ¿o acaso desea que le salgan más pecas? Tenga el mío.

—No creo que... bueno, gracias. —La vida había enseñado a Owen que era más rápido e indoloro aceptar a la primera cualquier ofrecimiento de una mujer mayor de setenta que discutir con ella.

Se dejó caer junto a Ethan, ambos aliviados porque el autobús no parecía muy lleno y estaba tranquilo, aunque les duró poco. Por la ventana vieron como el ruidoso grupo de adolescentes que habían viajado con ellos en su anterior excursión a las ruinas se acercaba, todo gritos de júbilo.

—Mierda —murmuró Ethan, escurriéndose en su asiento.

—Otra vez ese grupo —comentó Owen, y al girarse hacia su amigo vio que no estaba a su altura, de modo que buscó más abajo—. Pero, ¿qué haces ahí?

—Sssshhh... a ver si con suerte pasan de largo, tú bájate el sombrero.

Owen no daba crédito, pero Ethan parecía hablar en serio, poco le faltaba para sentarse en el suelo. Contuvo las ganas de echarse a reír mientras las adolescentes pasaban a su lado, y cuando el senador ya suspiraba de alivio, escuchó una voz detrás de ellos.

—¡Anda! ¡Si son los abogados! Con esa ropa casi no se os reconoce, ¡chicas! ¡Nos sentamos aquí!

Y ante la cara de angustia de Ethan, ocuparon sus sitios exactamente igual que la otra vez: Cindy y Mindy en los asientos delanteros y la demás en los traseros. De nuevo comenzaron las charlas a voz en grito y los traspasos de móviles de unas a otras por encima de sus cabezas, algo que exasperaba a ambos.

—¿Quién os ha aconsejado el estilismo? —preguntó Cindy, o quizá fuera Mindy—. Estáis muy bien. Os habéis quitado como unos diez años de encima, ¿verdad, chicas?

—Y tanto —respondió alguien en la parte de atrás—. Sobre todo el de las pecas. A Felicia le gustan los pecosos, ¿verdad, Felicia?

—¡Y que lo digas! —otro grito proveniente de a saber dónde.

Los dos se mantuvieron impasibles e ignorándolas.

—No hagáis caso —la voz serena de Alicia se impuso al griterío—. Son un poco alocadas, nada más. Podéis venir con nosotras si os apetece, seremos buenas.

Ethan alzó la una ceja cuando ella le guiñó un ojo, y recuperó su posición.

—Dios —dijo en voz baja.

—Ni lo pienses, Ethan, es menor de edad. Olvídate.

—Pero, ¿qué...?¿Por quién me tomas? —protestó él, sin alzar el tono.

—Por si acaso.

—¿No puedes dejar de ser mi jefe de campaña ni durante un segundo?

—Claro que sí. Pero nada de jaleos con una menor, ni se te ocurra responder a la más mínima insinuación ni sacarte fotos con ellas, que luego se sacan las cosas de contexto.

—¡Pero si no he hecho nada!

—Shhh, calla que está hablando Juan.

En efecto, el guía ya estaba hablando sobre lo que iban a encontrar en Xel-Ha, de modo que permanecieron en silencio escuchando, ya que no tenían ni idea de que podían hacer allí. Juan explicó que Xel-Ha era un parque acuático natural ubicado en Quintana Roo, cuya mayor curiosidad era cómo el agua subterránea de la península del Yucatán se mezclaba con el mar caribe, favoreciendo la convivencia de diversas especies marinas de agua dulce. Por ese motivo se lo consideraba un acuario natural. En la caleta se podía practicar snorkel, buceo y snuba, además de un espacio acondicionado para la convivencia con delfines y manatíes. También había cenotes y manglares donde poder nadar, hamacas y restauración.

—El equipo entra dentro del paquete de la excursión —terminó Juan, poco antes de llegar—. Ahora subirán a la lancha que los llevará hasta allí. Disfruten mucho del día, les estaremos esperando a las siete para regresar al hotel.

El trayecto en lancha fue rápido. Ethan temió marearse ante aquel movimiento ondeante, pero por suerte no fue así, y pronto se encontraron en el parque, que era un lugar muy bonito y bien cuidado. Al parecer, según los folletos, Xel-Ha se esforzaba por mantener el equilibrio con el medio ambiente, con un sistema de reciclaje de residuos hasta programas para la preservación de especiese en peligro de extinción.

—Vaya, esto es muy interesante —comentó Ethan, sin dejar de leer—. Se preocupan por los recursos hídricos y han realizado una alianza estratégica con la red del agua de la academia mejicana financiando un proyecto de monitoreo del agua que...

—Cállate. Estamos de vacaciones. No quiero escuchar nada que suene a política.

Ethan cerró la boca sorprendido, no estaba acostumbrado a escuchar comentarios así de Owen. Pero no dejaba de tener razón, así que guardó el folleto y cogió la bolsa con los equipos que les entregaban al entrar.

—¿Probamos el snuba? Es una nueva forma de buceo que no requiere experiencia, mira. Vas sujeto con unas cuerdas, parece.

—Vale —aceptó Ethan—. Pero solo un rato. Después buscamos a las chicas.

—Eso es fácil, solo hay que encontrar la barra —se burló Owen—. Bueno, a ver, este parque es bastante grande, pero la mayor actividad es el snorkel en la caleta. Vamos por esa zona a ver si las vemos, hablas lo que quieras con Alex y luego decidimos.

—Perfecto.

Se encaminaron hacia allí, y efectivamente, era una de las zonas donde más gente se concentraba, aunque al ser tan grande el parque no daba sensación de masificación. Las adolescentes pasaron galopando a su lado.

—¡Eh! ¿Qué hacéis aquí? ¡Esto es para los muermos, hay una zona de aventuras mejor! —les gritó una, sin dejar de correr.

Los dos chicos se miraron.

—La zona de muermos —repitió Owen—. No creo que estén aquí.

—Vamos a seguir a las adolescentes, a ver dónde van.

Owen temía que se pasaran el día dando vueltas, pero se resignó. Ethan estaba en una misión, no podía hacer otra cosa que apoyarlo. Llegaron a un pequeño muelle donde había un encargado con la ropa oficial del parque que instalaba a la gente en enormes donuts de plástico transparente.

—¿De qué va esto? —preguntó Owen, viendo que las adolescentes saltaban en ellos en grupos de dos.

—El tour del río. Cojan el equipo de snorkeleo y suban al flotador, el río los llevará adelante —informó el hombre, haciendo gestos para que bajaran.

—No sé yo... —dijo Ethan, reticente—. No me meto en una colchoneta desde... nunca.

—Igual nos lleva donde las chicas.

—Está bien, vamos. Por probar no pasa nada.

Se metieron en los donuts, no sin cierta reticencia por su parte. El recorrido comenzaba en una cueva natural de manglares, y los dos tenían la sensación de que las ramas estaban demasiado cerca de ellos, pero la corriente los impulsaba sin que pudieran hacer nada, solo dejarse llevar. Aunque no había mucho que hacer resultaba extrañamente relajante y pocos minutos después pudieron observar la maravilla de la naturaleza en la que estaban. A medio camino, Owen trató de acercar su donut al de Ethan.

—Creo que he visto a Alejandro —exclamó.

—¿A quién? —Ethan trató de remar con los brazos para mantenerse a la misma altura que su amigo.

—Alejandro. ¡Alejandro! —insistió Owen, mientras señalaba una figura lejana en uno de los diversos muelles que había en el parque.

—Pareces Lady Gaga, ¿quién es Alejandro?

—Ese crío que no se despega de ellas ni con agua caliente, el que las lleva de excursión por dos pesos.

—¡Ah! Lo que quieres decir es... —De nuevo se alejaban, y Ethan pataleó para acercar su donut y así poder escuchar a Owen— ... que si está él, ellas no andarán lejos.

—Muy bien, cerebro. —Owen forzó la vista porque lo estaban dejando atrás—. Puente no sé, pone que está cerca, creo que hay que cruzarlo para llegar a un cenote. Estarán allí, seguro.

—¿Tú crees...?

—¡Pasooooooooooo!

De repente, un donut arremetió contra ellos pasando justo entre los dos y haciendo que ambos volcaran. Cuando los chicos emergieron, escupiendo agua y con cara confusa, vieron a Cindy riendo a carcajadas, muy alejada de donde se encontraban.

—¡Odio a los adolescentes! —escupió Ethan, manoteando el absurdo chaleco salvavidas que les habían hecho poner y que le quedaba diminuto.

—Joder, agarra esa cosa que se la lleva la corriente... —exclamó Owen, viendo como los donuts empezaban a alejarse.

Ethan atrapó el suyo antes de perderlo. Subirse de nuevo les costó un poco, ya que entre el movimiento del agua y la poca práctica se hacía difícil. Se alegraron de no tener espectadores en aquel momento, estaban convencidos de que habrían arrancado muchas carcajadas. Acababan de recolocarse cuando el viaje llegó a su fin.

—No me jodas.

—Qué alivio bajar de esa cosa —suspiró Ethan, una vez en un muelle.

—Mira, esa es la zona de aventuras —señaló Owen.

Se veían tirolinas que cruzaban por encima de la laguna, aparte de otras actividades. Entre ellas, el puente que había comentado Owen: un puente que iba directo sobre el agua, lo que hacía que se tambaleara. Los más pequeños chillaban y reían al cruzarlo, y al acabar debías elegir cualquier camino de la selva que desembocaba en uno de los dos cenotes que había.

—A ver si nos vamos a caer —dijo Ethan, al notar cómo se movía aquello.

—Ya estamos mojados.

—Tienes razón.

Atravesaron el puente sin incidentes, y después el camino a través de la selva hasta llegar al cenote, que era una maravilla natural digna de ser vista, con aguas verdes hipnóticas y unas rocas que pendían tan próximas a las cabezas que daban respeto.

—Esto es increíble —murmuró Ethan—. ¿Cómo es que nunca habíamos venido a este lugar?

—Porque nunca cogemos vacaciones.

—¿Qué hacéis aquí? —los cortó la voz de Skye a sus espaldas.

Ambos se giraron a la vez, como si los hubieran pillado haciendo algo malo. Skye estaba cruzada de brazos y se veía que acababa de salir del agua, pues aún tenía el pelo mojado. Ethan miró alrededor, buscando a Alex con la mirada.

—Está con Alejandro —se adelantó ella, mirándole con antipatía—. Allí.

Señaló una zona del cenote, donde Alex permanecía dentro del agua mientras Alejandro estaba sentado fuera, charlando. Se la veía cómoda y natural, divertida por la compañía del muchacho, detalle que a Ethan no le hizo demasiada gracia. Hizo ademán de acercarse, pero Skye le sujetó del brazo.

—¿Dónde crees que vas?

—Quiero hablar un segundo con ella.

—¿Y qué tal si la dejas tranquila?

—No te estaba pidiendo permiso.

—Soy su mejor amiga, si no me convences a mí no irás a hablar con ella.

Entre el tono de voz, muy alejado de la alegre despreocupación que hasta entonces Ethan había observado en ella, y que no parecía dispuesta a soltar su presa, el senador se dio cuenta de que no le quedaba más remedio que salvar aquel obstáculo. Miró a Owen, que se encogió de hombros, y al momento maldijo a su amigo, que podía haberle echado un cable.

—Quizá anoche no estuve en exceso acertado en ciertos comportamientos, pero las condiciones de...

—No hables como político, parece un ensayo que alguien te haya escrito —protestó Skye, sin quitar su ceño fruncido.

Él resopló, pero empezó de nuevo.

—Vale, vale —dijo—. Reaccioné raro, lo admito. Pero es que no me lo esperaba para nada, estas cosas no suelen pasarme, ¿sabes? No tiene que ver con ella. Me gustaría poder explicárselo porque nunca he llegado a tratarla mucho, pero estos últimos días sí y creo que merece la pena.

Aguardó para ver si Skye se daba por satisfecha. La joven no quitó su ceño fruncido, pero al menos dejó de sujetarle el brazo.

—Está bien, puedes intentarlo —decidió—. Pero si metes la pata otra vez te las verás conmigo.

Ethan asintió, alejándose en dirección al cenote.

—Entonces, ¿nos habéis seguido hasta aquí? —preguntó Skye a Owen, sin terminar de creérselo.

—Más o menos. Ethan quería arreglar las cosas y Pasquale nos dio el chivatazo. De todas formas, si ellos discuten no tiene por qué afectarnos a nosotros, ¿no?

—Espera, espera, para. No digas «nosotros» como si fuéramos... nosotros.

Owen arqueó una ceja, sin entender.

—¿Qué demonios significa eso?

—Pues que no somos «nosotros», solo nos estamos divirtiendo, ya está. De hecho esto se termina aquí, porque nos hemos acostado dos veces, que son las inofensivas. Una tercera es reincidir demasiado.

—Tres veces.

—¿Qué?

—Que nos hemos acostado tres veces, no dos, si contamos la de hace un año. Creo que ya hemos cruzado esa línea.

Skye se quedó sin saber qué decir durante unos segundos. Él tenía razón, claro, pero ella también en su razonamiento, por extraño que sonara. Liarse con alguien en vacaciones era divertido, normal, pero si lo hacías demasiadas veces había muchas posibilidades de que se complicara. Y desde luego, Owen era esa clase de chicos con los que te divertías hasta que un día descubrías que habías caído en sus redes. Lo veía, tenía potencial, pero, ¿donde estaba el sentido de iniciar algo con una persona que vivía tan lejos?

—Lo siento —dijo—. Pero eres demasiado «complicable».

—¿Qué?

—Eres complicable. No me traerías más que problemas.

—No existe esa palabra.

—Pero refleja a la perfección el problema.

—No tengo intención de ocasionarte ningún problema —replicó él, todavía sin comprender bien a qué se refería la chica—. Tengo muy claro que solo nos divertimos, y si tú también lo tienes no termino de entender tu postura.

Skye se dio cuenta de que Owen lo había entendido al revés, creyendo que su miedo era que se colara por ella y le pidiera algo más. Por lo visto, la idea de que alguien pudiera enamorarse de él ni se le pasaba por la cabeza, y aquel pensamiento le hizo asomar una sonrisa. Bueno, siendo así quizá podría controlarlo. Y si se le iba de las manos lo cortaría de raíz, como acababa de intentar.

Sin mucho éxito, pero pensaría después en ello con calma. Ahora solo sentía unos deseos irrefrenables de juguetear, algo que tendría que controlar dada la cantidad de gente que había en la zona.

—Vamos al agua —se limitó a decir, y él obedeció, yendo detrás.

Ethan se acercó hasta la zona donde había vislumbrado a Alex, pero cuando estaba cerca notó que ella echaba a nadar en dirección contraria, haciéndose la despistada. Tuvo claro que lo estaba haciendo a propósito, pero no se desanimó, siguiéndola por los bordes.

—Alex —llamó, cuando la tuvo a su altura, aunque interrumpido porque ella entraba y salía del agua sin prestarle atención—. ¡Alex! ¿Querrías salir un segundo...? ¿Podemos hablar?

La chica no le hizo caso, dedicada a nadar. Le encantaba aquel sitio y la paz que transmitía, pero todo eso se había venido abajo al ver a Ethan rondando por allí.Y no había conseguido sacarse el malestar desde que había llegado, pese a fingir que se divertía con la charla de Alejandro (que ni siquiera comprendía). Al principio pensó que era casualidad, al fin y al cabo en Riviera Maya existían las mismas excursiones para todos y no era extraño que se fueran viendo, pero al ver cómo iba directo hacia ella supo que no. A saber qué pretendía decirle. Quizás una charla sobre lo inadecuado de su comportamiento la noche anterior, la novia perfecta jamás hubiera hecho algo así. No quería portarse como una tonta, pero no le apetecía hablar con él y aunque había visto a su amiga tratando de detenerlo, esta no parecía haber tenido éxito.

Skye y Owen estaban cerca, tonteando, y aunque no le gustaba interrumpir en esas circunstancias, lo único que se le ocurrió fue acercarse nadando hasta allí.

—¿Te encuentras bien? —le preguntó Skye al momento—. ¿Y Alejandro?

—Ha ido al bar a buscar margaritas —explicó Alex—. Estoy bien, es que... —se contuvo al ver a Owen.

—No te preocupes por él, haz como si no estuviera —replicó Skye, ignorando la cara del chico.

—Es que Ethan está por ahí llamándome y no quiero hablar con él...

—Mujer, escúchale —intercedió Owen, y se calló al ver sus caras—. No he dicho nada.

Skye vio que Alex estaba incómoda, así que se giró hacia Ethan y le hizo gestos para que se fuera, recuperando el ceño fruncido.

—¡No quiere hablar conmigo! —exclamó el senador, encogiéndose de hombros.

—Es que no tengo nada que hablar —murmuró Alex, sin volverse hacia él.

—¡Dice que no tenéis nada que hablar! —repitió Skye, para que le llegara el mensaje alto y claro.

—¿Ni siquiera puedo intentar explicarme? —protestó Ethan, comenzando a sentirse absurdo por estar vociferando en un cenote.

Encima estaba congregando a un pequeño público, entre los que se encontraban las adolescentes regocijadas y Alejandro, que regresaba con dos margaritas, y quien puso mala cara al descubrir que Owen estaba allí, de nuevo demasiado cerca de su *guera*.

Skye se encogió de hombros. Conocía de sobra a Alex y esa expresión obstinada que lucía en la cara, no parecía que fuera a ablandarse, a menos que...

—¡Eh, senador! —exclamó, en voz alta para que la escuchara bien—. ¿En serio tienes tantas ganas de que te escuche?

Ethan asintió.

—Pues vete al «Salto del valor». Está aquí al lado.

—¿Qué es eso? —preguntó Ethan.

—¿Qué haces, Skye? —susurró Alex, mirando a su amiga con los ojos abiertos como platos.

—Mira, Cuchipanda, si salta desde ahí solo para hablar contigo, merece que lo escuches.

Ethan guardó silencio mientras la gente permanecía expectante. No tenía la menor idea de qué era aquello, aunque se podía hacer una idea de que tendría que saltar desde las alturas, pero no podía decir que no. Si era lo que hacía falta para poder ofrecerle a ella al menos una explicación, lo haría.

—Acepto —dijo, y escuchó los aplausos a su alrededor.

—¿Sí? —Skye silbó—. Pues vamos a verlo.

Se inclinó y tiró del brazo a una anodada Alex, que se dejó llevar fuera del agua. Cogió la toalla para taparse con rapidez mientras las adolescentes y buena parte de la gente presente en el cenote corrieron tras ellos, dispuestos a no perderse el espectáculo. Alejandro le indicó con un gesto de cabeza dónde se encontraba la roca; el único modo de saltar era trepar primero, para lo que estaba preparado con diversos salientes donde apoyar los pies.

Ethan se preguntó cómo se había metido en aquel lío, aunque iba al gimnasio nunca jamás había practicado escalada y no creía poseer la agilidad suficiente. La altura era de unos cinco metros, no era para tanto, pero se sentía completamente fuera de su zona de comfort.

El grupo de quinceañeras comenzaron a aplaudir para animarlo, poco después se sumó el resto del personal y ya no pudo echarse atrás. Se quitó la ropa hasta quedarse en bañador, momento en que se oyó un suspiro generalizado desde la zona donde estaban las adolescentes, y se metió dentro del agua.

Alex permanecía cruzada de brazos junto a Skye y Owen, que observaban boquiabiertos la decisión con la que Ethan se encaminaba hasta la pared de roca.

—No le pasará nada, ¿no? —preguntó Alex, un poco preocupada—. No se hará daño o algo así.

—Son cinco metros, Alex, como mucho un planchazo si cae mal... —dijo Skye riéndose, y Owen también sonrió pese a que deseaba permanecer serio y sin burlarse de su amigo.

Ethan empezó a trepar con lentitud, prefería no ser apresurado y acabar cayendo. En su mente se imaginó esa caída una y otra vez como si fuera un bucle, allí lo complicado no era lanzarse, sino llegar hasta la roca desde la que saltar.

Todo el mundo lo animaba entre aplausos y silbidos.

—Vaya —comentó Owen—. Se está creando un ambiente muy de fraternidad.

—Ya le queda poco —comentó Skye, con una mezcla de sorpresa y regocijo.

Cuando Ethan llegó hasta arriba, jadeando por el esfuerzo, se arrastró hasta lograr ponerse en pie y hubo otra ronda de aplausos entusiastas. Ahora, desde abajo coreaban algo que sonaba a «Abogado, tírate, tírate, abogado», y se preguntó por qué diantres seguían llamándolo abogado. En fin, aquello no tenía importancia, ahora quedaba lo fácil, que era el salto. Miró hacia abajo y notó que estaba más alto de lo que parecía desde abajo. Claro, qué tonto, tenía toda la lógica.

Cogió aire y saltó sin pensárselo ni un segundo más. El descenso le golpeó en el estómago, era como estar montado en una atracción de caída libre, pero corta. Segundos después se hundía en el agua sin excesivo golpe, y dejó de percibir los ruidos del exterior.

Emergió con una sensación de triunfo, feliz por haber hecho algo que nunca jamás se le hubiera pasado por la mente, todavía con la adrenalina corriendo por sus venas. Se sentía como un niño, solo podía pensar en repetirlo, pero entonces se dio cuenta de que le estaban vitoreando y sonrió complacido.

—Ha saltado —susurró Alex.

—Exacto, Cuchipanda, qué menos que dejarle explicarse. —Skye le guiñó un ojo mientras tiraba del brazo de Owen—. Me llevo al pecoso y os dejamos un poco de intimidad. Aunque más vale que luego me cuentes, claro. Os esperamos en el buffet.

Y se alejaron, dejando sola a una Alex que permanecía inmóvil mientras veía a Ethan aproximarse a ella. Una Alex que se debatía entre salir corriendo o aguardar las palabras de aquel adonis andante al que, se había dado cuenta, cada vez le resultaba más difícil resistirse por mucho que se repitiera que él la había rechazado y no había mas que hablar. Nerviosa, se recolocó la toalla para asegurarse de que la tapaba bien mientras intentaba aparentar una tranquilidad e indiferencia que no sentía. Pero si ya estaba bastante nerviosa de por sí, la sonrisa que el senador mostraba la descolocó aún más. Porque había esperado que estuviera molesto o irritado por haber tenido que tirarse desde aquella altura pero no, parecía que estaba contento.

—¿Qué... qué tal el salto? —preguntó.

—Genial, ha sido... —Ladeó la cabeza, buscando la palabra adecuada—. Liberador. Tu amiga tiene unas ideas algo arriesgadas.

—Sí, bueno, es Skye. Ella es así.

—En fin, he cumplido todos los requisitos, ¿no? ¿Podemos hablar?

Alex volvió a ajustarse la toalla, evitando mirarlo directamente, y afirmó con la cabeza.

—Supongo que sí —dijo—. Aunque no sé, en fin, ¿de verdad es necesario?

—No quiero que la situación entre nosotros se vuelva incómoda. Parecía que nos llevábamos bien, ¿no? —Alex no dijo nada, sin saber qué contestar a eso—. Aún quedan muchos días en los que estaremos compartiendo la suite.

—No tienes que preocuparte por eso, no creo que coincidamos mucho.

—No estoy queriendo decir que debamos esquivarnos o evitar estar en el mismo sitio. Lo de anoche fue... Realmente es que no me esperaba algo así, y...

—Lo sé, y de verdad lo siento. Mira, supongo que fue una mezcla de todo, del lugar tan bonito, el vino... y pensé... —Sacudió la cabeza—. Bueno, no pensé, ese fue el problema. Me gustaría olvidarlo, ¿te parece bien hacer borrón y cuenta nueva?

Eso no era lo que Ethan tenía en mente, pero por el tono de la chica dedujo que no estaba receptiva en lo que aquel tema se refería. Claro, tenía que estar todavía molesta. Quizá tenía que empezar por intentar volver a la buena relación que habían comenzado a cultivar y después volver al punto de acercamiento. No tenía ni idea de cómo llevar aquella situación. ¿Dónde estaba Owen cuando le necesitaba para chivarle alguna palabra clave?

—¿Amigos, entonces? —preguntó, por fin.

—Claro. —Extendió la mano, ignorando el dolor que escuchar aquella palabra le hacía sentir—. Amigos.

—Y compañeros de equipo antiseñoras, ¿no? —Estrechó su mano, sonriendo satisfecho—. Porque algún otro concurso tenemos que ganar.

Le guiñó un ojo y Alex sonrió, pensando que aquella proposición en principio inocente podía ser su perdición porque lo que debía hacer era evitarle y seguir con sus vacaciones como si no estuviera allí, no planear concursos juntos ni nada parecido. Pero una cosa era lo que su mente le aconsejaba y otra lo que su corazón quería.

Capítulo 8

Las playas en la Riviera maya eran un completo oasis, como pudieron descubrir Alex y Skye un par de días después de la extravagante excursión a Xel-Ha. La primera necesitaba poner distancia y despejar su mente en cualquier tema que tuviera que ver con Ethan, así que Skye estaba haciendo todo lo posible por ayudar, lo que incluía no verse con Owen para no dar lugar a situaciones incómodas.

Allí no solo tenían arena blanca y aguas cristalinas, también tenían tumbonas mullidas y servicio de bebidas o comidas, con camareros que pasaban de forma regular.

Era el primer día de relax real del que disfrutaban, ya que la primera semana había sido bastante movidita y la segunda había empezado potente. Las dos chicas permanecían con los ojos cerrados disfrutando del sol y del suave sonido del mar, solo moviéndose lo imprescindible para aceptar cócteles o darse un baño.

—Había olvidado lo que es no hacer nada —murmuró Alex, con un suspiro de placer.

Después de tres cócteles Skye estaba adormilada, pero ladeó la cabeza hacia ella sin quitarse las gafas de sol.

—Deberíamos ponerlo en el calendario como visita obligada una vez al año. Ya sabes, para eliminar estrés. Volveríamos como nuevas.

Eso le hizo recordar a Alex que tardaría en volver a ver a su amiga, algo que no le apetecía pensar. Pero era un hecho que cada vez le quedaban menos alicientes en Boston, porque con su madre no había nada que hacer, al igual que con Peyton, además de que con todo lo sucedido estarían insoportables durante una larga temporada. Y aunque allí estaba pasando tiempo con Ethan, sabía que una vez regresaran a la rutina eso no volvería a suceder, sobre todo después de la ruptura.

—¿Qué pasa? —preguntó Skye—. Te ha cambiado la cara.

—Nada, pensaba en cuando se acaben estos días y en la vuelta a la rutina.

—Pues no pienses en ello, anda, que nos quedan muchos días aquí. —Skye le tiró el sombrero a la cara—. Solo te dejo ponerte triste el último día.

Detuvo con un gesto al camarero que pasaba por allí ofreciendo refrigerios. Pronto tuvieron un par de bebidas tropicales y unos nachos para picar, así que se incorporaron al momento.

—Oye, no me has contado nada sobre Owen...

Alex decidió indagar un poco sobre aquel tema, porque si bien era cierto que Sky era bastante alocada, no era del todo su estilo mantener relaciones únicamente basadas en el sexo. Además, el hecho de que fuera con alguien con quien había estado antes le daba la razón.

—Mmmm —remoloneó la rubia.

—Parece majo.

—Es majo —Skye respondió con expresión cautelosa.

—Te gusta, ¿no?

—Huy, ¿en qué te basas para lanzar esa observación con tanta seguridad?

—Conocimiento de amiga —sonrió Alex, consciente de que no iba mal encaminada por la cara que había puesto Skye—. A estas alturas puedo leer en ti como un libro abierto, querida oveja negra número dos. Recuerda que somos amigas desde hace eones.

Skye sacudió la cabeza.

—No puede decirse lo mismo de mí, que no sospechaba lo de Ethan ni de casualidad.

—Yo soy muy cerrada, tú no. Pero cuéntame, porque lo de la boda te lo paso, una noche loca hemos tenido todos... bueno, yo no, pero ahora estás reincidiendo. Muchas veces.

—No sé qué quieres que te diga, tengo debilidad por los chicos con pecas.

—Estoy hablando en serio.

—Es un ligue de vacaciones, Alex. No tiene sentido darle más vueltas.

Alex le arrebató el plato de nachos para que no se distrajera y la miró exasperada.

—Eso no responde a mi pregunta.

—¿Te lo resumo? Me gusta, claro, es mono y tenemos química. ¿Y qué? Vive en Boston y tiene una carrera política potente. No me va el sexo telefónico, gracias, así que, ¿por qué perder el tiempo dándole importancia?

Alex abrió la boca para contestar, indignada por lo que acababa de escuchar. Pero tras asimilar las palabras de su amiga, la cerró. Le costaba ver la vida con la mirada pragmática de Skye, ella tenía otras ideas sobre el romance, pero no quería sonar absurda exponiéndolas.

—Bien. Entonces, siendo consecuente con lo que acabas de decir, no deberías seguir teniendo intercambios con él, ¿no? Quiero decir, eso lo volvería todo más difícil.

—¡Exacto, tienes razón! Es justo lo que pienso.

—Pero, ¿lo estás haciendo?

—No.

—¡Skye! —Alex le pegó en el brazo.

—Es que una cosa es la teoría y otra la práctica, coño. ¿Estos dos últimos días cuentan? Porque no me he separado de ti.

Alex se bebió su cóctel tropical de un trago y al instante apareció otro como por arte de magia. Dudaba de que la combinación de alcohol y sol fuera la mejor del mundo, pero era casi imposible rechazar aquellos daiquiris de mango.

—Pero hacéis buena pareja.

—Sí, ¿verdad? Por cierto, ¿qué hay del senador entonces? —Alex la miró sin entender—. Sé que más o menos habéis arreglado las cosas, pero…

Alex la interrumpió con un gesto de cabeza tan entusiasta que por poco tiró su copa.

—Huy. —Se quedó mirando el vaso con el ceño fruncido—. Creo que está cosa está más cargada de lo que parece… no insistas en el tema, Skye. No está interesado en mí.

—Pues yo no estoy tan segura de eso, mira cómo saltó desde aquella altura solo por hablar contigo.

—Solo eran cinco metros, como bien dijiste.

—Cinco o diez, no lo hubiera hecho si no le importaras. Lo mismo un día de estos te sorprende con un arrebato en el ascensor. —Skye le sacó la lengua, burlona.

La simple idea provocó en Alex un acceso de risa. Bueno, quizás también se le habían subido los daiquiris a la cabeza, pero… ¿ella, teniendo sexo en un ascensor?

—Como si fuera tan fácil levantarme por el aire —dijo—. No lo veo, no lo veo.

—De algo le servirá tanto músculo.

Con una Alex intentando olvidarse de Ethan, aquella charla sobre sexo y abdominales no parecía la mejor idea del mundo.

—Vamos a bañarnos —decidió, levantándose de la tumbona—. Al final nos va a dar un algo, entre este calor y los cócteles.

Y echó a andar hacia el mar, casi sin esperar a Skye. Esta meneó la cabeza y la siguió, pensando en si Alex le habría contado la verdad o seguía tratando de disfrazar sus sentimientos. Sospechaba eso, porque si de verdad llevaba tanto tiempo enamorada de él no veía posible que lo olvidara en dos días.

¿Quién era ella para culparla? No se diferenciaban mucho la una de la otra en sus comportamientos, la verdad.

Se quedaron a comer en uno de los bares de la playa y después regresaron a la tranquilidad de las tumbonas, aunque abandonando los cócteles. No querían volver a la habitación en el mismo estado que la primera noche, de forma que empezaron a pedir coca colas y aguas.

—Después de la cena podemos ir a ver qué hay programado en la sala de fiestas. He leído algo de bailar —comentó Skye, cuando estaban guardando las toallas y vistiéndose para regresar al hotel.

—Vale —aceptó Alex, distraída—. Mientras no me hagas bailar mucho.

Sabía que no había peligro, Skye no la necesitaba en absoluto para saltar a la pista si la música le gustaba. Cuando llegaron a la suite no había nadie dentro, pero todo indicaba que los chicos acababan de marcharse, Alex reconoció el *aftershave* de Ethan en el ambiente.

La suerte las acompañó durante la cena, ya que tampoco coincidieron con ellos en el buffet. Skye había dejado a Alex en la cola con su bandeja para ir a leer mejor el cartel, y regresó resoplando.

—Mal —dijo al llegar—. No es baile normal, con música moderna, sino algo raro donde vas cambiando de pareja.

—Casi mejor, estoy cansada.

—Claro, es que pasar el día tumbada en la playa bebiendo agota a cualquiera.

—Tú misma acabas de decir que es algo raro.

—Sí, la verdad que no me motiva mucho. Nos tomamos algo para hacer la digestión y nos vamos a dormir pronto, nos vendrá bien para la piel.

Alex la observó con suspicacia, había perdido la cuenta de cuántas noches de juerga habían comenzado con la frase de «solo una copa y nos vamos».

Al diablo, estaban de vacaciones. Podían beber todo lo que les apeteciera, ya se pondrían serias cuando regresaran a casa, en ese momento tenían que disfrutar al máximo.

La sala de fiestas estaba acondicionada para conseguir más espacio, pero todavía había mesas para sentarse. Todas ocupadas, aunque cuando Alex hizo un barrido por si se le había escapado alguna, descubrió que Ethan estaba en una de ellas, charlando con Owen.

El senador alzó la vista y la descubrió allí, de pie, mirándolo de manera fija.

—Siempre nos quedará la barra —dijo Skye con tono melodramático y sin darse cuenta del intercambio de miradas que estaba teniendo lugar a su lado.

Ethan alzó la mano y les hizo un gesto para que se acercaran.

—Tenemos sitio aquí —repuso Skye, al verlo—. Total, para una copa no necesitamos apalancarnos en una mesa. Vamos. —Tiró de su brazo con insistencia.

—No. Podemos sentarnos con ellos, no pasa nada. Ya hemos arreglado todo y queda una relación cordial, ¿no?

—Y yo que sé, eso dices…

—Somos educadas —terció Alex, con seguridad.

—Ah, ¿sí?

—Sí. Estaremos más cómodas allí. Una copa y a dormir pronto.

Echó a andar de forma resulta, así que Skye no tuvo otro remedio que seguirla. Alex saludó con una cortesía un tanto fría, Ethan respondió en tono similar y de pronto pareció que la temperatura descendía un par de grados. La tensión era tan obvia que Skye se incorporó.

—¿Qué os parece si voy a por las bebidas? —ofreció, deseando escapar del ambiente unos minutos.

—De eso nada —Alex se levantó a su vez—. La última vez no volviste, así que voy yo. Tú quédate aquí.

—Te ayudaré —insistió Skye—. No podrás con todo tú sola.

—Ya voy yo con ella. —Ethan se levantó y echó a andar sin esperar respuesta.

Alex se encogió de hombros para ir con él, dejando a Skye plantada. La rubia se los quedó mirando mientras movía la cabeza con cara de pena, y después se dejó caer en su silla con un suspiro.

—Espero que tarden un buen rato en la barra, lo justo para terminar de limar sus diferencias —dijo Owen.

—Sí, y que se dejen las energías negativas allí, ya puestos.

Le guiñó un ojo, olvidando su idea inicial de distanciarse gradualmente. Era difícil, había algo en la forma que tenía de mirarla que le borraba cualquier reserva, lo que era peligroso.

—No me has estado evitando, ¿verdad? —comentó él, en tono neutral.

—Desde luego que no. Solo evitamos a Ethan, aunque tú seas un daño colateral.

—Genial —murmuró Owen con una mueca—. ¿Y se nos permite charlar o también está prohibido?

—Ahora estamos solos, así que podemos hablar de lo que quieras.

—¿Estás haciendo fotos aprovechando el entorno?

—No solo de retratos se alimenta mi espíritu creativo —replicó Skye, divertida.

Owen se cruzó de brazos.

—Si tan frustrada estás de fotografiar personas, ¿por qué no cambias en lo profesional? ¿Por qué no otro tipo de fotos? No sé, paisajes. Aleteos de mariposa —bromeó, usando el ejemplo que había puesto ella la noche que hablaron sobre el tema.

Skye se encogió de hombros con una sonrisa culpable.

—Es que… no soy muy buena.

—Eso no me lo creo, la verdad.

—Desde que llegamos no he dejado de hacer fotos, ¿quieres comprobarlo?

El chico la miró sin entender a qué se refería. Era verdad que en las excursiones la veía con su inseparable cámara colgada del cuello, ¿le estaba ofreciendo echar un vistazo a su material? De ser así, tenía claro que acababa de ascender de nivel.

—¿Las has revelado? —quiso saber.

—No, pero puedo hacerlo ahora. ¿Quieres acompañarme a un cuarto oscuro? —Vio como él arqueaba la ceja con una leve sonrisa—. No es nada sexual, prometido.

—Vaya, que lástima… —Owen siguió la broma, pero ya se estaba incorporando—. ¿Y nuestros amigos?

Skye miró el reloj con una mueca.

—Llevan quince minutos perdidos, me da que nos la están devolviendo. O eso, o les ha secuestrado alguna conga.

Se encaminaron primero a la habitación para que Skye cogiera la bolsa que contenía su equipo fotográfico, y volvieron a salir sin que Owen adivinara que pretendía.

—¿Dónde vamos? —preguntó.

—A ver si me dejan usar el cuarto de revelado del hotel. Siempre tienen uno para las fotos que se suelen hacer en los viajes o para el fotógrafo oficial, y aquí lo han mantenido, me lo confirmó un camarero. —Sonrió mientras el ascensor bajaba— ¿Alguna vez has estado en un cuarto de revelado?

—No, la verdad.

—Vas a comprobar de primera mano lo fascinante que es mi trabajo —se burló ella.

Bajaron a recepción, donde Pasquale se entretenía con una especie de conversación muda con María. Owen empezaba a sospechar que no solo compartían las comisiones de las excursiones, sino algo más, pero se abstuvo de comentarlo.

—Hola, Pascual. —Skye usó una de sus sonrisas más brillantes y convincentes—. Me preguntaba si podría usar el cuarto de revelado del hotel. Soy fotógrafa, así que tendré mucho cuidado con el equipo, prometido.

Pasquale miró la bolsa que cargaba y asintió. Abrió un cajón y estuvo tanteando un buen rato.

—Parece que no tienen la llave muy localizada —susurró Owen.

—Es normal. Hoy en día, con los móviles y las cámaras digitales no se lleva mucho lo de revelar al estilo antiguo... —repuso ella—. Recurren a nosotros para fotos de boda, de estudio y cosas así, pero ya no es lo que era.

Había un matiz agridulce en su voz que él percibió, pero no comentó nada porque Pasquale acababa de encontrar el premio y se lo tendía a Skye; ella cogió la llave volviendo a dedicarle una sonrisa.

—Planta *almeno due*, la puerta con la *scritta* Fotografia.

—Gracias. Luego te devuelvo la llave. —Le guiñó un ojo y tiró del brazo de Owen.

Mientras cogían otra vez el ascensor para bajar al nivel dos se mantuvieron en silencio, ella parecía estar perdida en sus pensamientos y Owen no quería interrupir soltando alguna trivialidad, no era el momento.

Encontraron el cuarto de fotografía pese a no haber entendido a Pasquale, y allí entraron. Skye pulsó el interruptor y todo se iluminó con una mortecina luz roja que adquirió algo más de intensidad según entraban.

—Sí, es muy de club —comentó ella, cerrando la puerta y echando un vistazo.

Owen estudió la habitación mientras se habituaba a la iluminación. Todas las paredes poseían baldas, fregaderos y la encimera en medio con las cubetas, aunque como nunca había estado en un lugar así tampoco hubiera sabido decir si era lo normal.

Skye parecía saber exactamente donde estaba cada cosa, familiarizada a la perfección con aquel entorno. Dejó su equipo en una superficie libre y frunció los labios.

—No está mal, pero se nota que bajan poco aquí —comentó, sacando su cámara y los rollos—. Mira, acércate. —Él obedeció—. Para revelar lo primero que necesitas son químicos, tres en concreto. El líquido revelador, el blix y un estabilizador… lo mejor es meterlos en recipientes herméticos y marcarlos para no correr el riesgo de mezclar uno con otro. ¿Ves?

Los recipientes estaban, en efecto, etiquetados.

—Luego viene la parte divertida, la de mezclar.

Skye cogió la jarra medidora de una de las estanterías y la llenó con agua del grifo.

—El agua tiene que estar a la temperatura adecuada, para eso siempre hay que asegurarse con un termómetro. —Usó uno que había al lado del lavabo—. Una vez listo, se hace la mezcla con la bolsa del revelador y después se añade más agua.

Owen la escuchaba en silencio, en parte por el interés, en parte por descubrir en Skye a una persona completamente diferente de la que había conocido hasta ese momento. No era solo la chica de los mojitos o la alocada del jacuzzi, era algo más. Y ese algo, fuera lo que fuera, empezaba a gustarle, aunque lo tuviera prohibido.

—Lo ideal es usar gafas y guantes para proteger los químicos, pero no veo que tengan por aquí, así que tendremos que arriesgarnos. De todos modos no son mis productos, yo tengo más cuidado con el material que uso.

De nuevo él percibió en su tono un ligero reproche, con toda probabilidad causado por el estado de aquel cuarto de revelado. Suponía que era como si él entrara en el despacho de otro jefe de campaña y lo encontrara todo revuelto, o algo similar.

—Ahora repetimos el proceso con el blix —indicó ella—. En otra jarra, claro. Mejor no te acerques mucho, los vapores pueden marear un poco si se inhala. —Miró a su alrededor—. Al menos la ventilación es correcta… ahora mezclamos el estabilizador, este con el agua a temperatura ambiente.

Lo hizo en unos segundos, usando para este último un embudo de cocina, y dejó los tres recipientes preparados.

—Listo —anunció Skye—. Vamos a cargar la película.

Owen observó cómo retiraba la película de la lata con todo el cuidado del mundo, cortándola para sacarla del carrete. También cortó el borde, para después enrollarla alrededor del eje. A esas alturas Owen se había perdido, pero no le molestó. Se sentía cómodo mirándola, había algo relajante en trabajar en aquella oscuridad y con silencio.

Skye había dejado de dar explicaciones, concentrada, y se limitaba a disponer jarras, comprobar temperaturas y llenar recipientes.

—Esta parte es un poco aburrida —explicó, como si hubiera leído su mente—. ¿Me echas una mano con esto?

—¿Yo? No quiero estropear nada.

—No lo harás, es muy fácil. Solo tienes que agitar el tanque de revelado, cuatro veces cada quince segundos. —Sonrió—. Si ves alguna burbuja da golpecitos hasta que se vaya. Esto hay que hacerlo cada treinta segundos durante tres minutos. —Puso el temporizador—. Como ves, aquí los tiempos exactos son muy importantes.

Mientras Owen hacía lo que le había pedido, ella vertió otro producto químico y le dio nuevas instrucciones.

—Dios, esto es muy complicado —murmuró él—. Todo tiene orden, y tiempos, minutos…

—Más complicado me parece a mí ser jefe de campaña —replicó Skye—. Al menos aquí, una vez te aprendes los pasos no hay sorpresas. Esto ya está, voy a lavar la película y tú llena el tanque de agua y agítalo unos segundos.

—¿Seguro? —preguntó el chico, sin fiarse.

Ella le dio un empujón con la cadera para encaminarlo hacia el grifo con una sonrisa. Después vertió el estabilizador, aguardaron el tiempo necesario, y lo volvieron a meter en su recipiente mientras la chica enjuagaba el tanque.

—Ya podemos sacar la película de los ejes, y eliminamos el exceso de agua con una esponja —Skye hablaba mientras lo hacía—. Hay que tener mucho cuidado de que nada toque la película, es muy, muy delicada y se puede dañar con facilidad en este punto.

—Vale.

Owen se movió hasta colocarse a su espalda, lo que hizo que Skye se tensara un poco. Se esforzó en concentrarse, tratando de ignorar el hecho de que su proximidad la ponía nerviosa.

Comenzó a colgar las películas en las cuerdas dispuestas para ellos usando pinzas para la ropa, dos en la parte superior y una en la inferior. Owen miraba aquí y allá, como si aquello fuera lo más interesante del mundo, y a ella aquel interés le producía una mezcla de ternura y excitación al mismo tiempo.

—¿Por qué dos arriba y una abajo? —preguntó él.

—Para evitar que se enrollen. —Skye colgó la última y se giró—. Listo, ahora viene la peor parte, que es esperar. Un par de horas como mínimo, mejor cuatro.

—¿Y cuál es la mejor parte?

—Cuando las fotos aún están turbias, justo ese instante antes de ver el resultado final. A veces ves cosas asombrosas y extrañas hasta que toma forma.

—Ya veo… y este ambiente de club es absurdamente relajante.

A Skye le entraron ganas de echarse a reír, pero no lo hizo al ver la forma en que él la miraba. Owen no parecía tener muchas ganas de bromear, se notaba por su expresión y lo confirmó cuando la atrapó entre sus brazos para besarla. Un beso que tenía más de sentimiento que de sexual, y que le preocupaba, aunque no se viera capaz de interrumpirlo.

Le cogió del cuello, sabiendo que aquello era un error. Encapricharse de alguien a quien solo ibas a ver un par de semanas era un error. Permitir que fuera a más era un error. Y contribuir a que así fuera era un error.

Pero a pesar de todo respondió al beso, fundiéndose con él en ese abrazo que iba más allá de un simple intercambio. Lo hizo anteponiendo el corazón a la razón y pensando que ya pensaría después en las consecuencias. Y perdió la noción del tiempo hasta que un timbre agudo los sacó del momento.

—No me digas que llevamos dos horas así —murmuró Owen.

Skye soltó una risita, cogiendo su móvil. Un mensaje de Alex con una carita de indignación, preguntándole dónde estaban y si pensaban desaparecer a la menor oportunidad. Lo dejó sobre la encimera, notando de pronto el calor que hacía allí dentro. Si regresaban al punto de antes de la interrupción había muchas probabilidades de que acabara sentada encima de alguna superficie haciendo lo que no debía, así que se acercó para echar un vistazo a las películas.

—Todavía les falta, ¿qué te parece si salimos a tomar un poco el aire?

—Sí, claro. Tú mandas, siempre y cuando regresemos para ver el resultado.

Skye asintió, tranquilizándose al abandonar el cuarto de revelado, como si con la luz exterior se perdiera una gran parte de la intimidad que había sentido dentro. Sí, aquello era lo mejor que podían hacer, calmar los ánimos y tomarse una copa fuera, cuando se cumplieran las horas el momento habría pasado y no habría peligro. O no tanto.

Alex avanzaba sin mirar atrás, y aunque no veía a Ethan, sabía que lo tenía cerca. Se había ofrecido ir a por las bebidas precisamente para que no le ocurriera lo mismo que la última vez y se quedaran solos, aunque le había salido el tiro por la culata.

Pasó la separación de la zona de mesas hacia las barras, entrando en la pista sin darse cuenta, y notó que alguien le daba un toque en su brazo.

—¿Por qué corres tanto? —resopló Ethan, junto a ella.

—Es… mi forma de caminar.

—No hay prisa por…

Pero no pudo terminar la frase, porque una mujer que apareció dando saltos junto a ellos le enganchó del brazo y lo arrastró sin más. Alex abrió la boca, tanto por asombro como para decir algo, pero Ethan ya había desaparecido entre un grupo de gente que bailaba girando. Se puso de puntillas para intentar ver mejor, pero en ese momento tiraron de ella. Ahogó un grito mientras se veía zarandeada de un lado a otro, pasando de brazo en brazo en lo que parecía una especie de baile sincronizado del que todos conocían los pasos menos ella.

Un chico se la pasó a otro, y mientras iba dando saltitos para no caer, intentando adaptarse a la canción, vio a Ethan al otro lado de la pista, sufriendo el mismo destino que ella.

—¡Ethan! —lo llamó.

—¡Alex!

Sonó tan desesperado como ella, lo cual la hizo sentir un poco mejor. Al menos no era la única que se veía perdida entre aquella gente.

—¡Y giramos a la izquierda y cogemos nueva pareja! —oyó.

Miró hacia el escenario, donde vio que María estaba dando palmas al ritmo de la música y entonces comprendió que la gente no se sabía el baile tan bien como parecía, sino que seguían las instrucciones que ella daba. Aunque la mitad de las veces que hablaba no se la entendía muy bien. Giró a la izquierda, pero ya era tarde porque María había dicho algo más y chocó con Millicent, que la miró con cara de pocos amigos.

—Perdón —se disculpó—. Ha sido un accidente.

—Seguro. Aunque me rompa un tobillo, señorita, mañana estaré en el concurso y ganaremos.

Le dio un culazo que no fue para nada disimulado mientras se agarraba a un hombre que giraba hacia ellas y seguían girando.

Alex se quedó parada en el medio de todo el grupo, estirando los brazos de vez en cuando para intentar reengancharse al baile, ya que salir lo veía aún más complicado, por no decir imposible. Ni siquiera veía dónde acababa la gente.

Entonces alguien tiró de su muñeca y se vio de nuevo en la vorágine de vueltas, giros, y cambios de personas. Distinguió a Ethan al final de la fila que se había formado, lo cual la animó porque no había sido absorbido por algún agujero negro. Poco a poco los cambios les hicieron llegar al mismo punto y chocaron ambas manos según las últimas instrucciones dadas por María.

—¿Crees que podremos salir de esto en algún momento? —preguntó Ethan.

—¡No lo sé, parece una especie de secta bailonga!

Se echó a reír al ver que los alejaban de nuevo y de la cara de resignación que puso él. Una vez asumido que no saldría de ahí al menos hasta que acabara la música, la verdad era que se lo estaba pasando bien, aquello de no enterarse de nada era divertido. Solo esperaba no llevarse muchos pisotones en el proceso.

Prestó atención a las instrucciones de María y en la siguiente canción (o la misma, porque no hacían pausas entre ellas y aquel ritmo country le parecía todo igual), solo se equivocó un par de veces. Se cruzó con Ethan de nuevo, quien tenía tal gesto de concentración que supuso que estaba intentado hacer lo mismo que ella, así que no le quedó claro si se lo estaba pasando bien o no.

La música cambió de ritmo, volviéndose más lenta. La gente empezó a juntarse por parejas y Alex se encontró en los brazos de un hombre que no conocía, aunque le sonaba de haberlo visto en alguna de las excursiones que habían hecho.

—Uf, menudo descanso —suspiró él—. No tengo edad para estos bailes tan agitados.

—Ha estado movido, sí.

Buscó a Ethan con la mirada. Estaba a un par de metros de ella, con Olivia pegada a su pecho como si tuviera velcro en los brazos.

Al verla, Ethan se movió en su dirección, aunque sin lograr soltarse de aquella mujer que parecía estar muy a gusto para alguien que se suponía le tenía manía, sobre todo después de acusarlo de tramposo.

—¡Cambio de pareja! —indicó María.

El hombre soltó a Alex, dejándola en dirección a Ethan, pero Olivia no se separaba, como si no hubiera oído a María.

—Toca cambiar —dijo Ethan, tocándole un hombro.

—Huy, perdón, es que me he quedado traspuesta. —Se separó un poco, dándole otro apretón en las costillas y palpando después sus brazos. Miró a Alex con expresión nostálgica—. Ay, quién tuviera diez años menos...

—¿Diez? —repitió ella—. O sea, ¿cómo?

—Bueno, veinte o treinta, eso es lo de menos, la pasión no entiende de edad. —Le palmeó el brazo—. Aprovecha, que uno de estos no se encuentra todos los días. —Se arrimó a su oído—. Aunque en el concurso os machacaremos, tramposos.

—Pero si no somos...

Olivia ya se había abrazado a otro, dejando a Alex con la frase a medias. Pero la mujer pasó a un segundo plano en su mente, porque Ethan la enganchó en aquel momento de la cintura con un brazo y cogió su mano con el otro.

—Por fin nos encontramos —dijo él, con una sonrisa.

Y Alex estuvo a punto de olvidar que le había hecho la cobra unos días antes, porque se quedó mirando como siempre, atontada por aquella sonrisa. Se maldijo por ser tan idiota, ¿es que no había aprendido la lección? Pues parecía que no, porque ahí estaba, deseando besarlo de nuevo. Frunció el ceño, enfadada consigo misma, y entonces su cerebro reaccionó, encontrando una excusa para marcharse de allí.

—Owen y Skye deben estar preguntándose dónde estamos —dijo.

Ordenó a sus brazos que lo empujaran un poco para poner distancia entre ambos, pero estos parecían tener vida propia porque no recibieron las instrucciones o las ignoraron, ya que se mantuvo en el sitio. No, si al final iba a ser pero que Olivia.

—Probablemente. Pero ya que hemos hecho todo lo difícil terminemos el baile, ¿no? Aunque aquí creo que no dan premios, solo tickets de esos.

Alex estaba pensando en darle una bofetada. ¿Cómo podía actuar como si no hubiera pasado nada? Vale, era lo que habían acordado, pero lo menos que podía hacer era esquivarla, no ser simpático y encima arrimarse a ella de aquella manera poniéndole las cosas más difíciles todavía.

Ethan estaba cómodo con aquel tipo de música, al fin y al cabo era parecida a la que se solía poner en eventos y había dado clases como cualquier político para quedar bien y no hacer el ridículo. Además era fácil llevar a Alex, que no intentaba ir en dirección contraria ni le había dado ningún pisotón de momento, solo se dejaba llevar. No como Peyton, que siempre estaba atenta por si había fotógrafos y lo obligaba a ir a uno u otro lado para que la sacaran siempre en su perfil bueno. Pero aunque Alex se dejaba conducir, notaba que estaba tensa. ¿Habría metido la pata otra vez? Apenas si habían intercambiado unas pocas frases y llevaban unos días sin verse, no creía haber dicho nada que pudiera haberla molestado.

Las luces que iluminaban la pista bajaron también para crear una atmósfera de romanticismo mientras las parejas seguían moviéndose por la pista, sin hacer más cambios. Ethan pensó en algo que decir, pero en lugar de eso, se quedó mirando a Alex, que tenía la vista en algún punto por encima de su hombro. O más bien, a sus labios, preguntándose cómo sería besarla. Se dio cuenta de que había sido un tonto al apartarse en la anterior ocasión en lugar de aprovechar el momento, porque quizá ahora la que se apartaría fuera ella.

Tragó saliva dándose cuenta de lo que estaba pensando. ¿Desde cuándo se sentía así? No era normal en él, porque lo que le atraía de Alex no era nada planificado ni dentro de sus esquemas. No era como las mujeres que aprobarían sus asesores, tenía un divorcio a sus espaldas del que los periodistas podrían sacar jugo si se lo proponían. No tenía un cuerpo de escándalo según el patrón actual ni iba siempre perfecta, pero justo eso era lo que le gustaba, aquellas curvas y un rostro natural. Aunque seguía preguntándose cómo sería con menos ropa, porque aún no había conseguido verla en bañador.

Sin pensarlo más, inclinó la cabeza hacia ella. Aprovechó que Alex alzaba la cara sorprendida, y acercó sus labios hasta rozarla... porque eso fue todo, antes de que consiguiera besarla como quería, ella se apartó tocándose los labios.

—Será mejor que volvamos con Skye y Owen —murmuró Alex.

Se dio media vuelta para regresar a la mesa, confusa por lo que Ethan acababa de hacer. No entendía nada, ¿de verdad había intentado besarla? No tenía ningún sentido. A no ser que tuviera curiosidad por ver qué hubiera ocurrido si no se hubiera apartado la otra noche, pero ella no estaba para experimentos.

Llegó a la mesa donde habían dejado a la pareja, dándose cuenta en ese momento de que no había cogido las bebidas que había ido a buscar, pero daba igual porque ninguno de los dos estaba allí.

Ethan la alcanzó en aquel momento, pero Alex se alejó interponiendo la mesa entre ellos y sacó su móvil para mandarle una carita a Skye.

—Me voy a dormir —informó, sin mirarlo—. Espero que no estén en la habitación...

Y se marchó sin darle tiempo a hablar. No se dio la vuelta hasta que llegó al ascensor, momento en el que pudo comprobar que Ethan no la seguía. Mejor, se dijo suspirando aliviada. No quería tener ninguna conversación incómoda de nuevo. Estaba claro que lo mejor era mantener las distancias. Abrió la puerta con cuidado, pero no, la pareja no estaba en el interior. Se preguntó dónde estarían mientras se metía en la ducha, aunque pronto su mente regresó al momento en que sus labios y los de Ethan se habían rozado, provocándole un estremecimiento. No sabía ni cómo se había apartado en lugar de dejarse llevar por lo que llevaba tanto tiempo soñando. Seguro que Skye le decía que no tenía que haberlo hecho, pero es que era todo tan confuso…

Ethan se sentó a esperar a Owen, aunque no tenía nada claro que su amigo fuera a volver. Pero de todas las cosas que no tenía claras, aquella era casi la que menos le preocupaba. Entendía que Alex se hubiera apartado, no tenía por qué ceder a sus deseos de acercamiento. Sobre todo le confundía sentirse así, ¿qué iba a hacer el resto del tiempo que les quedaba allí? Porque no podían evitarse siempre. Y tampoco quería eso, como bien le había dicho Owen, estaba de vacaciones. Llevaba tanto tiempo sin gente a su alrededor diciéndole todo lo que tenía que hacer que había olvidado lo que era eso. Necesitaba aquel descanso y, sobre todo, necesitaba averiguar qué le ocurría con Alex. Y eso solo podía lograrlo estando con ella.

Tendría que trazar algún plan o buscar la forma de forzar sus encuentros, no estaba dispuesto a dejar pasar otros dos días sin verla, como había ocurrido. No, tendría que tomar la iniciativa.

Aunque no tenía ni idea de cómo hacerlo.

—Sus tickets y los de su novia —dijo María, interrumpiendo sus pensamientos.

—No es mi…

La mujer ya se alejaba. Ethan cogió la ristra de tickets que había dejado sobre la mesa y se los guardó en un bolsillo. Tendría que ir a mirar qué se podía conseguir con aquello, al menos tenía una excusa para hablar con Alex. Una excusa de lo más pobre, unos tickets que a saber para qué valían, pero menos era nada.

Capítulo 9

Nada más acercarse al comedor, Alex se metió medio bollo entero en la boca. Después de la noche pasada, necesitaba algo más que frutas tropicales para batallar con su estado de ánimo. Ignorando las opciones sanas, había entrado en el buffet como Atila a caballo mientras Skye la observaba sin entender.

—¿Tienes el nivel de hidratos bajo? ¿Ha sucedido algo digno de mención?

—No lo sé.

—¿No sabes si tu nivel de hidratos está bajo, o si ha sucedido algo digno de mención?

—Ninguna de las dos.

A esas alturas, Skye la miraba con suspicacia, de modo que terminaron de servirse el desayuno y ocuparon una mesa discreta en un rincón desde donde se veía la piscina con cascada. Alex partió un croissant en cuatro trozos y empezó a meterse uno tras en otro en la boca, tragándoselos sin apenas masticar.

—¿Dónde te metiste anoche? —preguntó, entre bocado y bocado.

—¿Perdona, yo? Te recuerdo que fuiste a buscar bebidas y no volviste. Parece que hay una dimensión paralela cerca de la barra que absorbe a la gente.

—Pero cuando regresé no había nadie —se quejó Alex.

—¿Y a qué hora fue eso? —refunfuñó Skye, sacudiendo la cabeza—. Además estábamos ahí fuera, en la piscina, bebiendo *mai thais*. Muy inocente todo.

Alex no sabía si creerla o no, pero en aquel momento bastante tenía con batallar con sus sentimientos como para pensar en los de su amiga. Siguió atiborrándose de tortitas mientras Skye la observaba con expresión intrigada.

—¿Qué pasó?

—Lo del baile raro que vimos y desechamos, eso pasó. Un baile de cambio de parejas.

—Uffff —Skye se solidarizó al momento.

—Fue divertido, pero terminamos bailando juntos una de esas más tranquilas y no sé… cuando estaba a punto de terminar hizo como si fuera a besarme.

Skye abrió sus ojos azules de par en par, aunque no tan sorprendida como Alex había esperado.

—No ha tardado mucho entonces.

—¿Qué quieres decir?

—Pues lo que hablamos en su momento. Vieja escuela, Alex. Lo dejaste descolocado porque es un tipo a la antigua. Pero en cuanto se ha pasado la sorpresa se ha dado cuenta de que fue un idiota y ahora intenta remediarlo. ¿Qué tal besa?

—Ni idea, me aparté.

—¿Qué? —Skye puso los ojos en blanco—. No puedo creerlo. ¿Qué estás esperando, una cama con dosel para liarte con él? ¿Se puede saber a qué estáis jugando los dos? ¡Pensaba que erais adultos!

Alex no supo que responder, porque a su amiga no le faltaba razón. Parecía que estuviera en el instituto, jugando absurdos jueguecitos con sus compañeros adolescentes, era consciente. Pero lo que Skye, o cualquiera acostumbrada a ganar en juegos de amor no comprendía, era que tenía miedo… porque a Alex siempre le había salido todo mal. Su divorcio era un constante recordatorio de su pésima suerte en terrenos románticos, por no hablar de que no podía olvidar que el hombre que le atraía había estado a punto de casarse con su propia hermana. Si lo besaba, ¿dónde la dejaba aquello? ¿Perdonaría Peyton un desliz semejante? Sí, sabía que no tenía ninguna autoridad moral para juzgarla, pero no por eso dejaba de ser su hermana. Pondría el grito en el cielo si llegara a enterarse, por no hablar de su madre, que a saber cómo reaccionaría.

Sí, tenía miedo y no solo de eso, también de Ethan. No sabía si era un mero pasatiempo por su parte, el político importante que se divertía durante sus vacaciones. No deseaba tener una aventura para regresar a casa con el corazón partido en dos. Y creer que alguien de su nivel y aspecto podía querer algo serio con ella se le escapaba: bien sabía que no encajaba en el perfil de novia de senador.

No deseaba hablar de todas sus dudas, pero en cuanto terminó de tragar la tortita, las palabras salieron solas. Skye la escuchó sin interrumpir ni una vez, algo que Alex agradeció. Después se quedó mirando las crepes de sirope de arce y el bacon que había en el mismo plato con gesto triste.

—Esto no te ayudará. Además, ¿qué mezcla es esa? ¡El bacon está lleno de sirope!

—Pues bien rico que está. El sirope va con todo.

—Quita, eso es un asalto a mano armada a tus arterias. —Skye apartó el plato de su alcance—. Creo que tienes que reorganizar tus ideas un poco antes de hacer o deshacer. Olvida a tu madre y hermana, ellas sí que no deben provocarte el menor remordimiento. Perdona, pero son odiosas.

Alex se mordió el labio, pero no replicó. No había nada que corregir en aquel comentario.

—El meollo de la cuestión no es Ethan, sino tú. ¿Por qué te valoras tan poco? ¿Por qué piensas que no estás a la altura de ese hombre?

—No es un pensamiento, es una realidad. Solo tienes que mirar a Peyton.

—Lo único que sé de Peyton es que le puso los cuernos y él la ridiculizó en su propia boda. ¿De verdad vas a compararte con ella, o solo hablamos de un físico?

Alex se encogió de hombros.

—Ella es perfecta. Muy perfecta.

—Pero es a ti a quien quería besar anoche, tan simple como eso.

—¿Y si fue un impulso tonto o un juego?

—¿Ethan Lewis? —La cara de la rubia fue de sorpresa.

Bueno, ahora que lo estaba comentando en voz alta sí que sonaba ridículo. Ethan no era el estilo de hombre que se dedicaba a jugar, lo sabía de primera mano. Era responsable, serio, no cometía la mayor parte de los errores que otros políticos sí.

Alex comprendía por dónde quería llevarla Skye, pero su confianza en ella misma estaba minada tras años y le resultaba increíble que alguien como él pudiera sentir interés más allá de un tonteo.

—Te complicas demasiado… entiendo que no quieras que te rompan el corazón, pero a veces hay que arriesgarse, Alex. Si sale bien perfecto, si no al menos te has divertido y has conseguido estar con él. Creo que eso es mejor que nada.

La joven suspiró, cogiendo el zumo para beber un sorbo. Skye iba a añadir algo cuando Alejandro se materializó a su lado con una sonrisa amplia. Se sentó junto a ella con un guiño después de saludar a Alex con la cabeza.

—*Guerita, ¿qué os parece si esta noche os llevo de marcha por los locales más padres de playa del Carmen?*

Alex se metió un trozo de tostada en la boca, masticando sin decir palabra. Aquel pobre mejicano se había colado por su amiga y eso que ella no había hecho nada, aparte de ser simpática.

—Mmmm... —dijo Skye, manteniendo una expresión neutral.

—A mí me apetece —añadió Alex, pensando que una noche bailando y sin pensar en nada le iría bien.

—*¡Buena onda! Sé dónde llevarlas para ir a chupar, verán.*

—¿A chupar qué? —se apresuró a decir Alex, alarmada.

Alejandro se quedó unos segundos indeciso, para después hacer el gesto de beber. Las dos suspiraron aliviadas, asintiendo.

—*Las recojo esta noche sobre las nueve en la entrada del hotel.* —El joven se levantó, después de tomarse la libertad de coger una galleta—. *Me voy, tengo turno ahora. Aprovechen para echar la hueva, que esta noche será larga.*

Les guiño un ojo antes de marcharse silbando.

—Sigo sin entender muy bien lo que dice —repuso Skye.

—Yo tampoco, solo me he quedado con que esta noche a las nueve.

—¿Estás segura de que esto es lo que te apetece? Por mí podemos quedarnos aquí y charlar.

—No. Me vendrá bien desfogarme bailando en un sitio donde nadie me conoce —afirmó Alex—. Así me dejaré de complicaciones.

Skye la comprendía, así que se limitó a asentir. Quizás era lo que ambas necesitaban, bailar y reírse sin pensar en nada más. Porque la segunda semana estaba llegando a su fin, solo les quedaba dos de estar allí, y las cosas parecían haberse complicado en general para ellas.

Decidieron seguir el consejo de Alejandro y descansar en la piscina para así aguantar bien la noche de marcha que el mejicano pretendía ofrecerles. Cerca de las ocho subieron a la habitación para ducharse, sin encontrarse a los chicos allí.

—Ayer escuché a María invitándoles a la noche de karaoke, a lo mejor están allí —comentó Skye.

—No los imagino cantando en un karaoke, pero cosas más raras se han visto...

—¿El rojo o el negro? —preguntó Skye, agitando dos perchas ante Alex después de rebuscar en el armario un vestido.

—Si la idea es alejar a Alejandro, ninguno —sonrió Alex, estudiando aquellas dos atrevidas piezas de ropa que su amiga le mostraba—. ¿O piensas ligar con él?

—¡Pero si es un crío! Tiene veinte años, Alex, ¿por quién me tomas? —Skye agitó de nuevo las perchas, exasperada—. ¿Negro o rojo?

—Rojo. Y yo, ¿qué me pongo?

—Déjame ver. —Skye se sumergió en el armario de nuevo, revolviendo entre las perchas hasta sacar una con un vestido blanco que aún tenía la etiqueta— Este. Es chulo, y con lo morena que estás te quedará perfecto.

Alex afirmó. Se lo probó mientras Skye entraba al lavabo para maquillarse, girando delante del espejo para comprobar desde todos los ángulos que le quedaba bien. El color era inocente, pero el corte no tanto, más corto de lo que recordaba. De cualquier forma le gustaba y Skye llevaba razón, el moreno de su piel resaltaba contra el blanco de la tela. Se acercó a su reflejo para aplicar un poco de brillo de labios y recogerse el pelo en una coleta, decidiendo que no estaba nada mal dentro de sus imperfecciones.

Poco después, Skye salió del lavabo con la melena rubia alborotada y el maquillaje perfecto, y sonrió al verla, aunque sin decir ni una palabra.

Se ajustaron las sandalias de tacón, sandalias que horas después seguro que odiarían con todas sus fuerzas, y cogieron sus bolsos para bajar hasta la entrada del hotel, donde la *van* de Alejandro ya estaba aparcada esperando.

Ethan y Owen llegaron a la recepción justo cuando ellas salían por la puerta.

—¿Pero dónde van a estas horas? —exclamó Ethan—. Si María las ha invitado al karaoke como a nosotros van en dirección contraria.

—No las imagino cantando en un karaoke, pero cosas más raras se han visto… No, mira. —Señaló a través del cristal la furgoneta de Alejandro—. Es el mejicano ese de siempre.

—¿Se las lleva de excursión? ¿De noche? —Su tono era de alarma—. Owen, ¿y si las ha secuestrado? Que en este país pasan cosas muy raras.

—No seas exagerado, hombre. Seguro que Pasquale sabe algo, como siempre.

Se dirigieron a la recepción, donde estaba el italiano hablando con María, que tenía unos papeles en la mano y unas cuantas ristras de tickets.

—Ah, mis clientes favoritos —dijo ella al verlos—. ¿Vienen al karaoke, como les dije? —Agitó los papeles—. Tenemos un montón de canciones que les encantarán, seguro.

—No, quizá otro día, tenemos planes.

—Oh, vaya. —Se encogió de hombros—. Ustedes se lo pierden. Si cambian de idea, ya saben dónde estamos.

Hizo un gesto con la mano a Pasquale y se marchó hacia la sala de fiestas. Este murmuró algo en italiano agitando la cabeza al ritmo de las caderas de la mujer mientras esta se alejaba. Owen carraspeó y dio un par de golpes en la recepción para llamar su atención.

—Buenas noches, Pasquale —saludó—. Necesitamos información.

—¿Karaoke?

—No, no, las chicas —dijo Ethan—. ¿Sabes dónde han ido con Alejandro?

—*¿Perché non* las llaman?

Owen se dio cuenta entonces de que ni siquiera le había pedido el número a Skye, lo cual era bastante ridículo y facilitaría las cosas, que parecían unos acosadores preguntando siempre al recepcionista sobre el paradero de las chicas. Aunque el hombre no compartía el mismo dilema moral, visto lo rápido que contestaba en cuanto había dinero de por medio.

—¿Has oído algo? —preguntó Ethan.

—*Non ricordo...* —El senador le plantó un par de billetes delante, que desaparecieron en un segundo—. Ah, sí, playa del Carmen.

—¿A una playa? —Ethan frunció el ceño—. ¿Van a bañarse a estas horas?

—No, no, son discotecas. Ya saben, *ballare. ¿Danzare?*

Y se movió de forma elocuente. Ethan miró a Owen con cara de susto.

—¿A bailar? Pero si con el baile de ayer ya he tenido para una buena temporada.

—Se ve que Alex no. Tú eliges: karaoke o discotecas.

—Vamos tras ellas, tengo que hablar con Alex.

—Qué manía te ha dado con el diálogo, chico. Y encima no vais a ningún sitio, estáis en un plan que cada vez entiendo menos. ¿O es que cuando habláis solo mencionáis el tiempo? Porque en lugar de aclarar las cosas me da la sensación de que lo enrevesáis más.

—Ya, pero es que no sé qué me pasa con ella, que siempre acabo metiendo la pata.

—Pues esto de ir detrás como un adolescente atontado no te pega y seguro que hay una manera mejor de aprovechar las vacaciones. Así que como hoy no lo arregles, te juro que os encierro en la suite, que esto de andar corriendo es muy cansado. —Miró a Pasquale—. Avisa a un taxi, que nos lleve a ese sitio.

—Sí, *signore.*

Cogió el teléfono para avisar mientras ellos salían a la entrada del hotel a esperar el transporte. Ethan no hizo ningún comentario más mientras esperaban, porque sabía que Owen tenía razón en todo lo que decía y, de ser el caso contrario, también estaría aburrido de ir detrás. Así que se propuso aclarar de una vez por todas la situación entre ellos.

El taxi llegó unos minutos después y se subieron.

—A playa del Carmen —indicó Owen.

—*¿Qué discoteca?*

—¿Cómo?

—¿Nombre disco? —intentó el taxista.

Ellos se miraron confusos.

—¿Hay muchas? —preguntó Owen.

—Unas cuantas, sí.

—Bueno, pues llévenos a la primera y a partir de ahí iremos buscando. —El taxista arrancó. Owen sacó algo de su bolsillo y se lo dio—. Toma, por si las encontramos, que seguro que no vas preparado.

—Ah. —Guardó los paquetitos en el bolsillo de su pantalón—. Pues gracias, no había pensado en eso.

—Últimamente pensar no es tu punto fuerte, no estás preparado para la vida moderna. En fin, espero que no haya mucha gente o esto va a ser misión imposible.

Pero cuando el taxista les dejó en una calle junto a la playa unos minutos después, descubrieron que «misión imposible» era hasta un concepto optimista. Toda la playa estaba llena de discotecas, una detrás de otra, y gente por todas partes: dentro, fuera, en la arena… Parecía como si todos los turistas del país se hubieran juntado en aquel lugar.

Ethan miraba a la muchedumbre desinflado. Allí no iban a encontrarlas. Se giró para decirle al taxista que los llevara de vuelta, pero Owen ya había pagado y el coche se alejaba.

—Venga, aunque no las encontremos por lo menos nos damos una vuelta, ya que estamos aquí —dijo Owen, adivinando por su cara que estaba desilusionado—. Tranquilo, no te obligaré a bailar.

Y lo empujó hacia el gentío antes de que cambiara de opinión. Al momento fue tras él para no perderlo y poco a poco fueron avanzando hasta llegar a la barra exterior de la discoteca. Estaba un poco elevada, por lo que mientras Owen pedía unas bebidas, Ethan recorrió la zona con la vista.

—Imposible —dijo—. Es imposible reconocer a nadie.

—¡Hola, abogado!

Los dos dieron un bote al escuchar la voz adolescente. Se giraron y, efectivamente, allí estaban todas las chicas de las excursiones.

—Os hemos visto llegar y hemos dicho, hombre, los abogados, con lo sosos que parecen y aquí están —dijo Mindy, o Cindy.

—¿Vosotras podéis estar aquí? —inquirió Ethan con suspicacia—. ¿No sois menores?

—Huy, aquí no piden el carnet.

—Qué despropósito —murmuró Owen.

—Sí, hemos venido a propósito —dijo la otra—. ¿Venís a bailar?

—Ehm…

—Hemos visto a esas chicas que suelen estar en las excursiones, pero que van con el mejicano. ¿No son amigas vuestras?

—¿Dónde? —preguntó Ethan, con rapidez.

—Por allí.

Señaló hacia un lugar indeterminado en dirección a la siguiente discoteca. A Ethan le pareció distinguir el pelo rubio de Skye, así que comenzó a abrirse paso para llegar, con Owen detrás, que llevaba las bebidas haciendo equilibrios.

Pero cuando llegaron al lugar que Ethan había visto, no estaban allí.

—Para un poco —le dijo Owen, entregándole su vaso—. Esto es la guerra, no las vamos a encontrar.

—Eres un pesimista.

—No, soy realista, porque…

Pero Ethan ya estaba de nuevo dirigiéndose hacia otra zona, siguiendo otra rubia que, esperaba, fuera Skye. Pero de nuevo se encontró con que no. Y así tuvo a Owen durante dos horas, de discoteca en discoteca hasta que llegaron a la última sin encontrarlas.

—Me rindo —dijo Ethan, cogiendo el tercer o cuarto mojito que Owen le daba, había perdido la cuenta tres discotecas antes—. Jamás las encontraremos.

—Bueno, ni que no fuéramos a verlas nunca más, cualquiera que te oiga pensaría que estamos a kilómetros de distancia. Y te recuerdo que compartimos la suite.

—Ya, pero no voy a quedarme en la habitación esperándola, ¿no? Que no quiero parecer desesperado.

—No, ahora mismo pareces tonto, pero bueno, tú verás. ¿Entonces podemos dejar de buscarlas y tomar algo sin empujones?

—Qué remedio.

Se llevó el vaso a los labios, pero justo en el momento en que iba a dar un trago, alguien le empujó por detrás y se lo tiró todo por encima. Se dio la vuelta para protestar, pero se quedó con la palabra en la boca al ver a Alex justo tras él.

—Huy, perdona —dijo ella, con cara de apuro—. Ha sido sin querer, es que hay tanta gente…

—Vaya, ¿qué hacéis vosotros aquí? —intervino Skye, apareciendo a su lado—. No os imaginaba en un sitio tan concurrido y con esta música.

—Ya ves —contestó Owen.

—Qué casualidad encontraros —siguió ella con ironía.

—El mundo es un pañuelo —contestó Ethan.

—*¿Y estos qué hacen aquí?*

Un enfurruñado Alejandro se colocó entre Skye y Alex.

—Vaya, vuestro taxista/guardaespaldas —comentó Owen—. Está en todas partes.

—*Como vosotros.*

—Nos iba a llevar a una zona más tranquila —explicó Skye—. Estamos un poco agobiadas con tanta gente, dice que hay un hotel aquí cerca con playa privada y tal, mucho más tranquilo.

—¿Sí? Pues vamos todos, ¿no? —sugirió Owen, mirando al mejicano—. Qué guía tan completo es este chico.

Alejandro empezó a refunfuñar para sus adentros, pero Ethan le pasó unos billetes por las molestias y les indicó por dónde salir, aunque sin dejar de murmurar fastidiado. Avanzaron por la playa hasta terminar la zona de discotecas y llegaron a una valla, donde Alejandro habló con uno de los vigilantes y este les dejó pasar por una puerta situada en una esquina.

El hotel y la barra estaba cerca de la playa, pero estaba mucho menos abarrotado que las discotecas y tenía varias zonas de sofás en plan *chill out*. Fueron a una de las pérgolas cubierta con telas.

—Aquí estaremos bien —dijo Skye.

—*Que se diviertan, yo me marcho. Malditos gringos.*

Alejandro se marchó y Skye se giró hacia Owen.

—¿Se ha enfadado? —preguntó.

—Claro, ha visto que su plan de ligue se iba al traste...

—Ay, pobre.

—Pobres nosotras —intervino Alex—. Que nos hemos quedado sin transporte de vuelta.

—Podemos compartir uno luego —sugirió Ethan.

Alex miró a Skye en busca de ayuda, pero esta intercambió una mirada con Owen, haciendo un gesto hacia la barra.

—¿Vamos a pedir algo?

—Te acompaño —dijo Alex.

—Tranquila, no hay riesgo de desaparecer, la barra se ve desde aquí.

La señaló con la cabeza para enfatizar sus palabras. Owen se acercó a ella.

—Yo vigilo que no se pierda.

Y se alejaron hacia la barra, mientras Alex los fulminaba con la mirada. Claro, como no habían desaparecido nunca los dos... Se acomodó en una esquina de uno de los sofás, lo más lejos posible de Ethan, que también miraba hacia la barra como si tampoco se creyera que fueran a regresar.

Mientras esperaban las bebidas, Skye se dio la vuelta para mostrar una sonrisa y saludar a Alex con la mano. Después se giró y habló con rapidez.

—Este es el plan —dijo—. Porque no sé tú, pero yo ya estoy cansada de estas vueltas que dan.

—No me digas. Ethan quiere hablar con ella. —Puso los ojos en blanco—. OTRA VEZ.

—Pues ahí se van a quedar, y que hablen hasta aburrirse. Tú y yo les llevamos las bebidas y nos vamos a dar un paseo, ¿te apetece?

Owen no quiso pensar en más connotaciones que las que la chica había dicho: tomar algo y pasear. Pero la noche era peligrosa, con aquella luna enorme iluminando el mar y la playa. Tendría que mantener las distancias, a ver cómo lo conseguía.

El camarero sacó los cuatro vasos y cada uno cogió dos para volver a la pérgola. Dejaron los de Ethan y Alex, pero se quedaron de pie.

—¿No os sentáis? —preguntó Alex.

—No, hemos decidido que no vamos a desaparecer sin más —dijo Skye—. Os damos preaviso, nos marchamos a dar una vuelta y si veis que no volvemos, tranquilos, vosotros a lo vuestro.

—Pero... —empezó Alex.

—Owen, no... —intentó Ethan.

Pero la pareja ya se marchaba sin escucharlos, dando sorbos a sus bebidas y comentando lo a gusto que se estaba allí.

—Traidora —murmuró Alex.

—Traidor —dijo Ethan entre dientes.

Los dos se miraron al oírse y esbozaron una sonrisa. Ethan pensó que, aunque no le había hecho gracia el movimiento de su amigo, al final era lo que necesitaba para poder hablar con Alex. Hablar o más, que la situación se estaba volviendo cuando menos ridícula. Así que cogió su vaso y se levantó del sofá, acercándose a la chica.

—¿Te importa si me siento aquí contigo?

Alex lo miró un par de segundos, pensando en qué contestar, pero no se le ocurría ninguna excusa por la cual no podía sentarse con ella, así que terminó por negar con la cabeza.

—Parece que nuestros amigos se llevan bien —comentó él, sentándose a su lado.

—Es una forma de describirlo, sí.

Ethan colocó un brazo en el respaldo del sofá, lo cual puso nerviosa a Alex. Le recordaba a la noche de la famosa cobra. Tomó un sorbo de su bebida mientras Ethan se acomodaba aún más cerca. ¿De verdad quería hablar? Porque ella no tenía ninguna gana, ese lado político suyo de dialogar tanto no le gustaba. Ese pensamiento la animó, porque si empezaba a encontrarle defectos, sería más fácil olvidarse de él, ¿no? Pues no, sobre todo si seguía acercándose así.

Ethan estaba dando vueltas a qué decir, cómo explicar lo que pasaba por su mente, pero se había quedado en blanco, el mismo color que aquel vestido que le quedaba tan bien. Estaba tan guapa con el pelo así, recogido en una simple coleta, con apenas un toque de maquillaje en el rostro... todo era natural en ella, no había nada artificial ni en su forma de actuar ni en su sonrisa, ni fingía interés en lo que decía, sino que mantenían conversaciones de verdad. Aunque también era verdad que, aunque le gustara mucho hablar, lo que realmente quería era pasar a la acción. Tenía que remediar como fuera el error de la cobra de aquella noche.

Con ese pensamiento en la mente, se inclinó hacia ella sin decir nada y la besó.

Alex se quedó quieta, sorprendida. ¿La estaba besando? ¿No se suponía que eso ya lo había intentado ella, y nada, y él, y tampoco? Era como si hubieran estado jugando al desencuentro. Él se separó un poco para mirarla a los ojos, como si esperara su reacción, y Alex pensó que ya estaba bien de juegos tontos. Así que le acarició una mejilla y apoyó la mano en ella, acercándole para continuar con el beso.

Ethan estuvo a punto de soltar un suspiro de alivio, pero estaba demasiado ocupado con aquel beso como para pensar en otra cosa. No recordaba la última vez que se había sentido así, o si alguna vez lo había hecho. La abrazó para acercarla más y profundizar el beso, lo cual hizo que Alex emitiera un pequeño gemido.

«Por Dios, qué bien besa,», pensó ella, recordando que Skye se lo había preguntado. Ahora podría darle una contestación.

Ahogó una protesta cuando se separó, pero no dijo nada porque Ethan la estaba besando en el cuello, bajando hacia su hombro, y subiendo de nuevo para volver a los labios. Le respondió con ardor, deseando tocarle, y acarició su nuca metiendo la mano por dentro de la camisa para acariciar su piel. Empezaba a notar calor por todas partes, y no podía achacarlo a la temperatura nocturna puesto que corría una ligera brisa. La mano de Ethan bajó a su pierna, acariciándole el muslo por debajo del vestido. Se movió para estar más cómoda y, al hacerlo, golpeó sin querer la mesa. El ruido de cristales rotos les hizo separarse y se miraron, dándose cuenta de que se encontraban en un lugar público cuando se acercó el camarero.

—Perdón —dijo Alex, a la vez que se sentaban y recuperaban un poco la compostura.

—No hay problema, señores —contestó el camarero mientras recogía los cristales—. ¿Les traigo algo?

—No, gracias —dijo Ethan, cogiendo la mano de Alex—. Ya nos íbamos.

Ella elevó una ceja de forma interrogativa. Ethan se acercó a su oído.

—¿Seguimos con esto en otro lugar más privado?

Señaló con la cabeza el hotel al que pertenecía la playa, aguantando la respiración mientras esperaba su respuesta.

Alex abrió la boca para contestar que ya tenían una habitación. Una suite, más bien. Pero entonces pensó que Skye y Owen podían estar allí, o que entre que buscaban un taxi y llegaban, el momento entre ellos podía pasar. Y no quería volver al punto de inicio de nuevo.

—Buena idea —contestó, con una sonrisa.

Ethan la besó y la llevó hacia el hotel sin soltar su mano, rezando porque no estuviera completo como el suyo y hubiera habitaciones disponibles.

Llegaron a la recepción, donde había una chica que les sonrió con amabilidad.

—¿En qué puedo ayudarles?

—Queremos una habitación. —Ethan sacó su American Express platino—. Para esta noche.

—Claro, tenemos algunas disponibles. ¿Alguna preferencia de planta?

—No, la que sea.

—¿Desayuno incluido?

—Nos da igual.

Mientras contestaba, acariciaba la mano de Alex con el pulgar. Aquel gesto tan simple la estaba poniendo nerviosa y la mantenía expectante. Porque si solo ese roce le provocaba escalofríos, no quería ni imaginar lo que vendría después.

—Tenemos una junior suite o una doble con vistas a la piscina.

Alex se puso de puntillas, animada por sus caricias, y le dio un pequeño mordisco juguetón en el lóbulo de la oreja. Él apretó su mano y acercó más la tarjeta a la chica.

—La suite, con desayuno, cobro inmediato, una llave, solo esta noche, sin ningún otro extra, *late check out.*

La recepcionista tenía la boca abierta como si fuera a seguir preguntándoles opciones, pero ante su frase y su tono, se limitó a asentir y a coger la tarjeta para pasarla por la máquina y cobrar. Tardó unos segundos eternos en sacar la tarjeta de plástico y entregársela junto con la cartulina donde se indicaba el número.

—Es la trescientas cincuenta y seis, en el tercer…

—Gracias —cortó Ethan—. Buenas noches.

Cogió la llave y su tarjeta y llevó a Alex hacia el ascensor. Una vez dentro, pulsó el botón del piso antes de apoyarla contra la pared y besarla con pasión, llevando la mano a su coleta para quitarle la goma y soltar su pelo. Ella lo abrazó, recordando lo que le había contado Skye, pero se estaba clavando en la espalda una barra de metal que había para apoyarse y no le encontró la comodidad al asunto. Tampoco pudo pensarlo mucho más, porque en unos segundos habían llegado a su destino.

Por suerte la habitación estaba cerca del ascensor y no tardaron en entrar en ella, volviendo a besarse.

Ethan hizo el intento de meter la llave de plástico en su sitio para que se encendieran las luces, pero no acertó y esta cayó al suelo. Como entraba algo de luz de la iluminación exterior lo dejó estar, ya se preocuparía por eso más tarde.

Alex le bajó la chaqueta por los hombros y empezó a desabotonar la camisa, mientras él la hacía caminar de espaldas hasta que notó que sus piernas chocaban con algo que resultó ser la cama. Se dejó caer mirándole, sin poder creer que realmente estuviera ahí con él. Se le quedó la garganta seca al ver que se quitaba la camisa, antes de inclinarse para cogerla por la cintura y colocarla más arriba en la cama. Que ahora que se fijaba, parecía que tenía cortinas… Sonrió sin poder evitarlo. Seguro que si hubieran pedido una cama con dosel habría sonado hortera, pero ahí estaban, tal y como Skye había bromeado. Era todo tan perfecto que parecía un sueño, pero cuando Ethan la besó de nuevo en el hombro se le pasaron las fantasías. Aquello era real, y sí, le estaba pasando a ella.

—¿Cómo va esto? —preguntó él, deslizando las manos por su cintura.

—Cremallera, atrás.

Ethan la giró un poco para desatar la cremallera del vestido y le bajó los tirantes hasta sacárselo por las piernas. Aprovechó para quitarle los zapatos y subir dándole besos por una pierna, pasando después por su cadera. Llegó hasta el sujetador, besándola por encima de la tela. Alex alargó las manos para desatar el cinturón y ayudarle a quitarse el pantalón. Estaba con los nervios a flor de piel, no solo por todo lo que le estaba haciendo sentir, sino porque la parte de ella que seguía sin creer que aquello estuviera pasando, temía que en cualquier momento se apartara o no le gustara lo que veía. Agradecía la poca luz que había, a decir verdad. Notó que Ethan le desabrochaba el sujetador y, al sacárselo por los brazos, algo debió notar porque se quedó quieto un segundo mirándola.

—¿Pasa algo? —preguntó él.

—No, no, ¿por?

—No sé, me ha parecido que no estás… ¿cómoda? —La besó en el cuello—. ¿Estás pensando en la serpiente?

Ella parpadeó sin entender. ¿Serpiente? A ver, que una cosa era que se estuviera dejando llevar y le hubiera mordido una oreja, algo que jamás se le habría ocurrido. Pero de ahí a poner nombres a las cosas… Necesitaba unos cuantos mojitos más para eso.

—No, cobra —corrigió él, bajando una mano por su pecho hasta llegar a un pezón—. Nunca me acuerdo de cómo se dice.

Ella respiró aliviada. Bueno, menos mal, no era nada sexual.

—Algo así —concedió, suspirando por sus caricias.

—No voy a volver a apartarme. —Bajó la mano por su cintura y siguió para quitarle la ropa interior—. Y me arrepiento de haberlo hecho aquella noche. ¿Me perdonas?

Alex afirmó, gimiendo al notar sus dedos entre las piernas. Le cogió por la nuca para besarle mientras él seguía con sus caricias, comenzando a notar que perdía el control. Los gemidos fueron ahogados por sus besos, cada vez más intensos, hasta que todo su cuerpo se estremeció. Sin aliento, notó que Ethan le estaba acariciando el pelo, dándole pequeños besos en los labios y la cara. Nunca había sentido nada tan intenso, si hubiera tenido alguna duda de lo enamorada que estaba de él, la forma en que la estaba haciendo sentir la habría disipado.

Bajó las manos por su espalda hasta encontrarse con la tela de sus calzoncillos y metió las manos por dentro. Ethan se movió para ayudarle a que se los quitara. Alargó la mano hacia sus pantalones y en unos segundos estaba colocándose entre sus piernas, mirándola a los ojos.

—Eres preciosa —susurró.

La besó como para sellar sus palabras, mientras se movía sobre ella y entraba con una lentitud exasperante en su interior. Alex le rodeó con sus piernas, animándole a seguir, y él no se hizo de rogar. Ethan comenzó a moverse despacio. Quería alargarlo porque nunca antes había sentido algo así con nadie, nada que pareciera ir más allá del sexo sin más. No quería que terminara, parecía que no se cansaba de besarla y le encantaba todo de ella. Era especial, pensaba, mientras acariciaba su cuerpo con las manos y sus gemidos le incitaban a seguir. Pronto no puedo seguir con aquel ritmo, ella lo abrazaba con tanta fuerza que no pudo alargarlo más y se dejó llevar.

Mientras se echaba a un lado sin aliento no dejaba de mirarla, como si temiera que lo que acababa de sentir con ella hubiera sido un espejismo. Pero no, la besó y de nuevo sintió que su cuerpo respondía igual.

Sí, era especial. ¿Cómo demonios no se había dado cuenta antes?

Skye y Owen se habían alejado tanto que ya no estaban en ninguna de las playas de las discotecas ni la del hotel, había salido por el otro lado y habían continuado caminando. La noche era brillante gracias a la luna llena, que lo iluminaba todo de manera espectacular. Hacía rato que no hablaban, aunque el silencio entre ellos no era incómodo, todo lo contrario.

Llegaron a una zona donde comenzaba a haber alguna roca y Skye miró hacia atrás.

—¿Damos la vuelta? —preguntó, consciente de lo mucho que se habían alejado de la civilización.

—También podemos sentarnos un rato, hace muy buena noche. En Boston no se ven estas estrellas.

La excusa le sonó pobre, pero era lo único que se le ocurría para alargar el tiempo con ella.

Skye miró al cielo, pensando en si sería alguna excusa (poco original, eso sí) para alargar la noche juntos, o si de verdad sería un admirador del firmamento. En cualquier caso, no le apetecía volver al hotel todavía. Prefería quedarse allí con él, para ser sincera.

—Tampoco en San Francisco —dijo, mientras miraba las rocas y la arena, buscando dónde sentarse.

—Ha llegado el momento de revelar mi lado caballeroso. —Se quitó la chaqueta y la extendió sobre la arena, en un hueco entre las rocas que les ocultaba de la vista, aunque tampoco había nadie paseando por ahí en aquel momento—. ¿Ves? Ir elegante pero informal tiene sus ventajas.

—Te lo recordaré la próxima vez que vea un charco, creo que las chaquetas también son útiles para no mojarse los zapatos.

—No abuses, que cuestan un ojo de la cara.

Skye se sentó y él hizo lo propio a su lado, acercándose lo máximo posible para compartir la tela de la chaqueta.

—Seguro que el sueldo de jefe de campaña da para ciertos lujos.

—Bueno, sí, de eso no puedo quejarme.

—Hemos hablado mucho de mi trabajo, pero poco del tuyo. Y la noche de los margaritas fuiste muy claro al respecto, parecías harto de no tener vida... ¿era una especie de pataleta o te planteas dejarlo?

Owen se cruzó de brazos, eligiendo bien qué palabras decir. No podía olvidar que Skye era la mejor amiga de Alex, cualquier cosa que él dijera podría acabar llegando a oídos de Ethan, aunque fuera sin mala intención.

—Lo que dije fue que desde la universidad no he dejado de trabajar. Ethan y yo vamos de la mano desde entonces, y si él ha llegado tan arriba puedes imaginarte que no ha sido a costa de pasar los días tomando el sol.

—Eso lo supongo, pero me pregunto si de verdad quieres pasarte el resto de tu vida así.

—¿Y qué me sugieres, que lo deje todo sin más? ¿Para hacer qué?

—No tengo ni idea, pero seguro que hay alguna cosa que te gustaría intentar. Todos tenemos esa espina, la mía es coger un avión y desaparecer del mapa con una mochila al hombro... sin explicaciones, sin preocupaciones.

—Las obligaciones del mundo actual— murmuró él, asintiendo.

Él también había fantaseado con hacer aquello, suponía que le pasaba a todo el mundo en algún momento estresante de su vida. Al igual que la idea de abandonar el trabajo, era un tema recurrente en general, pero nunca lo había analizado en serio. ¿Qué iba a hacer si lo dejaba? Lo suyo era la política, pero tenía claro que era algo a lo que había que dedicar tiempo en cantidades industriales. Por otro lado comprendía las palabras de Skye, pues tenía treinta y tres años y no quería levantarse un día, mirar atrás y descubrir que no había hecho nada más en toda su vida.

Tampoco había tenido nunca un motivo para pensarlo, pero quizás había llegado el momento. Parecía que la brisa nocturna del mar ayudaba a aclarar sus ideas, y también la presencia de Skye, que hablaba con total claridad.

—¿Vas a hablar con Ethan sobre la carga que tienes? —Ella le dio un pequeño empujón con el hombro—. Quizá deba ponerte un ayudante.

—Sí, un par de becarios a quienes explotar.

Lo dijo en broma, pero la idea se quedó en su cabeza. Tampoco era nada malo, delegar parte de su trabajo para no acabar quemado y poder continuar con las partes que le gustaban. Y no sería complicado encontrar gente, siempre había voluntarios disponibles entre los seguidores del partido.

—Te has quedado muy callado.

—Pensaba en la campaña, el trabajo que nos espera a la vuelta va a ser una pesadilla. —Tiró de una manga de la chaqueta hacia arriba y se tumbó para apoyar la cabeza en ella—. Mejor miramos las estrellas, son menos complicadas.

Dio un par de palmadas a su lado. Skye sabía que aquello era un error. Debería decirle que era hora de volver, establecer una distancia de seguridad y evitar tocarse. Pero en lugar de eso, movió la otra manga tal y como había hecho él y se tumbó a su lado. Se quedaron mirando al cielo, tan cerca el uno del otro que se rozaban. Demasiada intimidad, pero no se movió.

Owen señaló al cielo, a unas estrellas justo encima de ellos.

—¿Ves eso? Es Pegaso. —Señaló otras—. ¿Y aquella? Andrómeda.

—¿Hablas de constelaciones o de Caballeros del Zodíaco?

—En realidad de nada, no tengo ni idea de qué miramos, pero me ha quedado bien, ¿no?

Skye se echó a reír y giró la cabeza para mirarle. Lo cual fue el siguiente error a añadir a todos los de la lista de la noche, porque se encontró con sus ojos, aquellos enormes ojos azules que le perdían. Y antes de que se diera cuenta se estaban besando. No sabía si había sido ella quien se había acercado o él, pero daba igual. No pasaba nada por saltarse su propia norma, ¿no? ¿Quién había dicho que el tres era el número clave? Ni que el cuatro fuera para tanto, pensó mientras le quitaba la camisa.

Owen la estaba desnudando también, evitando pensar en que estaban en plena playa y la norma aquella de las tres veces… pero por cómo le besaba, suponía que ella tampoco lo estaba tomando en consideración. No había planeado aquello, pero no podía evitarlo. Skye le atraía como un imán, y lo peor era que encima hablaban y se llevaban bien, cuanto más la conocía, más le gustaba.

Y mientras sus cuerpos se unían en la oscuridad, se dio cuenta de que no solo había pasado aquella barrera del número tres, sino que tampoco quería quedarse en el cuatro. Quería más de ella.

Con Owen encima, Skye miraba al cielo abrazándole mientras recuperaba la respiración y se preguntaba cómo demonios había dejado que aquello pasara porque algo había cambiado. No había sido como la boda, ni el ascensor, ni el jacuzzi. Algo había cambiado.

Capítulo 10

Alex entreabrió los ojos, notando la luz del sol sobre su cara. Se quedó unos segundos mirando la ventana, sin reconocer aquellas cortinas, hasta que notó un brazo que le rodeaba la cintura. Bajó la mano para apartar a Skye, pero al tocar aquella piel sintió el vello que la cubría… y su cerebro terminó de despertarse.

Se sentó de golpe y se cubrió con la sábana, mientras Ethan se frotaba los ojos somnoliento.

—¿Qué pasa? —preguntó, buscando su reloj—. ¿Es muy tarde?

—No, no, es que… —Se pasó las manos por el pelo, preguntándose qué aspecto tendría—. No me acordaba de… bueno, de esto.

Ethan se incorporó con media sonrisa y la besó en un hombro.

—Que no te acuerdes no me deja en muy buen lugar —bromeó—. Pero no tengo ningún problema en recordártelo.

Cogió la esquina de sábana que ella sujetaba, pero Alex no la soltó. Ethan frunció el ceño, despertando del todo.

—¿Estás bien?

—Sí. —Tragó saliva, evitando mirarlo—. No. No lo sé, Ethan. Es que tú… es que yo… —Se mordió un labio—. Y está Peyton… —murmuró.

—¿Peyton? —Ethan hizo un gesto de asco, sin entender por qué la mencionaba—. ¿Qué pinta ella en todo esto?

Alex desvió la mirada, sin saber cómo expresar lo que le preocupaba. Porque ya se había dado cuenta de que había estropeado lo que podía haber sido un despertar romántico y genial entre sus brazos, y temía fastidiarlo del todo.

—¿Me estás diciendo que te preocupa que se enfade contigo porque nos hemos acostado? —preguntó él—. Porque te recuerdo que no la estoy engañando, rompimos.

—No, no eso. Solo pienso… —Se encogió de hombros—. Si en algún momento tú…

—Yo, ¿qué?

—Has… has pensado en ella.

—¿Cuándo? —Abrió los ojos con incredulidad—. ¿Te estás refiriendo a anoche? —Ella afirmó—. ¿Estás loca?

—Bueno, tampoco hace falta insultar. Ponte en mi lugar, ella y yo no nos parecemos en nada, Peyton es tan perfecta…

—¿Perfecta en qué?

Aquello la descolocó. ¿Ethan no la encontraba perfecta? Bueno, claro, le había engañado. Pero antes de eso iban a casarse, tenía que haber estado enamorado de ella, ¿no?

—Solo sobre el papel —continuó él, acomodándose una almohada en la espalda—. Mis asesores la eligieron entre varias candidatas, me la presentaron y me pareció bien.

Ella parpadeó sorprendida. «Bien» no era la palabra que ella utilizaría para describir a alguien con quien fuera a casarse, desde luego.

—Pensaba que la querías —se aventuró a decir.

—No, qué va. —La miró de reojo—. Ya sé que no suena muy bien, pero solo era un medio para llegar a un objetivo. Casi como… digamos como los trajes que me pongo o los discursos que me escriben. Y ella lo sabía. Aunque no pensaba que se lo tomaría tan a la ligera como para acostarse con otro, cuando no lo hacía conmigo. Porque ese era uno de los puntos a su favor: ser hija de un pastor y tener un pasado limpio y sin escándalos sexuales. —Alex le miraba fijamente—. ¿Qué pasa? ¿Qué he dicho?

—¿No te acostaste con ella?

—No. Me dijo que quería esperar al matrimonio. —Sonrió con ironía—. Y tampoco era un tema que me preocupara, no tenía mucho tiempo para pasar con ella. —Alex le abrazó, y él le acarició el pelo, sorprendido—. ¿Era eso? —Recordó un comentario de Owen—. ¿Te preocupaba que os comparara en la cama o algo así?

—Algo así.

—Alex, perdona que te insulte otra vez, pero eres tonta. Ya quisiera tu hermana tener tus curvas. —Puso un dedo bajo su barbilla para elevar su rostro y besarla—. ¿Y si yo te preguntara si me has comparado con tu ex marido?

—Eso es una tontería.

—Pues ahí tienes tu respuesta. ¿Tienes alguna pregunta más? Porque me gustaría volver a repetir la parte de no hablar, como anoche.

Alex sonrió y le besó, dejando caer la sábana como respuesta. Si a Ethan le gustaban sus curvas, no iba a ser ella quien se lo discutiera. Skye tenía razón, tenía que dejar todos los complejos a un lado.

Permanecieron en la cama hasta que sintieron hambre, momento en el que Ethan descolgó el teléfono para llamar a recepción y pedir comida.

—¿No será ya la hora de irnos? —preguntó Alex, dándose cuenta de que era casi mediodía.

—Tranquila, recuerda estas palabras clave: *late check out*. Tenemos hasta las dos.

Alex ni se había fijado en qué tipo de habitación había pedido Ethan la noche anterior, había estado solo pendiente de él.

Minutos después, un camarero dejaba unas bandejas con el desayuno más variado que Alex había visto jamás.

—Esto es perfecto —murmuró, levantándose.

—¿No quieres desayunar aquí dentro?

—Desayunar en la cama —dijo ella, alzando una ceja—. Claro ejemplo de buen concepto con mala resolución. Es muy incómodo. —Sonrió.

Ethan correspondió a la sonrisa, saliendo de entre las sábanas para reunirse con ella frente a la ventana, allá donde Alex se había acomodado.

No hablaron mucho mientras comían, ambos pendientes de estudiarse mutuamente. Entre bocados de tostada y sorbitos de zumo de naranja, Alex no perdía detalle de cada parte de aquel hombre por el que llevaba tanto tiempo suspirando. Aún le costaba separar la imagen encorsetada del Ethan de Boston con la del hombre que había conocido allí, mucho más natural y extrovertido. Cierto era que habían empezado con mal pie, pero las cosas habían cambiado por completo.

Sabía que debería estar disfrutando de la comida y del maravilloso espécimen que la acompañaba, pero Alex no dejaba de pensar en qué sucedería después. Estaba claro que era pronto para mencionar siquiera la palabra «relación», aunque ella tuviera sentimientos desde hacía mucho antes. Y no quería forzar la situación, ni estropear lo que acababa de pasar.

Ethan sonreía. Parecía relajado, feliz, mientras que Alex se esforzaba en encontrar un tema neutro del que pudieran charlar. No le ocurría aquello a menudo, así que no sabía bien cómo portarse. Antes de que el pánico la dominara y soltara cualquier estupidez se levantó con una sonrisa.

—Voy un momento al baño.

Una vez dentro, cerró con pestillo y sacó su móvil. Segundos después, esperaba ansiosa a que su amiga descolgara.

—¿Sí? —Skye respondió como si acabara de despertarse.

—¡Soy yo! —Alex se dio cuenta que estaba susurrando muy alto y bajó el tono—. ¿Dónde estás?

—Mmmm… espera.

Alex aguardó, confusa, y entonces oyó un carraspeo al otro lado de la línea.

—Ni puñetera idea.

—¿Qué?

—Que no sé dónde estoy. Estamos. O sea, estamos en la playa de anoche, pero a saber dónde.

—Pero, ¿no volviste al hotel? ¿Te has quedado a dormir en la playa así, sin más?

—Hombre, sin más, sin más no… con Owen. Ya sabes, cosas que pasan.

—¿Cosas que pasan? —Alex volvió a alzar el tono.

—Como si fuera la primera vez que me quedo dormida en una playa…

—¿Y no tienes arena por todas partes? Esto tiene que ser incómodo, no me imagino cómo…

—¿Por qué subes y bajas el tono, Cuchipanda? ¿Dónde estás tú?

Alex se apoyó contra la puerta, suspirando.

—A ver, resumen rápido que no tengo mucho tiempo —susurró—. Anoche terminamos viniendo al hotel, el hotel al que pertenece la playa donde has dormido. Ya sabes, la de la valla con…

Sky soltó un bufido al otro lado.

—¿No iba a ser un resumen rápido? ¡Deja de hablar de la valla y dame detalles!

—Vale, vale… en fin, que hemos pasado la noche juntos.

—¿Durmiendo o con sexo?

—Con todo.

—Hija, parece que estés haciendo un pedido de comida rápida. Con todo. —Y al momento se empezó a reír al otro lado del teléfono—. Por favor, una de senador con todo. Y picante, gracias. Huy, no, que a ti te va el sirope. ¿Le has echado un poco por encima?

Alex estuvo tentada de echarse a reír, pero se contuvo. Si Ethan la oía a saber qué creería que estaba haciendo allí dentro.

—No digas tonterías, anda —contestó.

—No sé, como dices que el sirope va con todo… En fin, ¿qué tal es en la cama?

—A ver, que no te he llamado para darte ese tipo de detalles, sino porque ahora mismo estamos compartiendo un desayuno que ni en *Pretty woman*, ¡y no sé cómo comportarme! Es decir, ¿intento ser natural, o…?

—No, no, olvídalo. Cuando intentas ser natural abres demasiado los ojos y quedas rara. ¿Qué ha dicho él?

—Hemos hablado un poco sobre Peyton.

—Vaya, que romántico.

—Luego te lo explico bien, que sé cómo suena, pero he salido ganando en la comparación.

Skye hizo un ruidito escéptico, como si no terminara de creer que cualquier conversación que tratara sobre Peyton pudiera tener un buen final.

—He tenido un pequeño momento de pánico, pero me ha dicho que no sea tonta y…

—Esto mejora por momentos.

—El problema es que no sé cómo actuar. ¿Hago como si no tuviera importancia y fuera algo que suelo hacer a menudo? Porque hasta donde yo sé, solo ha sido sexo.

—¿Y ha estado bien? —preguntó Skye, haciendo otro intento.

—¿Quieres hacerme caso, por favor? ¡Estoy encerrada en el baño cuchicheando contigo por el móvil y no me estás ayudando!

—Cuchipanda, cálmate ahora mismo —dijo Skye, con tono sereno—. Vale, comprendo tu ataque de pánico, en serio. Sé que a nivel de sentimientos no estáis a la par. Piensa que esta noche has tenido la oportunidad que llevabas esperando tanto tiempo, y que hasta que él no se pronuncie sobre el tema, es una experiencia genial de la que tendrás el recuerdo. No fuerces, ¿vale? Vuelve dentro, disfruta del desayuno y habla de cualquier cosa.

—¿De qué?

—Pues… de la siguiente excursión. Es un tema perfecto, le cuentas cuál te apetece hacer y esperas para ver si se ofrece a ir de acompañante. Si lo hace estupendo, si no pues sales del paso diciendo que obviamente ibas a hacerla conmigo… y así ya sabes si el interés va más allá de una noche o no.

—Es una buena idea —admitió Alex, más calmada.

—Tú deja que sea él quien dé las señales, así sabrás como actuar.

—Gracias, oveja negra número dos. Haz el favor de volver al hotel, luego nos vemos.

Skye cortó la llamada y depositó el móvil en el interior de su bolso, bolso del que se había olvidado por completo durante las horas que se habían quedado dormidos en la playa. Podrían haberles robado, atacado, cualquier cosa.

—¿Quién era? —preguntó Owen, desperezándose como si estuviera metido en la cama y no en el suelo de una playa.

—Alex. Ataque de pánico, solucionado.

Él se incorporó, frotándose los ojos y mirando a su alrededor confuso.

—Nos hemos quedado dormidos aquí —verbalizó lo obvio, consciente de que ya había gente en las zonas más accesibles de la playa.

—Deberíamos irnos —dijo ella, tras echar un vistazo a su ropa y constatar que un vestido rojo corto y escotado no parecía lo más indicado para esas horas, por no hablar de su pelo revuelto.

—No te preocupes, aquí todo el mundo va vestido como si estuvieran de fiesta de forma permanente —dijo Owen, en tono tranquilo—. ¿Y si nos damos un baño?

—¿Sin los bañadores? ¿En serio? —preguntó ella.

El chico se encogió de hombros, acercándose hasta quedar sentado a su lado.

—La ropa interior es lo mismo que un bañador. Así nos despertamos en condiciones, y luego nos vamos a comer.

—¿No es un poco pronto para comer?

—En realidad, no tenemos por qué regresar ahora, no hay toque de queda. Hasta podemos pasar el día por ahí tú y yo solos.

Skye lo sopesó unos segundos, mirándole pensativa.

—Además —continuó él—, tengo la sensación de que nadie nos va a echar de menos, ¿no? —Al ver que ella dudaba, Owen mostró una sonrisa leve que era casi una provocación—. Pensaba que eras la chica que se saltaba las normas sin problema.

—Y yo que tú eras el chico que no lo hacía.

—Parece que se han cambiado los papeles.

Skye se dio cuenta de que tenía razón. No había nadie esperándoles, y aunque sí fuera, tanto Alex como Ethan eran adultos y podían entretenerse solos. La ropa era el menor de los problemas, y cuando se bañaran, el pelo dejaría de serlo. Y sí, le apetecía pasar el día con él, aunque por otro lado no estaba segura de si seguir conociéndolo era lo mejor.

Lo miró mientras se deshacía de la ropa. Owen no tenía nada de especial. Era un tío pálido, delgaducho y lleno de pecas. Político, encima. Poseía todos los ingredientes necesarios para no despertar el interés de una chica como ella. Pero había ocurrido, y de pronto las pecas le gustaban, no importaba que no tuviera bíceps y cuando la miraba con aquellos ojos la desestabilizaba.

Quedaban menos de dos semanas y Skye no tenía ni idea de lo que iba a pasar si seguía por ese camino. Cierto era que en la excursión a Xel-Ha Owen le había asegurado que no pensaba darle problemas, ¿mantendría su palabra? ¿Y si ella quería que se los diera?

Él interrumpió aquella línea de pensamientos tirando de su muñeca para que se levantara. Skye lo hizo sin pensar demasiado. Como rezaba otro de sus tatuajes, uno no accesible a todos los públicos, *carpe diem*.

* * *

Alex abrió los ojos despacio, y al instante notó que era muy temprano. No se escuchaban apenas ruidos, excepto algunos rumores lejanos que llegaban de las zonas del hotel donde la actividad ya había comenzado. Se giró para encontrar a su amiga dormida junto a ella. Frunció el ceño, ya que al acostarse eran más de las dos y Skye aún no había regresado; por lo visto, lo había hecho en algún momento entre esa hora y las siete que ahora marcaba su reloj.

Al desconocer el paradero de sus amigos y sus intenciones de volver, Ethan había optado por meterse en su habitación tras desearle buenas noches con una sonrisa. Aquel detalle, pese a ser correcto, había frustrado un poco a Alex. Y fue precisamente esa frustración la que hizo que no sintiera el menor remordimiento de menear a su amiga para despertarla.

—Skye —dijo, zarandeándola.

La joven entreabrió medio ojo para mirarla.

—¿Qué?

—Vamos a desayunar, tengo hambre.

—Pero Alex, son... —Skye tanteó en su mesilla sin mirar, casi tirando la lámpara en el proceso, hasta poder ver la hora en su móvil—. ¡Las siete! Ni siquiera he dormido tres horas.

—Pues te aguantas, no haber vuelto tan tarde.

—Vale, mamá... —Skye se giró, dispuesta a ignorarla, pero Alex le quitó las sábanas—. ¡Alex!

—¿Qué haces durmiendo en bikini? —preguntó esta, atónita—. ¿Y de dónde lo has sacado? No es ninguno de los tuyos.

Skye se incorporó, refunfuñando.

—Tuve que comprarme uno de emergencia.

—Vamos a desayunar. Tenemos que hablar.

—¿Es que ya no me quieres? —bromeó la chica, estirándose—. No es por ti, es por mí, que llego de madrugada sin avisar. —Le sacó la lengua.

Alex sonrió a su pesar. ¿Cómo lo hacía, que parecía imposible estar enfadada con ella más de cinco segundos? Meneó la cabeza, devolviendo el gesto burlón, para después levantarse hasta el baño. Tras ducharse salió a vestirse, y entonces fue Skye quien la reemplazó en el baño, sobre todo para asegurarse de que el agua fría la despejaba. Hicieron todo en el mayor silencio posible para no molestar a los dos chicos, que continuaban durmiendo en su cuarto, y hasta el clic de la puerta al salir apenas fue audible. Justo cuando salían vieron dos carritos de limpieza plantados delante suyo, tan cerca que a Skye poco le faltó para llevarse uno por delante.

—Pero, ¿qué coño…? —protestó, recuperando el equilibrio mientras dos mujeres mejicanas aparecían de detrás como por arte de magia—. ¿Hace falta dejar esto justo delante de la puerta?

Alex salió tras ella, esquivando el carro lleno de sábanas y artículos de baño.

—Ay, Virgen santísima, perdón —se apresuró a decir una, con cara angustiada—. Creíamos que era la habitación de los abogados y lo hemos dejado preparado porque suelen levantarse temprano.

Alex arqueó una ceja, intercambiando una mirada con Skye.

—¿Los abogados? —preguntó, pensando que tal vez aquellas mujeres estaban confundidas—. Aquí no hay ningún abogado.

Las mujeres se miraron entre ellas.

—Dos abogados, con traje y… —empezó una.

—Calla, Guadalupe.

—Un momento. —Alex se cruzó de brazos—. ¿Guadalupe? ¿Y tú Gabriela? —Ahora las dos mujeres la miraron, abriendo los ojos como platos—. ¡O sea, que esas tarjetitas que encontramos continuamente en nuestras camas y armarios son vuestras!

Guadalupe bajó la mirada al instante, pero Gabriela no.

—Señora, es costumbre dejar una tarjeta con el nombre de la camarera de habitación. Para las propinas, ya sabe —explicó.

—¿Todos los días? ¿Y añadiendo el número de teléfono?

Skye miraba a Alex sin dar crédito, no creía haberla visto nunca plantar cara de esa manera, hasta su voz se había vuelto firme. Casi tuvo un acceso de risa al darse cuenta de que estaba celosa de que aquellas dos mujeres intentaran ligar con Ethan, pero lo controló para no estropear el momento de autoridad de Alex.

—A nosotras no nos dejáis notitas —intervino, tratando de quitar tensión—. Y también estamos en esa suite alojadas.

—Perdón —empezó a decir Guadalupe—. No sabíamos, de verdad. No pretendíamos molestar.

Gabriela parecía reacia a disculparse con la misma velocidad que su compañera, así que murmuró algunas palabras que ninguna entendió, y procedió a empujar el carrito en dirección contraria. Segundos después, Guadalupe la siguió tras murmurar otra excusa aturullada.

—¡Vaya con las chicas de la limpieza! —exclamó Alex, aún enfurruñada—. ¡Ya decía yo! Un día hasta había bombones en mi almohada, y resulta que eran estas espabiladas.

—No te había visto nunca marcando terreno de esta forma —dijo Skye—. ¡Ha merecido la pena madrugar solo por ver esto!

Pulsó el botón del ascensor mientras Alex asimilaba sus palabras.

—No ha sido marcar terreno —dijo, negando de manera categórica.

—¡Vaya que no! Te ha faltado tirarle la tarjeta a la cara a esa Gabriela. Vamos, porque no la tenías en las manos, si no lo haces. —Skye se desternillaba de risa.

Alex resopló.

—¡Me molesta! Les dejan chocolate, sus números y hasta perfuman las sábanas, ¡seguro!

—¿Y qué? Alejandro nos lleva a todas partes por un precio ridículo y nos consigue entradas gratis para lo que le pedimos, así son las cosas. Además, confía en Ethan… no lo veo teniendo líos con cualquier chica que se le pone a tiro, la verdad.

El ascensor se abrió en el comedor, así que las dos bajaron. Alex siguió a su amiga hasta la cola, pensativa, y mantuvo aquella expresión mientras cogían las bandejas.

Una vez sentadas, Skye se recostó sobre la silla, mirando con cara de asco como Alex terminaba de mezclar el bacon con el sirope.

—¿Cómo te fue ayer con el senador? —preguntó.

—La verdad que bien. Hice lo que dijiste y le hablé sobre ir a hacer snorkel, que es algo que siempre he querido hacer —comentó ella—. Y me respondió que era una idea estupenda, que podíamos ir los cuatro hoy. Entonces no me queda claro si eso es bueno o malo.

Skye frunció los labios.

—Yo no diría malo. Me refiero a que se nota que quiere seguir pasando tiempo contigo, y aunque es cierto que podía haberte propuesto ir solos, quizá hizo lo que le pareció más correcto. Ya sabes, por no dejar tirado a su amigo.

Alex asintió.

—Yo también he pensado eso, además es lo más lógico.

—¿Y después? ¿Qué pasó el resto del tiempo?

—Comimos juntos y volvimos aquí. Es que yo creía que estarías de vuelta tú también. —Skye miró al techo de forma disimulada—. Te escribí varios mensajes para ver cuándo regresabas, pero me ignoraste, asquerosa.

Su amiga al fin se animó a pinchar fruta de un cuenco, aunque Alex no supo si lo hacía por hambre o para despistarla. A Skye se le daba muy bien desviar la atención cuando quería, pero en esos momentos era precisamente cuando hacía falta enfocarla en ella.

—Cuéntame —pidió—. Porque Ethan y yo nos limitamos a tomar un par de copas antes de acostarnos cada uno en nuestra cama... ya sabes, la idea de que pudierais aparecer de repente es muy efectiva para mantener las formas.

—Siento no haber respondido, me quedé sin batería. Por mi culpa has perdido un polvo. —Puso cara de pena.

—Venga, cuenta, ¿qué hiciste ayer todo el día?

—Nos fuimos a una excursión de esas que te llevan en lancha por el mar y te tiras todo el día al sol bebiendo y bañándote. Deberías probarlo, es genial para ponerse las pilas, aunque la música es otro tema. Fue idea de Owen.

—Esperaba que me dijeras que habías estado metida en una habitación todo el día teniendo sexo.

—Pues no. —Skye la miró intrigada—. ¿Qué pasa, te crees que soy un conejo o qué?

—No. —Alex tuvo un ataque de risa al oírla—. No lo digo por eso. Es que me alucina bastante que te hayas tirado todo el día como en una relación de pareja y ni te hayas dado cuenta.

Skye apartó el cuenco de frutas y se cruzó de brazos.

—Me he dado cuenta, créeme —refunfuñó.

—¿Y entonces?

—Entonces, el ángel de la derecha me dice que vaya con cuidado, y el diablo de la izquierda que me divierta sin complicaciones. Y yo soy más de hacer caso al de la izquierda, ya me conoces.

Alex asintió con lentitud.

—Supongo que si él te gusta de verdad podrías hacer algo al respecto.

—Es un follón. Y no me refiero a un follón en plan «Qué coñazo coger un avión para verte», sino a uno mucho mayor, porque él tiene su carrera y su vida en Boston, y a mí jamás se me ocurriría pedirle que renunciara a todo.

—Pero, ¿y tú? ¿No has pensado volver?

—Yo también tengo mi vida en San Francisco.

—Eres *freelance*— le recordó Alex con amabilidad.

—Sí, soy *freelance*, con mi cartera de contactos y mis clientes en San Francisco. Allí está mi casa, mis amigos… no me parece justo tener que dejarlo todo por un tío, igual que no se lo pediría a él. ¡Si solo nos conocemos desde hace tres semanas!

Alex la comprendía. Una parte de ella se alegraría mucho si decidiera regresar a Boston porque así podrían pasar más tiempo juntas, pero dejar atrás toda tu vida por alguien a quien acababas de conocer era muy arriesgado y daba miedo, por mucho que te gustara. Por otro lado le daba pena, su lado romántico quería imponerse y gritarle que aprovechara, que no había muchas posibilidades de que tuviera una química como la que ellos tenían así, sin más.

—¿Habéis hablado de este tema?

—Lo hablamos al principio y prometió no darme problemas. Así que si él puede hacer esto sin movidas sentimentales, yo también.

—Yo creo…

—Llevamos mucho tiempo hablando de mí. ¿Qué pasa entonces entre Ethan y tú?

—Lo cierto es que no tengo ni idea.

—Solo dime una cosa. —Skye se inclinó hacia ella, mirándola fijamente—. Es mejor que tu ex marido en la cama, ¿verdad? ¡Vamos, quiero detalles, de algo me tiene que servir ser tu mejor amiga!

Millicent y Olivia pasaron a su lado, por lo que ambas se callaron. Las mujeres les lanzaron un par de miradas avinagradas antes de ir en busca de su desayuno, y las mantuvieron cuando se sentaron justo en la mesa de al lado.

—¿Entonces? —insistió Skye—. Del uno al diez.

Alex miró de reojo a las mujeres, que no perdían detalle pese a no saber de qué hablaban.

—Un doce —dijo.

—¿Lo sacas de la gráfica? —preguntó Skye, con los ojos como platos—. ¿Seguro que es un doce, o es que había pasado tanto tiempo que, ejem, se te había olvidado cómo iba el tema?

—¡Un doce! —Alex le lanzó una tostada, dudando entre enfadarse o reírse.

—Entonces tienes que… jugar el segundo partido ya, sin falta. No vaya a ser que la liga termine antes de tiempo, a veces las temporadas son más cortas de que lo que pensamos.

Alex se levantó, abandonando la idea de que pudieran terminar su desayuno tranquilas mientras siguieran teniendo espectadoras.

—Bueno, primero tenemos que sobrevivir al snorkel —repuso, consultando su reloj con una mueca—. Será mejor que despertemos a los chicos, que salimos en un par de horas.

Skye la siguió, no sin antes dedicar a las cotillas una amplia sonrisa.

—¿Qué tal van, vecinas? —preguntó, guiñándoles un ojo—. ¿Ya han conseguido todos los tickets del hotel? Espero que disfruten del día.

Se marchó sin esperar respuesta, dejando a las dos con el ceño fruncido.

—Maleducadas— murmuró Millicent.

—Nada bueno puedes esperar de gente que mezcla el bacon con sirope… —Olivia puso los ojos en blanco.

—¿Snorkel? —Owen miraba a Ethan aún medio dormido, pensando que había entendido mal——. ¿Que quieres ir a hacer snorkel?

—Hemos quedado con las chicas.

—¿Cuándo?

—Ahora, en diez minutos. Están esperándonos fuera.

—No, digo que cuándo hemos hecho este plan, porque no recuerdo que habláramos anoche.

—A las horas que llegaste como para hablar. Alex me preguntó si me apetecía y no quería dejarte tirado, así que le propuse que fuéramos los cuatro.

—Ah, pues gracias por lo de no dejarme tirado, pero hoy sí que habría dormido un buen rato más. —Bostezó—. Ya voy, ya voy. —Se levantó frotándose los ojos—. Y por cierto, me tienes que contar qué ha pasado y tal, que me tienes desinformado. Deduzco que no ha sido solo una noche si estáis haciendo planes de pareja, pero algún detalle no estaría mal.

Ethan no contestó, con la palabra «pareja» rondando en su mente. En realidad no habían llegado a hablar de en qué situación estaban, solo habían disfrutado de pasar el día juntos y habían hecho planes para el siguiente. No sabía qué pensaba ella tampoco, si solo era algo que había surgido sin más y desaparecería de la misma forma cuando volvieran o qué.

Mierda. Otra vez tendrían que hablar. ¿Cuántas veces se había encontrado diciendo eso en aquellas vacaciones? Ya imaginaba la cara de Owen si lo verbalizaba, así que se quedó callado.

Unos minutos después ya estaban listos, así que salieron de la habitación y se reunieron con las chicas, que estaban esperándoles en el salón.

—Vamos, que Alejandro nos espera —dijo Skye, dirigiéndose hacia la puerta.

Alex se había quedado mirando a Ethan, sin saber cómo comportarse. Lo mismo se acercaba a darle un beso como saludo y a él le parecía mal esas muestras de afecto en público, o prefería mantener las distancias delante de sus amigos. Él pareció también dudar un par de segundos, pero acabó acercándose y le cogió una mano, dándole un beso en la mejilla.

—¿Has dicho Alejandro? —repitió Owen, alcanzando a Skye—. No creo que le haga mucha gracia vernos aparecer.

—Bah, tú déjale buena propina, así se le pasarán todos los males.

—¿Encima tengo que tenerlo contento?

Salieron de la suite hablando sobre el tema, mientras Ethan y Alex se miraban con una sonrisa.

—¿Qué tal has dormido? —preguntó él.

—Regular.

—Yo también. He dado vueltas hasta que ha llegado Owen y, créeme, no es lo mismo que dormir contigo.

—¿Pero venís o qué? —interrumpió Skye, asomándose por la puerta—— Que lo de desaparecer es solo cuando se va a por bebidas, no por la mañana.

—Ya vamos, qué prisas —murmuró Alex.

Ethan no la soltó, así que salieron de la mano y bajaron todos en el ascensor.

Alejandro los estaba esperando apoyado en su furgoneta con una sonrisa, que desapareció en cuanto vio que las chicas no estaban solas.

—¡Buenos días, Alejandro! —saludó Skye, ignorando su gesto y mostrándole la mejor de sus sonrisas—. No te importa que seamos más, ¿no?

—*Cuatro no son dos, eso es más lana.*

—Perfecto entonces.

Se subió a la furgoneta sin haber entendido nada, mientras Owen sacaba la cartera moviendo la cabeza. Le dio un par de billetes al chico, que no cambió la expresión. Así que le fue entregando más hasta que Alejandro afirmó con la cabeza y se los guardó.

—*Hay trato* —dijo—. *Suban.*

—¿Pero cuánta propina le has dado? —le preguntó Skye a Owen cuando este se sentó a su lado—. No sabía que fueras tan generoso.

—De propina nada, que este tiene un morro...

—Pues voy a hablar con él.

Hizo ademán de tocarle un hombro, pero Alex se lo impidió.

—Déjalo, que está conduciendo, mejor no le distraigas —dijo—. Y es normal que pida algo más, somos cuatro ahora.

Skye no estaba muy convencida, pero tampoco quería estropear la excursión regateando, así que lo dejó pasar.

Owen estaba preparado para tener que negociar él, pero su pago extra debió ser suficiente porque el mejicano se encargó de todo por ellos. Los dejó con el monitor, que hablaba su idioma, y quedaron en que los recogería por la tarde, ya que también había un sitio allí para comer y así aprovecharían mejor el día.

Se fueron a cambiar a unos vestuarios y cuando salieron, el chico les entregó unas máscaras para el snorkel y explicó por dónde iban a bucear y qué iban a ver.

Cuando se estaban aproximando a la orilla, Ethan se acercó a Alex para hablarle en voz baja.

—Creo que es la primera vez que te veo en bikini.

—Ah, ¿sí? —Pensó rápidamente en alguna excusa, pero no se le ocurrió ninguna—. No, me has visto en la piscina. O en Xel-ha.

—Qué va, me da que te has estado ocultando de mí. —Ella enrojeció un poco—. Me alegro que ya no lo hagas.

Le dio un beso antes de ponerse la máscara, lo cual le dibujó una sonrisa que, supuso, era de lo más tonta. Pero le dio igual. Porque era consciente de que se había estado portando como una idiota por culpa de su hermana y de su madre, y tal y como Skye le había dicho millones de veces, tenía que dejar de tenerlas en cuenta. Ethan le estaba demostrando que su amiga tenía razón.

—Despierta —dijo la susodicha, dándole un codazo—. Que todavía te vas a ahogar. ¿Vas a mirar peces o abdominales? —se burló, señalando con la cabeza a Ethan, que estaba metiéndose en el agua.

—Ambos. Y pienso recrearme.

Le sacó la lengua y se puso su máscara para meterse también en el mar. La temperatura era perfecta, el día soleado y el agua estaba clara, por lo que podían ver perfectamente todos los peces y corales que había bajo la superficie.

Para Ethan no era nada nuevo, no era la primera vez que hacía snorkel o buceaba, pero según nadaban y descubrían todas las maravillas que había allí, se dio cuenta de que no estaba disfrutando solo de la actividad por el hecho en sí, sino por la compañía. Estaba relajado, sin pensar en nada más que en pasárselo bien, y aquello se lo debía a Alex.

Pasaron la mañana entre peces y alguna que otra barracuda lejana, y después comieron en uno de los restaurantes que había en la playa. El resto del tiempo hasta que Alejandro fue a buscarlos lo pasaron dormitando en la arena, acostados en las toallas bajo unas palmeras para no quemarse.

De vuelta al hotel, se cambiaron de ropa en sus zonas antes de bajar a cenar para terminar el día tomando algo en el bar.

—Momento de intriga y terror —bromeó Skye—. ¿Quién va a por bebidas, que ya sabemos que hay riesgo de desaparición?

—Vamos, te acompaño yo —dijo Alex, cogiéndola del brazo.

Skye la miró sorprendida, pero por su cara supuso que quería contarle algo a solas y no protestó. Una vez pidieron las bebidas, la miró con curiosidad.

—¿Ha pasado algo? —preguntó.

—Qué va a pasar, si hemos estado todo el día los cuatro juntos.

—Huy, perdona por disfrutar de tu compañía, querida mejor amiga.

—Que no lo digo por eso. —Le dio un empujón cariñoso—. Pero es que estaba pensando que bueno, nos quedan pocos días aquí.

—Y quieres pasarlos folleteando. No, si te entiendo, no creas.

—No es eso tampoco, hija, no me veo todo el día metida en la cama con él… —Se quedó pensativa unos segundos—. Bueno, sí, no te voy a mentir. Pero tampoco hace falta todo todo el día. Estaba pensando más bien en la noche.

—Vale, veo por dónde vas. Quieres que repartamos las habitaciones de nuevo, en plan perejil.

—¿Perejil? ¿Es eso algún sistema nuevo que no conozco?

—Parejil, quería decir. Mal voy si se me traba la lengua antes de los mojitos. —Cogió dos de las bebidas que les llevó el camarero y Alex hizo lo propio con las otras—. No hay problema. O sea, no sé qué pensará Owen porque sabes que lo nuestro…

—Es pasajero y nada íntimo ni que tenga que ver con ser pareja, lo sé. —Puso morritos—. ¿Te supone mucho problema?

—¿Dormir y tener sexo nocturno con un tío? —Puso cara de pensárselo, hasta que Alex resopló—. Vale, vale, que no pasa nada, le pregunto. ¿Te ha dicho algo Ethan?

—No, pero espero que le parezca bien.

—Huy, Alexandra Cuchipanda tomando la iniciativa. Me encanta, te han venido bien estas vacaciones.

—Graciosa.

Llegaron a las mesas haciendo equilibrios, pero consiguieron llevar las bebidas a la suya sin ningún percance. Poco después comenzó la música y Skye sacó a Owen a la pista, o más bien, le medio arrastró a ella.

Ethan pasó un brazo por detrás de los hombros de Alex para acercarla hacia sí y besarla.

—Por fin solos —comentó.

—Ya, sobre eso... —Carraspeó, mientras él levantaba una ceja de forma interrogante—. Le he preguntado a Skye a ver si le molestaría mucho cambiar y que durmiera con Owen. Ya sabes, volver a repartir las habitaciones y así tú y yo... quiero decir, si quieres. Que durmamos juntos. O no, no sé.

Se calló porque Ethan volvió a besarla, lo cual agradeció porque se estaba aturullando y no sabía ni lo que estaba diciendo.

—Me parece una idea genial. —Le acarició una mejilla—. También he pensado en ese jacuzzi que hay, bastante infrautilizado, ¿no te parece?

Alex empezó a pensar en todos los inconvenientes del agua, igual que en el ascensor, pero no encontró tantas pegas sino que más bien, notó que empezaba a acalorarse solo de pensarlo.

—Voy a hablar con ella —dijo—. A ver qué planes tienen.

Se fue a la pista dando saltitos y, cuando llegó junto a Skye y Owen, la cara de alivio de él dejó claro que no interrumpía nada.

—Me vuelvo a la mesa —informó el chico—. Esto de bailar no es lo mío.

Y se alejó antes de que pudieran impedirlo. Se dejó caer junto a Ethan y cogió su bebida para dar un largo trago.

—Me ha dicho Skye que queréis dormir juntos estos días que quedan —dijo.

—¿Te importa?

—No, no hay problema. —Lo miró de reojo, dando otro sorbo—. Te veo muy relajado.

—¿No era lo que querías? ¿Que me relajara y me olvidara de todo?

—Sí, pero no pensaba que llegarías tan lejos. Que me alegro, no me malinterpretes. Te ha costado, eso sí. Y me da la sensación de que no te lo estás tomando como una cosa puntual de verano.

Ethan consideró unos segundos sus palabras. Realmente no había considerado lo suyo con Alex de ninguna manera porque no habían hablado sobre ello, pero no le iban los rollos temporales. Y eso Owen lo sabía.

—Tenemos que hablarlo todavía —contestó.

—Pero cómo te gusta hablar. —Puso los ojos en blanco—. Pero sí, deberíais hacerlo porque pronto volveremos y tenemos que volver a poner en marcha la campaña.

Ethan frunció el ceño, porque el tono de Owen al hablar no había sido de entusiasmo precisamente, ni siquiera había sonado como si tuviera ganas de volver al trabajo. Que lo entendía, a él también le gustaría alargar aquellas improvisadas vacaciones, pero sus objetivos profesionales seguían siendo los mismos, aunque los hubiera dejado de lado esos días.

—No suenas muy contento —aventuró. Owen resopló como respuesta—. ¿Ocurre algo? ¿Has hablado con el equipo y hay más problemas de los que pensábamos?

—No, no he hablado con ellos desde que nos fuimos, les dije que no nos molestaran.

—¿Entonces qué pasa?

Owen suspiró, dudando entre decirle la verdad o dejarlo pasar, pero si volvían a la misma vorágine, temía quemarse de verdad y acabar peor.

—Está bien, te lo diré. —Ethan lo miró con atención—. El puesto empieza a quemarme.

El senador parpadeó, sorprendido. Estaba convencido de que a Owen le encantaba su trabajo, nunca había visto señales de lo contrario.

—Son demasiadas horas, Ethan. Demasiados viajes, demasiadas reuniones. Y ahora empieza lo peor. Por no hablar de cuando ganes, porque estoy seguro de que lo harás. Todo esto va a ser un paseo comparado con la carrera a la Casa Blanca, y tengo un límite que siento que estoy a punto de sobrepasar.

—Y la no boda fue la gota que colmó el vaso, imagino.

—Casi me da un síncope. Si me hubieras comentado algo…

—Lo sé, lo sé. Lo siento. —Sacudió la cabeza—. ¿Qué puedo hacer? ¿O ya has tomado alguna decisión?

—No, no he pensado nada radical de momento.

—¿Tiene Skye algo que ver?

Ahora el sorprendido fue Owen.

—¿Skye? —repitió.

—Por lo que sé no vive en Boston, ¿quieres irte con ella?

El pensamiento cruzó un segundo la mente de Owen, para desecharlo al instante.

—No, no, no tiene nada que ver. Lo nuestro tiene fecha de caducidad, lo hemos tenido claro desde el principio y no va a ir a ningún lado después de México. Es lo que quiere también ella, me lo ha dejado bastante cristalino.

Ethan no discutió ese punto, aunque no le parecía que estuviera tan claro como su amigo parecía tenerlo.

—Dime qué necesitas, entonces —siguió—. Eres mi amigo y mi jefe de campaña, no quiero perderte por falta de comunicación.

—Sobre todo con lo que te gusta comunicarte a ti —bromeó—. Ahora en serio, no me vendrían mal un par de personas. Becarios, ayudantes, lo que sea, en los que delegar unas cuantas cosas y así poder centrarme en lo más importante. Y tener algún día libre de vez en cuando no estaría mal tampoco.

Ethan extendió la mano.

—Trato hecho —contestó—. Dos o cuatro, lo que necesites. Cuando volvamos te haremos un equipo nuevo de trabajo y revisaremos el calendario. Tú lo organizas, así que no hay problema.

Owen le estrechó la mano, satisfecho. Sabía que no eran palabras vacías y que de verdad tendría ayuda, pero no estaba tan contento como había esperado. Porque una rubia que, además, se estaba acercando a ellos en aquel momento, estaba constantemente en su mente.

—¿Todo bien? —preguntó Alex, sentándose junto a Ethan.

—Sí, sin problema.

—Podemos subir cuando quieras —le dijo, en voz baja—. Ellos van a quedarse un buen rato aquí abajo.

—Vaya, las parejitas felices —dijo Millicent, apareciendo de pronto frente a ellos.

—No somos… —empezó Ethan, pero se calló, confuso.

—No estamos… —dijo Alex, a la vez, sin saber qué decir tampoco.

—Tramando trampitas, ¿no? —añadió Olivia—. ¡Pues al Bingo es imposible!

—Qué emoción y desenfreno, noche de Bingo, me puede la emoción —comentó Skye con un resoplido—. Huy, esta manía de pensar en voz alta.

—Ustedes los jóvenes no saben lo que es la diversión —sentenció Millicent.

Y con esa frase, cogió a su amiga del brazo y se marcharon elevando la cabeza muy dignas.

Ethan y Alex se miraron, ambos pensando en lo que acababa de ocurrir. ¿Qué eran? Porque decir que solo eran amigos tampoco era cierto.

—Nos vamos —dijo él de pronto—. Pasadlo bien, chicos.

Se levantó y extendió la mano hacia Alex, que se la cogió con una sonrisa y se marcharon al ascensor.

—¿Qué nos ha tocado? —preguntó Ethan.

—La principal. Aparte hemos hablado de mandar mensajes y tal para evitar situaciones incómodas…

—… y lanzamiento de sandalias púrpura en la oscuridad. ¿De dónde las sacaste, a todo esto? No es que sean de tu estilo, precisamente.

—Eran de una tienda de disfraces, Skye me las metió en la maleta pensando que era *atrezzo* de vacaciones. Salimos a todo correr, ya sabes, justo a tiempo de meter cuatro cosas. Lo mismo que os pasó a vosotros, ¿no? Que solo teníais trajes.

—Ya, sobre eso… No pensábamos que nos haría falta mucho más.

Alex se echó a reír. Menos mal que se habían quitado aquellos trajes, porque podrían haber muerto abrasados. Además, había podido conocer otra parte de él que no había visto antes. Lo cual tampoco sabía si era muy bueno, porque lo único que había conseguido era enamorarse más de él.

Aunque peor era no tener ni idea de qué sentía él.

Llegaron a la habitación y Ethan se dirigió directamente hacia el jacuzzi, desabrochándose la camisa.

—¿No cogemos los bañadores? —preguntó ella.

—Tú verás, pero mucho no va a durarte puesto de todas formas.

Y siguió su camino como si hubiera estado haciendo un comentario sobre el tiempo. Alex iba a seguirle, pero recordó que tenía que coger algo de ropa de Skye para dejarle en la otra habitación o si no, no tendría qué ponerse.

—¡Ahora voy! —gritó.

Corrió al armario y sacó cosas sin mirar, hizo un montón desordenado y lo llevó al cuarto de servicio. Después salió al jacuzzi y se quedó parada en la orilla, mirando a Ethan. Estaba dentro del agua con los brazos extendidos por fuera. Había puesto la maquinaria en marcha, y estaba con los ojos semicerrados, con un aire de relajación que Alex no había visto antes. Siempre parecía tan concentrado en todo, tan serio, que no le parecía ni extraño que solo hubieran llevado trajes. Seguro que llevaba años sin pensar en nada que no fuera su carrera y su deseo de convertirse en uno de los presidentes más jóvenes que hubiera tenido el país. Si seguía así, podía hasta superar a Kennedy.

Aquello le hizo pensar en el comentario de Millicent. Más que qué eran en aquel momento, le preocupaba qué iban a ser después. ¿Tendría que pasar por la aprobación de los consejeros o cómo funcionaba aquel tema? Porque si a su hermana prácticamente la había escogido de un catálogo…

—Estás muy seria —comentó él, abriendo los ojos.

—No, sí, bueno, estaba pensando.

—¿En cómo meterte en el agua?

Alex pensó en que aquella podía ser una buena excusa, tampoco quería fastidiar el tiempo que estaban juntos con sus preocupaciones, pero antes de que pudiera decir nada lo vio incorporarse y se olvidó de todo porque tal y como había dejado caer, no, no llevaba nada.

Abrió la boca para hablar, pero en su lugar ahogó un grito cuando Ethan la enganchó de la cintura y la arrastró hasta el agua. Notó cómo la ropa mojada se adhería a su cuerpo, aunque por poco tiempo, porque Ethan ya estaba quitándosela mientras le besaba el cuello.

—Estás loco —suspiró, acariciando su pelo mojado.

—Creo que nunca me lo habían dicho. —Tiró la ropa a un lado mirándola con ojos chispeantes—. Será el aire de México. —Se sentó en un lado del jacuzzi y la atrajo hacia sí—. O tú, que consigues sacar un lado mío que tenía olvidado.

—¿Y eso es bueno o malo?

Ethan la cogió por las caderas para acomodarla sobre él y la penetró despacio, arrancándole otro suspiro de placer.

—Muy bueno —contestó en un susurro.

Alex se apoyó en sus hombros, comenzando a moverse. Aquello era increíble, no parecía real estar en un jacuzzi con él, bajo las estrellas, sentía como si todo fuera un sueño. Pero sus dientes mordisqueándole el cuello le recordaron que era real. Le cogió del pelo para que levantara la cabeza y poder besarle, con la mente nublada por el placer y tomando el control de la situación, algo que no estaba acostumbrada a hacer pero que le estaba encantando. Sentía que Ethan estaba tenso bajo ella, la abrazaba y acariciaba pero dejando que marcara el ritmo. Le mordió el labio inferior, moviéndose más rápido. Notó los dedos de Ethan clavándose en sus caderas mientras su cuerpo se estremecía y le apretó con fuerza, sin aliento.

Se quedaron abrazados unos segundos mientras recuperaban la respiración. Alex le besó un hombro, mirando a su alrededor. No sabía cómo podía quedar agua en el jacuzzi, con todo lo que habían salpicado.

Sonrió al notar que Ethan volvía a poner en marcha el mecanismo y las burbujas le hacían cosquillas en la piel.

—¿Nos quedamos un rato más? —propuso él, besándola.

Alex le correspondió como respuesta. ¿Un rato? Por ella, como si se quedaban para siempre allí.

Çapítulo 11

Alex cogió un bote de sirope y echó sobre su plato del desayuno de forma bastante generosa. Se quedó quieta al ver que Ethan la observaba, pensando de pronto que a lo mejor se estaba pasando. Una cosa era comportarse de forma normal a su lado, y otra que la viera comiendo como si no hubiera un mañana.

—¿Me lo pasas? —preguntó él.

—Claro.

Se lo entregó y observó que Ethan hacía lo mismo.

—Pero cómo os puede gustar tanto eso —comentó Skye.

—El sirope va con todo —contestaron los dos a la vez.

Se miraron y se echaron a reír, Alex tranquila al ver que pertenecía al «equipo sirope de arce». Ethan, por su parte, no pudo apartar la vista de ella mientras comía, recordando que su madre (como buena ciudadana nacida en New Hampshire, era una fuerte defensora del producto) le había dicho una vez que no podía fiarse de una chica a la que no le gustara el sirope. Había sido una clara referencia a Peyton, cuando la conoció en un desayuno y la chica se había limitado a tomar un té con una tostada integral, poniendo cara de asco ante las mermeladas y el sirope. Si aquello no era una señal, no sabía qué más podía serlo. Y si estaba pensando en que su madre la conociera… más claro no podía tenerlo, quería a Alex en su vida cuando volvieran.

—Estáis locos —dijo Skye, tras echarse un poco en su desayuno—. Tortitas, vale. Pero bacon y cosas raras se sale de mi comprensión.

—Menos mal que hay alguien razonable en esta mesa —corroboró Owen.

Skye lo miró con una sonrisa, aunque se había dicho varias veces que tenía que buscar puntos de desencuentro entre ellos para intentar poner distancia. Pero no, parecía que sucedía justo lo contrario. Ni siquiera roncaba, había dormido estupendamente. Y aunque había intentado mantener las distancias en la cama después de una más que buena sesión de sexo, se había despertado abrazada a él. A ver cómo conseguía mantener sus normas de esa forma. Pero claro, tampoco podía decirle a Alex que mejor volvían a dormir separados, su amiga parecía demasiado feliz como para explotarle la burbuja.

Decidió que tampoco tenía mucho sentido dar más vueltas al asunto y hacer lo mismo que Alex. Quedaban pocos días, mejor disfrutarlos y no estar pensando en un tema que estaba hablado de antemano. Además, Owen tampoco le había dado ninguna señal de haber cambiado de idea al respecto.

Y de esa forma pasaron el tiempo que quedaba: disfrutando de la piscina, la playa y el bar, sin hacer tampoco más excursiones. Lo que sí consiguieron fueron muchos más tickets en algún concurso que otro, y el último día Alex y Skye se fueron a la tienda del hotel con la ristra de tickets.

—Quinientas setenta y ocho —dijo la chica que estaba en el mostrador, tras pasar media hora contándolos—. En esa vitrina tienen los regalos, es una pena que no hayan conseguido más.

—¿Más?

—Huy, sí, deberían ver a unas señoras que han pasado por aquí. Tenían casi cinco mil, se han llevado un montón de cosas.

Ellas se miraron, empezando a sospechar que los regalos no iban a ser para tanto, pero ya que estaban allí no perdían nada por ir a comprobarlo. Así que se acercaron a la vitrina, donde se encontraron con pulseras de conchas, abalorios varios, figuritas de barro…

—¡Mis sandalias con purpurina! —exclamó Alex, señalándolas—. Y yo que pensaba que eran algo que nadie querría volver a fabricar.

—¡Oh, Dios mío, es perfecto! —exclamó Skye, señalando algo colorido al fondo de una de las baldas.

—¿Pero qué es eso?

—Para los chicos, les va a encantar.

Hizo gestos a la dependienta, que se acercó para abrir la vitrina y sacar dos corbatas con la bandera de México.

—Han tenido suerte —explicó ella—. Están de oferta porque son las últimas unidades, vamos a pedir nuevas porque en estas la bandera parece descolorida.

—Sí, sobre todo les falta color —dijo Alex.

—Seguro que a sus novios les encantan.

—No son nuestros novios —contestó Skye, cogiendo las corbatas. Miró a Alex—. O en tu caso sí. No sé. ¿Qué sois?

—*Americanos locos, qué modas de parejas más raras tienen* — murmuró la dependienta, moviendo la cabeza.

—¿Qué ha dicho? —preguntó Skye.

—Yo qué sé. En fin, no ha salido el tema —contestó Alex mientras salían de la tienda—. Supongo que hablaremos hoy o mañana, antes de coger el avión.

—Eso, *in extremis*.

—No quería sacar el tema antes, por si acaso.

—¿Y cómo lo ves? Porque él parece estar muy bien contigo.

—Sí, pero no sé. —Se encogió de hombros—. Si su grupo de asesores escogió a mi hermana, no tengo muy claro que a mí me den el visto bueno. Y no sé hasta qué punto soy importante para él, porque su carrera lo es. Sigue teniendo como meta llegar a la Casa Blanca.

—Pues si no te aceptan y les hace caso, chica, no te merece. Lo sabes, ¿no? Sería un imbécil.

—Ya, lo sé.

Tenía la esperanza de que no se acabara todo allí, en cuanto cogieran el avión de vuelta, pero también estaba la vocecita en su cabeza que le decía que si nunca había sido lo suficientemente buena para su familia, ¿cómo iba a serlo para alguien como Ethan? Por mucho que hubieran pasado buenos momentos juntos aquellos días.

Skye le dio un codazo con una sonrisa cariñosa para intentar animarla.

—Bueno, siempre te quedará el sirope —le dijo—. Ese no te traiciona.

—No, ese se queda para siempre en mis caderas.

Le devolvió el codazo, sintiendo nostalgia. Cómo iba a echar de menos aquellos momentos con su amiga…

Skye abrió la puerta de la habitación y tiró de la corbata de Owen para llevarlo al interior.

—Que conste que es la primera y última vez que me la pongo —dijo él.

—Qué desagradecido eres, con lo que nos ha costado conseguir los tickets. —Empezó a desatar su camisa—. Si esos colores van con todo.

Él le quitó la camiseta y la besó, tumbándola sobre la cama. Pero aunque ella estaba respondiendo, le pareció que no estaba tan efusiva como otras veces, así que dejó los besos para mirarla a los ojos.

—¿Ocurre algo? —preguntó.

—No. —Jugueteó con la corbata, desatándola—. Bueno, no sé, es raro, ¿no te parece?

—¿El qué?

—Pues esto. Que es la última vez que… bueno, esto.

Él se quedó en silencio unos segundos. No había sacado el tema porque ella no había mostrado tampoco ningún interés en cambiar los términos, pero quizá se había equivocado.

—No me malinterpretes —siguió Skye—. Sigo pensando como al principio, pero… ya me entiendes.

—Sí. —Le pasó la lengua por el labio inferior, despacio, hasta que ella los separó y la besó profundamente—. Pero tenemos toda la noche. Y quién sabe, quizá nos veamos en alguna otra boda, ¿no?

—Quizá.

Tiró la corbata al suelo y siguió con su camisa. No quería pensar, porque lo que estaba sintiendo al hacerlo no le gustaba nada. ¿Por qué no podía quitárselo de la cabeza? Era lo que quería, lo que habían acordado. Desde el principio había sabido que tenía fecha de caducidad, así que, ¿por qué sentía que la despedida iba a doler?

Tiró con fuerza del último botón, que se estaba resistiendo, hasta que saltó y pudo quitarle la camisa. A la porra, si era la última vez, que fuera memorable. El botón de los pantalones sufrió el mismo destino, pero a Owen no pareció importarle. Más bien, se contagió de su entusiasmo y, con un par de tirones, rompió los broches del sujetador para poder quitárselo y acariciarla con ansiedad. No, no pensaba dedicar aquella última noche a dormir. Se apartó un poco para desprenderse de su ropa y volver a ocuparse de la que le quedaba a Skye. Ella parecía tener prisa por tenerle encima de nuevo, pero Owen cruzó un brazo sobre su estómago para indicarle que se quedara quieta mientras le daba besos descendentes por su cintura y ombligo, bajando hasta quedarse entre sus piernas. Segundos después hizo que se retorciera sobre la cama.

Skye enredó las manos en su pelo con un jadeo, quería que subiera para besarle, pero también que continuara. La estaba volviendo loca, y cuando pensaba que iba a explotar, Owen se apartó para penetrarla con un rápido movimiento y besarla, impidiendo que protestara. Skye estuvo a punto de matarle por el cambio, pero la forma en que se movía fue más que suficiente para acallar a su cuerpo y darle lo que quería en aquel momento. Pronto todo se nubló a su alrededor y sintió el orgasmo que tanto ansiaba.

Owen se quedó sobre ella, besando la curva de su cuello pensativo. Aún quedaba mucha noche por delante y pensaba aprovecharla, pero no estaba satisfecho del todo con lo que habían hablado, aunque hubiera dado esa impresión. No estaba nada convencido de que no volver a verse fuera lo mejor. Ethan siempre estaba hablando de todo, a lo mejor era el momento de hacer como él. Skye comenzó a acariciarle la espalda, así que Owen la besó.

Ya hablarían por la mañana, pensaba acompañarla al aeropuerto y era un buen momento para que al menos ella supiera que estaba dispuesto a plantearse una relación, aunque fuera a distancia.

Ethan terminó de desnudar a Alex, pero en lugar de besarla, se apartó un poco.

—Tengo algo para ti —dijo.

—¿Para mí? —Aquello la pilló por sorpresa—. ¿A qué te refieres? Porque si es un regalo venganza por la corbata…

Él se echó a reír, negando con la cabeza.

—No, aunque he de decir que no he visto corbata más fea en mi vida.

Se inclinó para coger algo que había dejado bajo la cama. Alex esperó expectante hasta que él le enseñó lo que tenía en la mano: una pequeña botella de sirope de arce.

—¿También tienes tortitas ahí guardadas? —preguntó ella.

—No, tú vas a ser mis tortitas.

Abrió el bote y dejó caer un poco sobre un pezón de Alex, para al momento chuparlo con fruición. Ella reprimió una risita.

—¿No vamos a acabar muy pegajosos? —preguntó, mientras él repetía la operación en el otro pecho.

—Probablemente. —La miró relamiéndose—. Luego nos damos una ducha juntos y arreglado.

Alex no tenía nada en contra de aquella idea, desde luego. No era mala forma de pasar su última noche de vacaciones: sirope y el senador, las dos cosas que más le gustaban en el mundo. ¿Qué más podía pedir?

—¿Me dejas el bote? —pidió.

—¿También quieres comprobar si de verdad va con todo?

—Sí. —Sonrió, recordando su conversación con Skye—. Quiero ver a qué sabe un senador con sirope.

Ethan estaba disfrutando de probar toda su piel, pero la idea de que ella hiciera lo mismo le excitó al instante y le pasó el bote, poniéndose bocarriba para que pudiera hacer lo que quisiera.

Y vaya si lo hizo. Alex comenzó a untarle por el pecho, bajó por el estómago… Llegó un punto en que ambos estaban completamente pegajosos y apenas quedaba sirope en el bote, pero no importó porque estaban demasiado ocupados en probarse mutuamente. Fue la sesión de sexo más excitante y a la vez divertida que Alex había tenido en su vida, y mientras se duchaban juntos, solo podía pensar que ojalá en Boston siguieran igual.

Alex removía su café, que no solo estaba aguado y amargo, sino que se lo había servido un camarero ceñudo en la cafetería más próxima a la puerta de embarque del vuelo a San Francisco. Buscó con la mirada a su amiga, que acababa de dejar su maleta para facturar y estaba recogiendo el billete del mostrador. No se sentía muy animada, como siempre que terminaban sus vacaciones juntas y se veían obligadas a despedirse hasta el siguiente año.

Skye se guardó los papeles y fue a sentarse a su lado en la barra.

—Parece que no hay ningún retraso —comentó—. En teoría saldremos a la hora.

A pesar de lo temprano que era, cerca de las seis de la mañana, el aeropuerto estaba a pleno rendimiento. Se notaba que era un destino vacacional muy transitado, por todas partes se veía gente corriendo y arrastrando equipajes.

Contuvo un bostezo, lanzando una mirada de disculpa a su amiga.

—Lo siento —murmuró.

—No te preocupes. Te he hecho levantar a las cinco, es normal que te duermas sobre ese café de aspecto horrible.

Alex casi se había muerto del susto cuando su amiga la había despertado entre susurros mientras aún era de noche. Con sigilo, le había pedido que la acompañara al aeropuerto. Se había incorporado para frotarse los ojos, constatando que la joven estaba lista y con la maleta aparcada delante de la puerta. Como era obvio que Skye no quería despertar a los chicos, se había limitado a vestirse en silencio sin hacer preguntas y habían bajado a recepción, donde un Pasquale apenado había salido a abrazarlas murmurando palabras de despedida en italiano.

—Despídete de Alejandro de mi parte —le dijo Skye—. ¿Te acordarás?

—Alejandro… *sento molto*, seguro. *Ricordi* de *la sua* parte, *non ti preoccupare.* —Pasquale mostró una sonrisa—. *Buon volo, ragazza.*

—Gracias, Pascual. —Skye le guiñó un ojo—. Suerte con María.

El trayecto al aeropuerto fue similar al primero que hicieron al llegar, pero con la música más baja. Después, Skye se había puesto en la cola para facturar y Alex había decidido esperarla tomando un café para ver si se despertaba. No había hecho preguntas durante todo ese tiempo, pero tenían un rato hasta el embarque, así que carraspeó.

—¿Por qué no ha venido Owen contigo? Pensaba que…

—No le he despertado. —Skye cerró la carta de la cafetería y la dejó sobre el mostrador.

—¿Qué?

—No me gustan las despedidas.

Skye fue consciente de la mirada de reproche de su amiga. Ella también se sentía mal, aunque estaba convencida de haber hecho lo correcto. Lo había dejado dormido y sin muchas probabilidades de que despertara, ya que la noche había sido movidita, pero había encontrado unos minutos para dejarle de recuerdo la foto que sacó en la excursión a las ruinas mayas, aquella en la que regresaron agotados, polvorientos y con los zapatos destrozados. La foto era muy divertida y estaba segura de que le sacaría una sonrisa más adelante, cuando se le pasara el enfado por no despertarlo.

¿Que por qué había tomado esa decisión? Por muchas razones. No quería pasar por un mal trago. No deseaba hablar más de la cuenta, ni mirar sus ojos y tener la seguridad de que, en efecto, estaba cometiendo un error dejándolo atrás. Quizá Owen era alguien por quien valía la pena luchar, pero, ¿cómo saber qué pensaba él al respecto? No, prefería quedarse con el recuerdo de la última noche que habían compartido, perfecta de principio a fin. No quería estropearlo con un momento doloroso, raro o incómodo. O llevarse un chasco.

—¿Por qué?

—Pues porque es mejor así, Alex.

—Pero pobrecillo, ¿no? Al menos podrías haberle preguntado, o algo.

—Es un tío, están programados para olvidarnos inmediatamente.

—No estoy de acuerdo en absoluto. —Alex hizo otro intento de beberse el café, pero terminó por renunciar y alejarlo de sí—. Es más, si me preguntas creo que Owen estaba muy interesado en ti.

Skye se encogió de hombros. Ya nunca lo sabría, aunque como había dicho él, a lo mejor se terminaban encontrando en algún otro evento. Aunque no estaba segura de que si ocurría quisiera verla, sobre todo después de no despedirse al estilo convencional.

Alex debió ver algo raro en su expresión, porque dejó la silla para sentarse al lado de su amiga y rodearle los hombros con el brazo.

—Ay, querida oveja negra número dos —murmuró—. Puedo leer en ti como en un libro abierto, recuerda. No tienes que disimular conmigo. Te gusta de verdad, ¿no? ¿Por qué no lo has hablado con él?

—Por la misma razón que no lo has hecho tú… porque es raro, precipitado, inesperado. Y difícil. Además, no pegamos demasiado.

Alex sacudió la cabeza, negando.

—Pues menos mal, si llegáis a pegar no sé qué hubiera pasado —bufó.

—Estaré bien —repuso Skye con determinación—. En cuanto vuelva al trabajo me dejaré de romances imposibles.

La morena decidió dejarlo estar. A su amiga le habían salido mal tantas relaciones que ya no confiaba ni en sus propios sentimientos y le resultaba más sencillo autoconvencerse de que aquello no había sido más que una aventura de verano. No le haría cambiar de opinión, y la persona que podía hacerlo estaba dormida en su cama sin tener ni idea de la conversación que estaba teniendo lugar allí.

—¿Qué piensas decirle a tu madre cuando vuelvas? —Skye cambió de tema.

—No quiero ni pensarlo. Sé que me va a caer la bronca del siglo por haberme largado, pero tampoco me preocupa mucho. A partir de ahora las cosas van a cambiar un poco.

Skye le dedicó una sonrisa breve.

—No sabes lo que me alegra escuchar eso, Cuchipanda. Era una carga de la que te tenías que liberar, y cuanto más te alejes de ellas y hagas tu vida, mejor.

—Es exactamente lo que voy a hacer.

Una voz retumbó por megafonía, anunciando que las puertas de embarque del vuelo a San Francisco se abrían para que los pasajeros fueran subiendo.

—Ese es mi vuelo —repuso Skye, con un mohín de tristeza.

—De acuerdo… —Alex resopló, cogiendo aire e incorporándose de golpe—. Vamos allá.

Abandonaron la cafetería para ponerse en la cola para embarcar, que no era muy larga, coincidiendo justo detrás de un grupo de cinco chicos. Todos estaban muy morenos y hablaban en voz alta, intercambiando chistes, hasta que llegaron ellas.

—¡Las chicas del hotel! —exclamó uno al instante.

Ambas los observaron con atención, recordando aquel montón de chicos jóvenes y guapos que habían conocido la primera noche… y a los que no habían vuelto a ver durante el resto de las vacaciones.

—Nos conocimos al llegar, ¿no? —preguntó Alex, recordando lo tímida que se había sentido al tener que confraternizar con aquellos desconocidos. Cómo habían cambiado las cosas…

—¡Exacto! —respondió uno, sonriendo—. Michael, Damien, Austin, Bobby y Jack —recordó, señalando a sus amigos.

—Qué raro que no hayamos vuelto a coincidir durante todo este tiempo —observó Sky, sorprendida.

—El chico de la *van* nos llevaba todas las noches a unas fiestas increíbles fuera de la zona del hotel, y después nos tirábamos el día durmiendo. ¡Qué lástima que no os vinierais con nosotros! Seguro que os habríais divertido mucho más.

Las dos chicas se miraron con una sonrisa.

—Seguro que sí —replicó Skye.

—Oye, ¿y venís en el vuelo con nosotros? —preguntó otro.

—Solo ella —dijo Alex, señalando a su amiga con un gesto de cabeza.

—¡Huy, genial! Puedes sentarte con nosotros, verás que se te pasa rápido.

La mujer que recogía los billetes los llamó, y los chicos se despidieron entre risas para acceder a la pasarela.

Skye era la siguiente y Alex sabía que a su amiga no le gustaban los melodramas, así que meneó la cabeza.

—No creo que el vuelo sea aburrido —sonrió.

—No te preocupes. —Skye abrió su bolso para que echara un vistazo, dejando a la vista un buen surtido de chocolatinas—. Con esto estaré entretenida, y seguro que echan alguna película decente con la que me quedaré dormida a los dos minutos de despegar. —Le guiñó un ojo—. Si no, me pondré a hablar con ese grupo de fiesteros.

—Te echaré de menos, como siempre —murmuró Alex, sin poder evitar ponerse sentimental.

—¡Venga, Cuchipanda! Si hablamos por Skype muy a menudo. Antes de que te des cuenta habrán pasado seis meses y estaremos otra vez planeando las vacaciones. O quizá no, si te echas novio formal —se burló Skye.

—Aunque así fuera, nuestras vacaciones son sagradas. —Alex le dio un abrazo—. Me lo he pasado genial, el destino es una pasada, pero lo mejor ha sido la compañía.

—¿La mía o la del senador? —bromeó la chica, y se giró al escuchar como la azafata del mostrador la llamaba—. Infórmame de todo, ¿vale? Quiero saber cómo y en qué momento exacto le das una patada en el culo a Peyton y a tu madre.

Alex sacudió la cabeza, sonriendo a su pesar.

—¡Buen viaje! —exclamó, pero Skye ya se alejaba sin volver la vista atrás, algo que Alex recordó que hacía siempre que se separaban. Era cierto que no le gustaban las despedidas.

Se quedó esperando hasta que su avión salió, aunque realmente no era necesario. Una vez lo vio despegar, se encaminó hacia la parada de taxis para regresar al hotel a preparar sus propias maletas.

En el hotel, Ethan estaba terminando de preparar su maleta cuando vio salir a Owen del cuarto anexo con cara de pocos amigos con la suya.

—Vaya, qué mal te sienta despertar —bromeó—. ¿No has dormido suficiente?

—Mira el graciosillo. —Dejó la maleta junto al sofá y se acercó a él—. Imagino que parecido a lo que habrás dormido tú.

—Pero yo no tengo esa cara.

—Supongo que no te importará que te dejen plantado, pero a mí sí.

—¿Plantado?

—¿Alex no se ha marchado?

—Al aeropuerto a llevar a Skye, me ha dejado un mensaje.

Owen miró entonces a su alrededor y vio que, en efecto, la maleta de Alex estaba allí. Genial. Así que el único abandonado sin explicaciones había sido él.

—¿Skye se ha ido sin despedirse? —Ethan lo miró preocupado—. ¿Seguro que no te ha dejado una nota o algo?

—Créeme, he buscado. —Se pasó una mano por el pelo—. Solo esto.

Le enseñó la foto de la primera excursión. Ethan comenzó a sonreír al recordarlo, pero se puso serio al instante al ver que a Owen no le había hecho precisamente ilusión aquello.

—Vámonos a desayunar —dijo el chico, guardándose la foto.

Se dio la vuelta sin esperar contestación, así que Ethan terminó de meter a toda prisa lo que le quedaba y fue tras él.

Una vez en el comedor y con los cafés delante, decidió volver a preguntar a Owen sobre el tema, no le gustaba verlo de aquel humor sombrío.

—¿Qué vas a hacer? —preguntó.

—¿Sobre qué?

—Sobre Skye.

—¿Hacer? —Se encogió de hombros—. Nada. No pienso ir corriendo al aeropuerto detrás de ella en plan película romántica ni cambiar mis planes y aparecerme en San Francisco. Si antes tenía claro que lo nuestro era algo pasajero, con su forma de irse me lo ha terminado de asegurar.

Ethan se comió una tortita con sirope, pensativo. Sí, sabía que ambos habían acordado aquello, pero les había visto tan bien juntos que pensaba que quizá habrían hablado y buscado la forma de poder continuar después. O quizá estaba proyectando en Owen sus propios deseos con respecto a Alex.

—Bueno… no sé, no tiene por qué ser nada tan drástico. ¿Llamarla?

—No tengo su número, fíjate qué cosas. No llegamos a intercambiarlos. Y no, no pienso pedírselo a Alex. —Tomó un sorbo de café—. No pasa nada. Ayer tuve un momento en el que pensé que sí, tendríamos que hablar... pero ahora a la luz del día veo que no tiene sentido. Los dos tenemos claro lo que queremos y cómo lo queremos, así que lo que ha hecho ella es lo mejor. Nada de despedidas largas ni promesas que no vayamos a cumplir.

Por la cara de Ethan supuso que no estaba convencido de aquello, pero él sí. No le había gustado nada encontrarse solo en la cama al despertar, con aquella foto encima de la almohada como despedida. Pero si lo pensaba fríamente, sí que era lo mejor. No tenía sentido intentar alargar algo que había tenido fecha de duración desde el principio. Echaría de menos aquellos momentos de diversión y relajación con ella, su despreocupación y su sonrisa... Sacudió la cabeza. Lo mejor sería ponerse a trabajar cuanto antes, de esa forma todo volvería a la normalidad.

Alex llegó cuando estaban terminando de desayunar. Subieron a recoger las maletas mientras llegaba el taxi que les devolvería a la realidad.

El trayecto hacia el aeropuerto fue bastante silencioso. Owen no tenía muchas ganas de hablar y se le notaba, y Alex no sabía qué decir para disculpar a su amiga. Tampoco quería meterse en el tema para no meter la pata, porque quizá el chico solo estaba molesto porque ella se hubiera marchado así y no había nada más profundo detrás.

Tardaron un rato en pasar los controles de seguridad y para cuando lo hicieron, ya era la hora de embarcar. Una vez en la puerta, la azafata indicó que podían pasar los pasajeros de primera clase.

—Eso somos nosotros —dijo Ethan, mirando a Alex con cara de disculpa—. Tenemos que entrar.

—Nos veremos dentro. Bueno, no mucho, que estoy... —Miró el billete—. Creo que en la cola.

La azafata volvió a insistir, así que Ethan se encaminó a la puerta con un apagado Owen detrás. Una vez en sus asientos, no pudo evitar mirar hacia la puerta cada vez que entraba alguien.

—No creo que se pierda de la puerta de embarque a aquí —comentó Owen.

—Ya lo sé.

Justo entonces entró Alex, pero solo pudo saludarles porque detrás de ella empujando iban Millicent y Olivia con dos maletas de mano cada una.

—Huy, ¿van separados? —preguntó Millicent.

—Calla, Milli, que creo que los novios eran los dos abogados, mira qué juntitos se han sentado.

—Esta gente moderna...

Alex puso los ojos en blanco y siguió su camino hasta el fondo del avión. Dejó su maleta en la parte de arriba, y a punto estuvo de darle un síncope cuando vio que las dos señoras se sentaban con ella.

—Qué bien, por lo menos vamos con alguien conocido —dijo Olivia—. Qué pena lo de los chicos esos, ¿no?

—Son solo amigos.

—Ya, ya, si lo entendemos. —Millicent le dio unas palmaditas en la mano y abrió su bolso—. Tengo cartas, ¿tiene dinero para apostar?

—No, no, gracias, voy a echarme una siesta, es un viaje largo.

Se acomodó contra la ventana y cerró los ojos, a ver si así captaban la indirecta.

Por tercera vez desde que se habían sentado, Ethan estiró el cuello para mirar por encima de su asiento, pero de nuevo no logró ver nada. Las azafatas ya habían cerrado las cortinas que les separaban de la clase turista.

—¿Qué te pasa ahora? —preguntó Owen.

—Es que ahí atrás no sé si les darán algo. —Pulsó el botón de llamada para que acudiera una azafata—. Hola.

—¿En qué puedo ayudarle?

—¿En turista les dan comida?

—Claro, señor.

Hizo ademán de alejarse, pero Ethan volvió a llamarla.

—¿Y bebida? Que ahora hace mucho calor. ¿Les ponen películas?

—Sí, tienen también para escoger. Bebida les daremos más tarde.

—¿Y podría llevarle a una persona si yo la pido aquí?

—No, señor, cada clase tiene sus bebidas y comida diferentes.

—Ya. —Miró de nuevo hacia la separación—. ¿Y darle un mensaje a alguien? Solo quiero saber si está bien.

—¡Vale ya, por Dios! —exclamó Owen—. Que esto es un avión, no le va a pasar nada por unas horas sola.

—Si no digo que le vaya a pasar nada, pero se puede aburrir o necesitar agua, yo qué sé.

—Se acabó. —Se desabrochó el cinturón y se levantó—. Me cambio de sitio con ella, ¿te parece? Así podré regodearme a gusto en mi mal humor.

—Eso tampoco es muy normal —intervino la azafata—. No sé si puedo…

—Yo me cambio de sitio, ahora la mando para acá.

Y se marchó antes de que ninguno de los dos se lo impidiera. Cuando llegó al asiento de Alex y vio a las dos señoras se arrepintió al instante, pero era tarde para darse la vuelta.

—Vete con Ethan, iréis mejor juntos —dijo.

—¿Seguro? —Alex no pudo ocultar una enorme sonrisa de felicidad ante la perspectiva de volar con él—. ¿No te importa?

—No, estaré bien aquí.

—Llega justo a tiempo, joven —dijo Olivia—. ¿Sabe jugar a *bridge*?

—Pues…

—Ya le enseñamos, no se preocupe.

Owen alzó la ceja, pero cuando estaba a punto de responder notó cómo los ocupantes de los asientos delanteros se giraban a mirarlo, descubriendo a las adolescentes que los habían acompañado en buena parte de las excursiones.

—¡Anda, si es el pecoso! —exclamó una de ellas—. ¡Felicia, Felicia, está aquí sentado el chico de las pecas!

—¿Quieres cambiarme el sitio? —vociferó una de ellas, desde algún lugar del avión.

—¿No está el otro? ¡Trae la cámara, rápido, Mindy!

—Tranquilo, si te aburres con esas señoras puedes hablar con nosotras.

Owen miró a Alex frunciendo el ceño, así que la joven salió lo más rápido que pudo por si el chico se arrepentía, encaminándose hasta la zona de primera clase.

Se sentó junto a Ethan y al momento la azafata le acercó una bebida, que ella aceptó sorprendida.

—Esto no se parece en nada a turista —dijo, cuando la chica se hubo alejado—. Le debo una muy gorda a Owen.

—No te preocupes, estará bien.

—Le he dejado con Millicent y Olivia. Y esas adolescentes con nombres idénticos.

Se sintió culpable mientras lo decía, aunque claro, el champán que le habían dado no ayudaba a que tuviera ganas de volver a su sitio.

Ethan dudó unos segundos, pero acabó esbozando una sonrisa y chocando su copa con la de ella.

—Se las apañará, tiene mucho don de gentes —dijo.

La azafata se acercó de nuevo para entregarles los menús que tenían para escoger y poco después despegaron.

Alex no podía creerse aquello. Nunca había estado en primera clase, y todo parecido con la turista era pura coincidencia. Se encontró deseando que el viaje durara más horas, y no solo para poder disfrutar de un tiempo más a solas con Ethan.

Pero más pronto de lo que ella hubiera querido, llegaron al aeropuerto de Boston. Fueron los primeros en salir, por lo que tuvieron que esperar a Owen en el pasillo de conexión.

Este llegó sonriendo, con Millicent y Olivia detrás, pero ellas parecían cualquier cosa menos contentas.

—Lo que decíamos, unos tramposos —sentenciaron, al pasar junto a ellos.

—Ni caso —dijo Owen, despidiéndolas con la mano—. Por fin las horas pasadas con mi abuela jugando al *bridge* han tenido sus frutos.

Las dos mujeres se alejaron resoplando.

Ethan cogió de la mano a Alex y se dirigieron hacia la salida. Pero cuando estaban a punto de atravesar las puertas automáticas, Owen le agarró de un brazo para impedírselo y hacer que retrocedieran.

—¿Qué pasa? —preguntó Ethan.

—He visto un par de fotógrafos al fondo.

—Serán los que suelen estar en el aeropuerto.

—O pueden haber tenido un chivatazo, había mucha gente en el avión y cualquiera puede haberte reconocido.

Ethan suspiró fastidiado. No quería tener ningún encuentro con la prensa todavía.

—Lo mejor será salir separados —dijo Owen—. Iré a por un taxi y te espero fuera.

—¿Y Alex?

—No os preocupéis por mí, iré por mi cuenta en otro.

Ethan la miró preocupado. No quería que pensara que la estaba abandonando o algo parecido, pero tampoco quería que la fotografiaran por estar con él.

—Estaré bien —aseguró Alex.

—Voy saliendo —dijo Owen—. Ya nos veremos, Alex.

Se marchó sin que a ella le diera tiempo a decir alguna cosa, aunque tampoco sabía si decirle adiós como si nada hubiera ocurrido era lo correcto.

Ethan la besó para despedirse.

—Te llamo mañana, ¿de acuerdo?

—Claro.

Le dio otro beso y Alex lo miró alejarse con la cabeza agachada y medio tapándose con una mano. Solo esperaba que de verdad la llamara, porque ahora que ya no le tenía cerca, notaba una extraña sensación de vacío.

Capítulo 12

En el taxi, Owen comprobó que ningún coche los seguía antes de sacar su móvil, satisfecho.

—Organizaré unas cuantas reuniones para mañana —dijo.

—Sí, envíame luego la agenda.

—Podemos esperar un día o dos si quieres.

—No, mejor empezar cuanto antes.

—¿Meto a Alex como un punto en la agenda?

—¿A Alex?

—Sí. ¿O no es un tema a considerar?

—No hemos hablado aún…

Owen puso los ojos en blanco.

—No me lo puedo creer.

—De todas formas no es un punto a considerar. No la voy a someter a votación al equipo.

—No me refería a eso. Pero necesitarán saberlo, hacer un plan de presentación, tendrá que tener seguridad, asistir contigo a algún evento… Ese tipo de cosas.

—Tengo que hablar con ella antes.

—De acuerdo, pues de momento no la menciono.

El taxi se detuvo frente al edificio de Ethan.

—Hablamos mañana —dijo este, como despedida.

Owen ya estaba ocupado con su móvil, así que solo le hizo un gesto vago con la mano. Ethan se bajó del coche, pero se asomó de nuevo con gesto preocupado.

—¿Estarás bien? —preguntó.

Owen lo miró confuso, hasta que comprendió que de nuevo le estaba preguntando por Skye. Hizo un gesto para quitarle importancia.

—Perfectamente. —Le enseñó el móvil—. De vuelta a mi elemento natural.

La forma despreocupada en que lo dijo tranquilizó al senador, que se despidió de nuevo y cerró la puerta del taxi.

El portero del edificio salió para recoger el equipaje de Ethan y subírselo. Una vez en su piso, se dio una ducha y, cuando estaba a punto de irse a la cama, el teléfono interno sonó. Ethan fue a contestar suspirando cansado. Esperaba que no fuera Owen con alguna mala noticia, quizá las cosas estaban peor de lo que habían esperado y no podían esperar al día siguiente.

—Dime, Jonsy —contestó.

—Señor Lewis, está aquí su novia.

—¿Mi novia?

Ethan estaba sorprendido. No había hablado con Alex desde que se separaran en el aeropuerto, por lo que no sabía muy bien en qué situación estaban, y que ella se presentara en su casa y como su novia, era algo que no había esperado. Aunque le agradaba la sorpresa, eso sí. Pero cuando estaba a punto de hablar, escuchó otra voz femenina en el teléfono.

—Ay, Ethan, cariño, dile que me deje pasar —protestaba Peyton—. Que no, que no le devuelvo el auricular, no me toque. ¡Ethaaannn, venga, que los vecinos me están mirando! Que soy su prometida, no puede retenerme aquí.

Se oyó un ruido de movimiento y más protestas.

—Perdón, señor —se disculpó el portero—. ¿La dejo pasar?

A Ethan no se le ocurría ningún motivo por el cual Peyton estuviera allí y, encima, diciendo que seguía siendo su prometida. Pero tampoco quería que montara ningún número en el portal que pudiera llamar la atención de la prensa, conociéndoles no estarían muy lejos de allí, así que cogió aire para armarse de paciencia.

—Está bien —contestó—. Que suba.

Dejó el teléfono y fue a servirse un vaso de whiskey con hielos, ya preveía que iba a necesitar algo fuerte para sobrellevar la situación.

Poco después llamaron a la puerta y fue a abrir con el vaso en la mano.

—Deberías hacer que despidieran a ese portero —dijo Peyton, entrando en el apartamento—. Ah, qué bien, gracias.

Y le quitó el vaso para darle un buen trago. Ethan miró al techo y cerró la puerta.

—¿Qué haces aquí, Peyton?

—¿Cómo que qué hago aquí? Me han dicho que ya habías vuelto y he venido a verte, porque tú no me has llamado. Pero bueno, no importa.

—¿Que no te he llamado? ¿Pero para qué iba a llamarte?

—Ay, Ethan, de verdad, mira que cuando te pones cabezón... —
Sacudió su melena rubia con gesto de rendición—. Está bien, está bien,
te perdono, ¿vale? Ya tienes lo que quieres, así que vamos a lo importante.
Tengo a un par de revistas que...

—Espera, para un segundo. —Se frotó la frente, notando un incipiente
dolor de cabeza. ¿Siempre había tenido ese tono agudo de voz tan
molesto?—. ¿Qué es lo que me perdonas exactamente?

—Lo de la boda. —Se terminó el whiskey y fue a servirse otro como
si estuviera en su propia casa—. A ver, entiendo tu rabieta, ya tuviste tu
momento de gloria y me hiciste quedar como la mala de la película. Pero
no pasa nada, ya lo he dejado atrás y podemos continuar donde lo
dejamos.

—¿Que podemos continuar? Peyton, no hay nada sobre lo que
continuar.

—Bueno, claro que no, hay que volver a organizar la boda y hacer
alguna entrevista. No te preocupes, en estas semanas ya he tenido tiempo
de pensar cómo arreglarlo, así que tú puedes centrarte en las primarias.

Ethan no daba crédito a lo que estaba oyendo. ¿Es que esa chica vivía
en una realidad paralela?

—¿Y Simon?

Ella ni siquiera enrojeció ante la mención. Hizo un gesto como para
quitarle importancia al tema mientras se acercaba de nuevo a la puerta.

—Tranquilo, hablaré con Owen para que sea tu padrino, y esa tontería
que tuve con Simon no se va a repetir más, ¿vale? —Emitió una risa
tonta—. Owen no es mi tipo, además. Así que tú tranquilo. —Le tiró un
beso—. Te llamo mañana.

—No hace falta, no tenemos nada de lo que hablar.

Pero Peyton ya salía por la puerta mientras marcaba un número en su
móvil, con una sonrisa de satisfacción. Ethan sacudió la cabeza,
preguntándose si toda aquella conversación tan surrealista había sido real.
En fin, llamaría a Owen por la mañana para contárselo por si se la ocurría
seguir con aquella estupidez, pero suponía que todo había sido algún tipo
de patochada para quitarse la culpa de encima y seguir en su mundo de
fantasía. Ya se encargarían sus asesores de lidiar con ese problema, tal y
como habían hecho durante su ausencia.

Aunque tenía tantas ganas de hablar con su madre como de sacarse
una muela, Alex sabía que no podía demorarse mucho en llamarla o,
como se enterara de que había vuelto, le montaría un buen circo. Así que

después de deshacer la maleta y darse una ducha, lo siguiente que hizo fue coger el teléfono, desbloquear su número y llamarla.

—Ya estoy en casa —dijo, al escuchar su voz.

—¡Por fin! ¿No te da vergüenza? ¡Te he intentado llamar mil veces! Marcharte de esa forma, con el drama que estaba viviendo tu hermana. ¡Y gastarte su viaje de novios, ni más ni menos!

—En realidad lo había pagado yo, así que…

—¡No seas impertinente! No sabes lo que hemos vivido estas semanas, ha sido un infierno. Tu padre lo está pasando fatal. —Alex puso los ojos en blanco, pensando que su padre estaría harto, sí, pero de oírlas aquellas semanas—. Yo he tenido un montón de crisis, tu hermana y yo nos hemos tenido que ir a un spa unos días para poder relajarnos.

—Ya me imagino, ya.

—Mañana te quiero ver aquí, que tenemos mucho lío con la boda de tu hermana.

Alex suspiró. ¿Todavía no habían devuelto los regalos? Ya estaba viendo que le iban a cargar aquel muerto a ella. Qué ganas tenía de comenzar de nuevo las clases y regresar a su vida normal. Aunque no estaba segura de cómo de normal iba a ser, porque no tenía claro qué iba a ocurrir entre ella y Ethan a partir de entonces. No era algo que hubieran hablado, pero estaba claro que él iba a seguir con su carrera política, las primarias estaban a la vuelta de la esquina. Y ella tenía su trabajo de profesora, lo cual no iba a dejar mucho tiempo para que pudieran verse. Las relaciones a distancia eran complicadas, de eso no había duda, pero si lo hablaban estaba segura de que podrían buscar alguna forma.

Su madre resopló de forma evidente a través del auricular, así que se obligó a dejar de pensar en Ethan para prestarle atención.

—Perdona, mamá, me he despistado un segundo. ¿Qué me decías?

—¡Ese es el problema, que te despistas y no escuchas! Ven mañana a las doce, no llegues tarde.

Y le colgó. Alex supuso que, de haber sido un teléfono fijo, lo habría hecho de forma sonora, seguro que había apretado el botón como si quisiera aplastarlo. Se quedó mirándolo unos segundos, preguntándose si debía llamar a Ethan, mandarle algún mensaje, o esperar a que lo hiciera él. Tampoco quería parecer desesperada ni impaciente, no hacía tantas horas que se habían despedido, así que al final dejó el móvil con un bostezo y se metió en la ducha antes de irse a dormir.

El cansancio del vuelo y la costumbre de levantarse tarde durante un mes seguido lograron que Alex durmiera demasiado, por lo que para cuando se despertó por fin casi era mediodía. No quería tener una discusión con su madre también por llegar tarde, así que se tomó un café rápido antes de salir corriendo para su casa.

No esperaba un gran recibimiento, por lo que no le sorprendió la forma en que su madre la miró cuando le abrió la puerta. Si no llevara tanto bótox habría fruncido el ceño, pero Alex sabía descifrar sus expresiones, o más bien, la carencia de ellas.

—Yo también me alegro de verte, mamá —saludó.

—Qué graciosa. No puedo creer que te hayas puesto morena.

—Es lo que pasa cuando se toma el sol.

—No te quedan nada bien los bañadores, no quiero ni imaginar la imagen que darías en bikini.

—¿De alguien relajado tomando el sol y pasándoselo bien? —sugirió ella.

—Mira que te gusta decir tonterías.

Alex miró al cielo buscando tranquilizarse.

—¿Entro o me voy por donde he venido? —preguntó, comenzando a perder la paciencia.

—Vas a acabar conmigo.

Se hizo a un lado para que pasara. Alex pasó junto a ella sin rozarla siquiera y se dirigió al salón, donde como suponía, estaba su hermana. Pero lo que le extrañó fue que estaba mirando muestras de papel para invitaciones. Tenía la mesa con su álbum de cosas para la boda, donde había puesto fotos de flores, mesas, decoraciones, etc., y no había ningún regalo a la vista, como ella esperaba.

Su hermana la miró de arriba abajo.

—¿No estás más gorda? —le espetó.

—A saber qué habrá comido por ahí —continuó su madre—. Nosotras sabemos bien qué hacer para no retener líquidos, pero tú no tienes ningún cuidado.

—A lo mejor es que lo que retengo son sólidos, no líquidos.

Eso logró otro bufido por parte de su madre y que Peyton sacudiera la cabeza, mientras volvía su atención al álbum que tenía delante.

—¿Qué estás haciendo? —preguntó Alex, sin entender nada de lo que veía.

—Mirando invitaciones, no vamos a enviar la misma —contestó Peyton, con cara de impaciencia—. Ay, Alex, a veces haces unas preguntas que pareces tonta.

—¿Cómo la misma?

Peyton suspiró con paciencia, mientras su madre se sentaba al lado y le daba unas palmaditas de ánimo.

—Hija, pues para la boda —explicó su madre, como si así aclarara algo.

—¿Te casas con Simon?

Alex estaba sorprendida de que solo en un mes hubiera tomado esa decisión, pero viniendo de Peyton, cualquier cosa era posible.

—Pero qué tonterías dices. —Peyton movió la mano desestimando la idea—. Simon es historia, fue un desliz sin más. Está todo arreglado, ya hablé con Ethan ayer y hemos decidido poner todo en marcha de nuevo.

Alex se quedó, literalmente, con la boca abierta. No podía ser. Sacudió la cabeza, pensando que había oído mal.

—¿Qué? —consiguió decir.

—Por Dios, el sol te ha vuelto más tonta —resopló su madre—. Peyton ha perdonado a Ethan por lo que le hizo y se van a casar, ¿qué es lo que no entiendes?

—¿Que tú le has perdonado? —repitió, mirando a su hermana incrédula—. ¿Y qué hay de lo que tú le hiciste?

—Todo en el pasado —dijo Peyton, dándole una agenda—. Toma, aquí están los teléfonos del catering y de las flores, para que llames, mamá y yo tenemos que ir a ver a Ethan y…

Pero Alex no la escuchaba. Tiró la agenda al suelo, viendo que todo se volvía rojo a su alrededor. Porque escuchar aquello le hacía daño, mucho, sentía cómo su corazón se estaba rompiendo en pedazos, pero por encima de todo ello, la invadía la furia.

Furia hacia su hermana, por engañar a Ethan, pensar que no era nada del otro mundo y salirse con la suya.

Por su madre, por defenderla y tratarla a ella como si fuera la tonta de la familia y no al revés.

Y sobre todo, con Ethan. Por estropear lo que habían compartido y volver con su hermana como si no hubiera pasado nada. Y encima, no tener el valor siquiera de llamarla para contárselo, porque ni un mensaje había recibido.

Se dio media vuelta y salió como una tromba de la casa, ignorando las voces femeninas que la llamaban. Subió a su coche y marcó el número de Skye, que tardó unos cuantos tonos en contestar con tono de acabar de despertar. Se dio cuenta de que estaría más afectada que ella por el *jet lag*, eran más horas de diferencia, pero aquello era demasiado importante como para esperar a contárselo.

—¿Estás despierta? —preguntó, por si acaso estaba tan grogui que no iba a hacerle caso.

—Más o menos. —Bostezó—. ¿Qué hay?

—Ethan y Peyton van a casarse. —Silencio al otro lado—. ¿Skye?

—¿Es una broma? Es que mi cerebro no detecta ahora mismo la ironía o el sarcasmo.

—No, no es broma, Peyton y mi madre están preparando la nueva boda.

—Pero… pero no lo entiendo. ¿Has hablado con él?

—No.

—Estoy flipando. ¿Estás en casa? ¿Quieres que hablemos por Skype y comamos helado de chocolate juntas?

—No estaría mal. —Frunció el ceño, y giró al final de la calle en dirección contraria a la que iba—. No. No voy a ir a casa.

—¿Vas a llamarle?

—Voy a ir a su despacho. A cantarle las cuarenta. ¿Quién se cree que es? No, el tiempo de ser la tonta de Alex ya se ha pasado, no pienso quedarme callada. Me va a oír.

—Así me gusta, mi niña por fin alza la voz. Y de mi parte, le puedes dar un par de tortas también, por imbécil.

—No creas que no tengo ganas.

—Llámame después y me cuentas.

—Y nos comemos ese helado. Porque me hará falta.

—Lo sé —su tono era de cariño—. Hasta le puedes echar sirope y no diré nada. Ánimo, no sabe lo que se pierde.

—Pues lo va a saber.

Pulsó el botón de colgar, pensando en que quizá fuera mejor dar media vuelta, pero por primera vez en su vida no iba a quedarse atrás. No, ya había llegado a su límite. Primero iría a por Ethan y después de decirle todo lo que pensaba, probablemente acabaría llorando y comiendo aquel helado, pero al día siguiente continuaría con su hermana y su madre. Se acabó recibir solo golpes y no devolver ninguno.

Claro, que todo sería mucho más fácil si supiera con exactitud dónde estaba. Porque primero, no sabía fijo dónde estaban sus oficinas, le sonaba la zona pero no estaba segura. Y segundo, si se presentaba y no estaba allí sino de viaje o en su casa, perdería su determinación, seguro.

Se paró a un lado de la carretera y llamó a información para preguntar por las oficinas del partido. Una vez le dieron el número, llamó para preguntar por él y le pasaron con su secretaria, que le dijo que estaba en una reunión.

Con esto le bastaba, porque quería decir que sí que estaba allí. Así que rememoró la escena en casa de su madre para recuperar la determinación y volvió a la carretera.

Las oficinas tenían aparcamientos para los visitantes, lo cual la salvó de tener que dar vueltas para poder dejar el coche.

En la entrada del edificio había un guarda de seguridad que le preguntó dónde se dirigía y le hizo pasar un arco de seguridad. Junto al ascensor había un plano de las oficinas, así que no tuvo que preguntarle para averiguar dónde estaba Ethan.

Cuando llegó a la planta y cruzó el pasillo, se encontró con el siguiente obstáculo: una mesa con una secretaria junto a la puerta que estaba señalizada como la del senador Ethan Lewis.

—Buenos días, vengo a ver al senador —dijo.

—¿Tiene cita?

—No. Pero tengo algo importante que hablar con él.

—Puedo concertarle una cita si lo desea. —Miró su pantalla—. ¿Qué le parece la semana que viene?

—¿Está dentro?

—Sí, está aquí, pero tiene una agenda muy ocupada y…

Pero Alex no la escuchaba, corrió hacia la puerta y la abrió antes de que la chica pudiera impedírselo.

Sin embargo, al entrar en el despacho y verle, Alex perdió parte de su determinación.

Ethan levantó la vista de los papeles que estaba leyendo, sorprendido por la interrupción. Al ver a Alex, empezó a sonreír, pero dejó de hacerlo al ver su gesto hosco.

—Perdón, señor Lewis —dijo su secretaria, apareciendo junto a Alex con expresión atribulada—. Le he dicho que le daría cita, pero… ¿quiere que llame a seguridad?

Alex se cruzó de brazos mientras esperaba su respuesta. Él estaba tan serio que pensó que eso era lo que iba a hacer, pero le vio negar con la cabeza.

—No te preocupes, Amy. Yo me encargo.

La secretaria miró a Alex con resquemor, y salió cerrando la puerta. Alex no se movió del sitio, con el ceño fruncido. Si al menos él le diera alguna señal de qué sentía al verla… si estaba enfadado, o molesto, o… pero con aquella mirada inescrutable no tenía ninguna pista.

—No te molestaré mucho —empezó, a punto de darse media vuelta y salir corriendo.

Ethan se incorporó, sin poder apartar la vista de ella. Estaba tan guapa… la había echado de menos y tenía pensado llamarla para quedar, ¿sería por eso por lo que estaba enfadada? ¿Porque aún no la había llamado?

—Quiero que sepas que pienso que eres un imbécil —espetó Alex, sin quitar su gesto adusto.

Aquello sí que no se lo esperaba, y frenó su avance hacia ella. Por su tono podía deducir que estaba muy enfadada, como nunca la había visto antes.

—Sé que no soy… —continuó ella—, que no puedo ser buena para ti. Que en tu partido esperan que te cases con una chica de buena familia, sin escándalos, sin estar divorciada. Que tenga un trabajo discreto, no con adolescentes problemáticos, y que sepa estar a tu lado en tu carrera, en la sombra.

—¿Has venido para hacerme un listado de todos tus defectos?

—Sí, digo no. Yo solo quería intentar explicarte que a pesar de todo eso, soy mucho mejor para ti que mi hermana. Y me parece que eres un idiota por no darme una oportunidad.

—¿Una oportunidad?

—Tu equipo de marketing seguro que podría buscarle la vuelta al asunto de mi divorcio. Pero no, has preferido que arreglaran lo de Peyton, que, perdona que te diga, es mucho peor.

—¿Arreglar lo de Peyton?

Debía estar sonando estúpido, repitiendo cada cosa que ella decía, pero es que no entendía nada de lo que le estaba diciendo.

Ethan la seguía mirando, sin hacer ningún gesto, y con una cara de alucinado que a Alex le dieron ganas de darle una bofetada a ver si reaccionaba. En fin, ya estaba lanzada, así que como de momento no había avisado a seguridad, siguió hablando.

—Ella nunca te hará feliz. Tú a ella sí, porque a mi hermana con que le des una tarjeta de crédito ya le vale. No entiendo que sea eso lo que quieres, una mujer florero que, encima, te pone los cuernos. No lo entendí cuando te comprometiste con ella y ahora menos, pero supongo que haces más caso a tus asesores de lo que deberías. ¿No tienes nada que decir? —Ethan abrió la boca para hablar, pero ella no le dejó—. De verdad, ¿todo esto, solo para llegar a la Casa Blanca? Porque una vez allí, ¿qué harás cuando todo acabe, si ganas? ¿Divorciarte? ¿Y si pierdes? ¿Pasar años hasta que logres tus objetivos? ¿Cuánto crees que aguantarás en un matrimonio sin amor? Porque no te engañes, ella nunca te querrá como yo te quiero.

Se calló abruptamente al darse cuenta de lo que acababa de decir. En ese momento pitó el comunicador de la mesa de Ethan.

—Señor Lewis, Peyton y su madre están aquí —informó su secretaria—. ¿Qué les digo?

Alex sacudió la cabeza, rindiéndose a la evidencia, y se le encogió el corazón. Claro. Qué estúpida. Se había emocionado tanto que no se había parado a pensar que él no la querría, que ni siquiera se lo hubiera planteado porque para él era mucho más importante su carrera que la mujer con quien compartiera su vida.

Tragó saliva, aunque no se arrepentía de haber ido hasta allí. Ahora ya lo sabía.

—Tranquilo, que no te molestaré más.

Se dio la vuelta y abrió la puerta, para encontrarse a su hermana y su madre al otro lado, que la miraron sorprendidas.

—¿Qué haces tú aquí? —preguntó Peyton.

—Perder el tiempo, por lo visto —replicó ella, saliendo con rapidez del despacho.

Atravesó el pasillo a toda velocidad y se metió en el ascensor sin mirar atrás. Cuando las puertas se cerraron, cogió aire para tranquilizarse. Quería llorar, pero también golpear algo, así que le dio una patada a las puertas metálicas del ascensor. Vaya, pues sí que tenía fuerza, porque había dejado una marca. Pero le daba igual. Estaba furiosa, ¿cómo podía ser tan estúpido? No encontraba otra palabra para describirle. Iba ser infeliz toda su vida por casarse con Peyton, aunque ahora que lo pensaba, se lo merecía por tonto. Ojalá le pusiera los cuernos mil veces, por lo que a ella se refería le daba igual.

El ascensor llegó a la planta baja y salió enfurruñada murmurando para sí misma sobre la estupidez de Ethan. Iba mirando al suelo, por lo que no vio al guarda de seguridad hasta que lo tuvo encima y casi chocó con él.

Musitó una disculpa y se movió para esquivarle, pero el hombre siguió sus movimientos y le impidió el paso.

—Perdón —se disculpó ella, mirándole—. Parece que no nos ponemos de acuerdo.

—No se trata de eso, señorita. Tiene que quedarse aquí.

—¿Cómo?

—Me han dado un aviso de seguridad y no puede salir del edificio.

Bueno, lo que le faltaba por oír. A ver si la habían visto en el ascensor y había roto algo con aquella patada.

—No puede retenerme aquí sin motivo —dijo, intentando pasar sin éxito.

—Lo siento, es mi trabajo.

—¿Dónde te crees que vas?

Alex se sobresaltó al oír la voz de Ethan tras ella. Se giró para mirarle, furibunda.

—Esto ya es el colmo —dijo—. ¿Me has mandado a seguridad? ¿En serio?

—Te has ido sin dejarme hablar.

—¿Hablar? ¿Sobre qué? ¡Si está todo dicho!

Ethan inspiró hondo. Había enviado a Peyton y su madre al despacho de Owen para que lidiara con ellas porque él ya no tenía la paciencia necesaria. Al verlas allí, y después del discurso enardecido de Alex, creía que había entendido lo que estaba ocurriendo.

—No voy a casarme con Peyton —dijo.

—Pues ella y mi madre dicen que sí. Es más, están organizando la nueva boda y...

—Si tu hermana está chalada no es mi problema. Ella y tu madre viven en un universo paralelo, ya saldrán de él, pero no es algo que me preocupe, porque me da igual. La verdad es... que quiero que me molestes.

Alex creyó haber oído mal, porque lo que había entendido no tenía mucho sentido. Levantó la vista, y lo que vio en sus ojos la dejó sin aliento. La forma en que la miraba le recordaba a cuando habían estado en México, solos, aquellas veces que él se había dejado llevar y le había hecho el amor como si la amara de verdad.

—Todo eso que me has dicho —continuó él—, tienes razón: nunca sería feliz con Peyton. Ahora lo sé, aunque antes me cegara mi carrera. Y lo tuyo es una tontería porque el equipo de marketing seguro que lo soluciona. Pero si no es así, si pierdo y no gano las primarias, me dará igual. Porque te tendré a ti. Y eso es todo lo que necesito. Así que eso que has dicho de que no ibas a molestarme más, olvídate.

Alex se quedó inmóvil mientras le miraba acercarse a ella con media sonrisa. ¿En serio había dicho aquello? ¿De verdad era todo una de las locuras de Peyton y su madre? En realidad tenía sentido, conociendo su gusto por vivir fuera del mundo real.

Oyó un carraspeo tras ella.

—Bueno, yo... —comentó el guarda—. Esto... creo que ya no me necesitan aquí.

Se alejó silbando con las manos en los bolsillos, evitando mirarlos.

Ethan llegó a la altura de Alex y cogió su cara entre las manos para mirarla a los ojos.

—Vaya, parece que te he dejado sin palabras.

—Es que no entiendo… Quiero decir, Peyton… —Suspiró, intentando apartarse, pero él no cedió ni un milímetro—. ¡Si me miras así no puedo pensar!

—¿Qué tienes que pensar?

—¡No lo sé!

Él se echó a reír, antes de acercarse más y besarla despacio en los labios. Aquello ya terminó de confundir a Alex, que todavía tenía la escena en casa de su madre en la mente, contradiciéndose con las palabras de Ethan. Le correspondió unos segundos, antes de recordar que Peyton y su madre acababan de entrar en su despacho, lo cual no cuadraba con lo que él decía.

—Espera —consiguió decir, apoyando una mano en su pecho para separarle un poco—. Si todo eso que dices es así, ¿qué hacían ellas aquí?

—Ni lo sé ni me importa, las he dejado con Owen. Estaba demasiado preocupado por alcanzarte como para detenerme a escucharlas.

Volvió a acercarse, pero Alex de nuevo le detuvo, repasando en su mente las palabras que había dicho.

—Entonces lo que has dicho de que yo soy todo lo que necesitas… ¿es en serio?

—¿Crees que bromearía sobre algo así? —Movió la cabeza—. Alex, acabas de decirme que me quieres. Y yo te quiero a ti, ¿qué más hay que hablar? Porque otra cosa no habremos hecho, pero hablar, de sobra.

Alex le cogió del cuello y entonces fue ella quien le besó hasta dejarlo sin aliento. Unos minutos después, cuando se separaron, le miró tiernamente antes de darle un pescozón.

—¡Ay! —protestó él—. ¿Y eso?

—Por no hablar nada más que de tonterías y olvidarte de decirme lo más importante, genio. Que si me hubieras dicho antes que me querías, me habría ahorrado todo este mal rato.

Él se echó a reír y rodeó su cintura con el brazo, llevándola hacia el ascensor.

—Vamos a mi casa, quiero estar a solas contigo… y establecer algunas normas de convivencia de cara a las elecciones.

—¿Cómo qué?

—Como no darme pescozones en público, no queda muy bien ante los votantes. Y nada de destrozar ascensores, que todo queda en video y se vuelve viral.

Alex enrojeció recordando la marca que había hecho con su patada en la pared del ascensor, pero lo olvidó cuando Ethan la besó de nuevo. De todas formas, más viral que el de su hermana imposible, pensó con malicia...

Las puertas del ascensor se abrieron en aquel momento y escucharon un grito ahogado que les hizo separarse.

—¡Dios mío, Alex! —exclamó Peyton, sin moverse del interior—. Ethan, lo siento, ¿se te ha echado encima? —Cogió su bolso como si fuera a golpearla—. ¡Suéltale, mala pécora!

Las puertas comenzaron a cerrarse, y aunque su madre pulsó varios botones, no pudieron impedirlo y el ascensor siguió hasta otra planta.

Ethan y Alex se miraron.

—¿Te ha llamado mala pécora?

—Eso parece. —Emitió una risita—. ¿Esperamos a que vuelvan? Creo que tengo unas cuantas cosas que aclararles.

—Claro. Además, necesitamos entrar para bajar al garaje.

Esperaron hasta que el ascensor regresó, pero cuando lo hizo estaba vacío. Las dos mujeres aparecieron por las escaleras, sin aliento, y avanzaron hacia ellos con rapidez. No corriendo, puesto que los tacones que llevaban les impedían alcanzar gran velocidad, así que Ethan y Alex las esperaron cogidos por la cintura intentando permanecer serios.

—Suelta... a... mi... prometido —consiguió decir Peyton cuando llegó hasta ellos.

—No le tengo secuestrado —contestó Alex.

—Lo que pasa es que Ethan es demasiado amable para decirte cuatro cosas —siguió su madre, mirándole—. No sabemos qué cable se le ha cruzado a esta chica, ha salido corriendo sin más de casa.

—¿Se lo dices tú o se lo digo yo? —preguntó Ethan, dándole un beso distraído en la sien.

—Es mi momento.

Se puso de puntillas para plantarle un beso que dejó con la boca abierta a su madre y hermana y, por una vez, las calló de la impresión. Después cogió aire y las miró con una sonrisa que no podía ocultar lo feliz que se sentía.

—Mamá, vete preparando que te vas a desmayar. Peyton, bájate de tu nube porque esa boda no se va a celebrar. Ethan no te quiere, no te ha querido nunca.

—Bueno, perdona —protestó su hermana, irguiéndose—. Eso tendrá que decírmelo él.

—No te quiero ni te he querido nunca —repitió Ethan.

—Bueno, si de todas formas da igual, el amor es una tontería, yo tampoco te quiero. Pero soy perfecta para tu carrera.

—Será que la perfección, según tu definición, no es lo que busco. Tú no tienes lo que necesito, pero Alex sí. Porque para mí el amor no es ninguna tontería.

—Estáis de broma. —Pasó su mirada de uno a otro—. Ah, ya sé, es una cámara oculta de esas, ¿no? —Se atusó el pelo—. ¿Dónde tengo que mirar?

—Ay, hija, que me vais a matar a sustos. —Jackie se abanicaba con la mano, acalorada—. No me gustan estas bromas.

—¿Por qué creéis que es una broma? —preguntó Alex—. Ah, ya, porque Ethan nunca estaría con alguien como yo, ¿verdad? Pues lo siento, pero está. Porque yo me lo merezco. Y él me merece a mí. Durante años habéis estado haciéndome la vida imposible, comparándome como si solo valiera ser guapa y sofisticada en este mundo, pero ¿sabéis qué? Que la apariencia no lo es todo. Y dentro de unos años, Peyton, cuando tengas arrugas y no tengas esa figura perfecta, ¿qué harás?

—Perdona, para eso está el bótox y la cirugía. —Sacudió la cabeza—. No entiendes nada.

—No, sois vosotras las que no lo entendéis. —Cogió a Ethan de la mano y pulsó el botón del ascensor, cuyas puertas, como no se había movido, se abrieron al momento—. Nos vamos, que tenemos cosas que hacer… y no precisamente hablar.

Ethan se echó a reír y ella le rodeó el cuello con los brazos para besarle mientras las puertas se cerraban, dejando al otro lado a una Peyton boquiabierta y a Jackie desmayándose, por una vez de verdad. Alex ni las miró, perdida en el beso y sintiendo una liberación interior como nunca antes.

Sí, tenía que haberlo hecho mucho antes. Ahora ya no tenían ningún poder sobre ella y sabía que iba a ser feliz.

AGRADECIMIENTOS

Eva M.Soler: Agradecer en primer lugar, como siempre, el apoyo de mi marido y mi madre, con los que siempre puedo contar.

Mabel, Ángela, Agur, no solo familia, sino fieles lectoras.

A Emma, por esa amistad salpicada de sinceridad, algo difícil de encontrar hoy en día. Izaskun A., porque siempre podemos contar contigo en todo y nos ayudas encantada, además de aportar una imagen de seriedad colectiva al grupo ☺ Zaida, por estar siempre a nuestro lado y entre todas haber logrado formar este equipo.

Ainara B., por seguir teniendo tu amistad aunque pasen los años, que dure.

Toñi y Salomé, porque siempre os llevo conmigo, hablemos mucho o poco.

Susana, Izaskun, Valeria, Aranzazu, Luz, Inmaculada, Rebeka, Alicia, Aitziber, es un lujo que siempre estéis con nosotras. Nos alegramos de teneros cerca.

A Mónica-Nari, por ser nuestra lectora cero de manera desinteresada y ayudarnos, además de esas divertidas charlas que desarrollan tanto la creatividad ☺

China Yanly, porque siempre es un placer trabajar contigo y te estamos muy agradecidas por todo lo que haces por nosotras, además del placer de que te guste nuestro trabajo. Cecilia, por esa ayuda inestimable, las Divinas son maravillosas.

A Ido, por seguir siempre adelante, que no nos falten ideas, compenetración y diversión ☺

Idoia Amo: A mis soles, Unax y Alize. Ahora sois dos las luces que iluminan mi vida, os adoro con locura.

Gurko, por aguantarme como solo tú sabes: te quiero.

Mamá, que siempre estás ahí, y Miren, con tus críticas: no sé qué haría sin vosotras.

Me uno a Eva en sus agradecimientos a todas las amigas y lectoras que ha mencionado. Sois una parte muy importante en todo esto, sin vosotras nada sería posible.

A Eva: escaloncito a escaloncito, subiendo siempre y echando risas por el camino, ¡a seguir así!

A todas nuestras lectoras, por leernos siempre, por caminar de la mano a nuestro lado y arroparnos con cada nueva publicación. Por brindarnos un apoyo que a estas alturas nos sigue sorprendiendo, maravillando. Por formar parte de nuestro día a día, queremos que os quedéis con nosotras.

OTRAS OBRAS

¡La esperada continuación de "Luna sin miel"!

Skye no está en el mejor momento de su vida. Un año después de las vacaciones en México con Alex, su carrera como fotógrafa se ha estancado, tiene ciertos problemas económicos y su vida sentimental es un desierto desde que abandonó a Owen sin darle ninguna explicación.

Alex le pone en bandeja de plata la oportunidad de dar una vuelta de tuerca a eso con una oferta muy tentadora: el puesto de fotógrafa oficial en la gira de campaña a la presidencia de Ethan, su ahora prometido. para Skye significa recuperar el amor por su trabajo y olvidarse del dinero durante un tiempo, pero también está la parte difícil: lidiar con Owen y los sentimientos que aún tiene por él.

Owen es un adicto al trabajo, Skye es un espíritu libre.

Entre kilómetros y gasolina, ciudades de Estados Unidos y discursos de campaña, equipos revoltosos y tabletas de chocolate, ¿podrán dos personas tan diferentes reencontrarse en el punto donde lo dejaron un año atrás?

Amor escarchado

Eva M. Soler-Idoia Amo

Alexander Green es un joven cirujano plástico que vive en Los Ángeles, entre fiestas y surf, hasta que es testigo de un crimen que lo obliga a entrar en protección de testigos. Para su asombro, es enviado a Sutton, un pequeño pueblo de Alaska, todo lo contrario a lo que está acostumbrado. Un lugar tan lejano como el corazón de la jefa de policía local, Rylee Scott, una treintañera que ha renunciado al amor, y que pronto despertará el interés de Alex. Romance, comedia y nieve, juntos en una sola historia...

Eva M. Soler-Idoia Amo

Maldita Sarah

Cosas que haces cuando tu novia te deja:

1) Odiar a su nuevo novio, como corresponde.
2) Evitar coincidir con ella.
3) Refugiarte en tu familia y tus amigos.
4) Pensar que de buena te has librado.
5) Plantearte si quieres seguir trabajando para su padre.
6) Tragar bilis cuando se dedica a restregarte a ese puñetero musculitos.
7) Buscar a una chica que te deba un favor y hacerla pasar por tu pareja, aunque tengas que refinarla antes.
8) Espera... borra eso...

En los planes de Liam no entra que su novia actual, Sarah, le abandone tras enamorarse de otro durante sus vacaciones en Australia. Tampoco que peligre su posible ascenso en el bufete donde trabaja, que su hermana se ponga a salir con un guaperas que a todas luces le partirá el corazón, y mucho menos que su atractiva, aunque plebeya vecina, Summer, le destroce el coche durante un accidente en el aparcamiento.

Harto de que Sarah se dedique a amargarle la vida paseando a su nuevo ligue ante sus ojos, este abogado estirado decide seguir un consejo poco sensato: convencer a Summer de que se haga pasar por su novia ante ciertos eventos del bufete. Para que todo salga bien solo necesita refinarla un poco, pero lo que en principio parecía algo sencillo acaba derivando en un giro inesperado...

Bienvenidos a Kiltarlity. Un pequeño pueblo escocés donde no faltan los hombres rudos, los dialectos imposibles, la tradición de los clanes milenarios y, por supuesto, la persistente lluvia.

A sus treinta y dos años, Leslie Ferguson ha logrado alcanzar el éxito en el trabajo y posee un alto nivel económico, pese a que su carácter avinagrado no despierta demasiadas simpatías en sus relaciones sociales. Cuando es enviada a un pequeño pueblo de Escocia por motivos laborales, la estirada joven no tiene más remedio que viajar hasta allí acompañada por su ayudante personal, Shane. Pronto, Leslie descubrirá que su refinado estilo de vida no es compatible con este lugar: sus empleadas no la respetan, no tiene centros comerciales donde satisfacer su vena consumista, y el encargado de ayudarla en su proyecto es un atractivo *highlander* que no para de burlarse de ella.

Pero lo que parecía ser una pesadilla compuesta por niebla, humedad y gente tosca, no solo pondrá a prueba su paciencia durante un año, sino que cambiará su vida de forma radical…

En todo grupo de amigas existe esa que se alegra de que las cosas te salgan mal. Esa incapaz de disimular su sonrisa cuando apareces con unos kilos de más. Esa que se regocija cuando te despiden de tu último trabajo. Esa que sonríe cuando tu corte de pelo se descontrola y acabas pareciendo un crestado chino. Esa cuyos piropos son, en realidad, insultos. «Me encanta tu maquillaje, disimula tu enorme nariz».

Una invitación de boda pone patas arriba el mundo de Audrey y Briana, dos chicas adineradas acostumbradas a tenerlo todo. Audrey tiene una cuenta pendiente con el novio y no dudará en planear la manera de estropear la celebración con la ayuda de Briana, aunque arrastren al resto de sus amigas durante el proceso.

Érase una vez un plan maquiavélico y una venganza salpicada de romance. Una historia donde, ni los buenos son tan buenos, ni las villanas tan villanas…

Little Falls es un pequeño y tranquilo pueblo de Minnesota donde nunca sucede nada.

Los habitantes de este idílico lugar desconocen los turbios asuntos que se gestan en Camp Ripley, la base militar afincada a unos kilómetros, donde se están llevando a cabo una serie de peligrosas pruebas virales.

La desaparición de una joven del lugar pone sobre aviso a la jefa de policía Emma Jefferson, quien no tarda en descubrir que se ha propagado un virus, resultado de un proyecto llamado Anxious: un virus que produce infectados rabiosos y que pronto se convertirá en pandemia con consecuencias catastróficas.

Drama, supervivencia, miedo… ¿estás preparado para que tu mundo cambie por completo?

Me dirijo a todos los supervivientes del desastre que está asolando nuestra querida nación para darles un mensaje de esperanza. Me he visto obligado a declarar el estado de excepción, pero el ejército está ahí para ayudarles. Si se encuentran con algún soldado, no huyan: identifíquense y serán evacuados a un lugar seguro.

No todo está perdido.

Nuestro país se encuentra inmerso en una lucha por la supervivencia y pasarán años antes de que sea habitable de nuevo. Nuestro ejército y científicos se están encargando de ello. Hasta entonces, estamos organizando varios lugares donde poder reinstaurar nuestra sociedad y modo de vida americano.

Aquellos que se encuentren en la costa Oeste, diríjanse a los puertos de Seattle, San Francisco y San Diego.

En la Costa Este, a los puertos de Jacksonville, Nueva York, Boston y Portland.

La frontera con México se encuentra cerrada y Canadá está en la misma situación que nosotros, por lo que las únicas salidas son por mar.

Unidos, lo lograremos.

Buena suerte.

Imagina un concurso televisivo dispuesto a todo con tal de subir la audiencia.

Imagina que alguien desaparece sin dejar rastro en un área de servicio.

Imagina que tu deseo más preciado se cumple, y debes pagar el precio.

Imagina que un reflejo hace aflorar tu lado más perverso.

Imagina que el mundo llegara a su fin, y solo tuvieras un último día.

Imagina un túnel de terror en vivo, cuyo macabro recorrido se convertirá en una experiencia aterradora.

Imagina…

Adolescentes sin escrúpulos, lugares de pesadilla, desapariciones misteriosas, padres perversos, demonios internos, rituales de iniciación, una pizca de amor, y sangre… mucha sangre.

«He trazado un círculo, hecho con sangre. Un círculo que delimita Salvación de principio a fin. Nadie puede salir de aquí, y el que lo intente, morirá. Vais a pagar… un sacrificio cada doce meses. Uno por año, como ofrenda por mi sufrimiento.»

www.ingramcontent.com/pod-product-compliance
Lightning Source LLC
Chambersburg PA
CBHW020411180626
46812CB00003B/923